桃花盛开

虹 珊——著

北方文艺出版社

图书在版编目（CIP）数据

桃花盛开 / 虹珊著. — 哈尔滨：北方文艺出版社，
2023.7
ISBN 978-7-5317-5858-7

Ⅰ．①桃… Ⅱ．①虹… Ⅲ．①中篇小说–小说集–中
国–当代②短篇小说–小说集–中国–当代 Ⅳ．
①I247.7

中国国家版本馆 CIP 数据核字（2023）第 046985 号

桃花盛开
TAOHUA SHENGKAI

作　者 / 虹　珊

责任编辑 / 赵　芳　　　　　　　装帧设计 / 书香力扬

出版发行 / 北方文艺出版社　　　网　址 / www.bfwy.com
邮　编 / 150008　　　　　　　　经　销 / 新华书店
地　址 / 哈尔滨市南岗区宣庆小区 1 号楼
发行电话 / （0451）86825533

印　刷 / 四川科德彩色数码科技有限公司　　开　本 / 880mm×1230mm　1/32
字　数 / 225 千　　　　　　　　　　　　　印　张 / 9.25
版　次 / 2023 年 7 月第 1 版　　　　　　　印　次 / 2023 年 7 月第 1 次印刷

书　号 / ISBN 978-7-5317-5858-7　　　　定　价 / 55.00 元

凝视的力量

我相信西蒙娜·薇依对人生深刻的体察："要说爱比死亡更强大是不真实的，死亡更强大。"

如果把人类的观念去除，诸多的真实其实根本经不起凝视。比如爱与死亡。我们喜欢用爱驱逐死亡，驱逐不了就用爱涂画死亡，涂画不了就用爱遮饰死亡。

对于我来说，写作也是如此，从2005年8月一篇小散文首印成铅字之后，我便开始在激情下"自觉"业余写作。激情燃烧下的文字是繁花满枝的样子，可是并不符合我的秉性，毕竟，与姹紫嫣红的春夏相比，我更喜欢冷月寒江的秋冬季，所以刚过了两年，我又开始尝试写作小说。

这才体验到了写作的难：当我"看上"小说的时候，小说就已经被解构、重构无数遍了，已经发展到后现代主义了，已经进入网络小说的"青铜时期"了，而我这个传统文学的抱持者，还能写什么？还能怎么写？

还好激情没有完全退却，而且足以让我无视前路有虎。于是，在仅有故事雏形却没有谋篇布局的懵懂之下，我就贸然动手了，然后花费了整整一年的业余时间，写下了长篇小说《局部之美》。敲完最后一个句号的那一瞬，整个人有被掏空的虚脱感，有那么一点小欣喜，却并没有如释重负的松快，更多的是摇摇欲坠的恍惚，所以这部处女作一直让我羞于示人。

因为惭愧，才开始下意识练笔，重新从短篇入手，慢慢写。这个慢，并非精打细算、精耕细作，而是纯业余的散与慢，是为自己的懒惰寻找借口的那种慢。但也正是这个慢，让我领略到了小说写作的快意，一直暗藏于胸中那么多的欲说还休、欲言又止、欲辩忘言，都可以由着我通过倒腾人物、故事、动作、对白等去表达、去呈现，就像京剧，只要喜欢，有词无词都不重要，哪怕只有咿咿呀呀的唱腔，歌者与听者只要如梦一样抵达了旧时光就好。

这样的自由，唯有小说可给予吧。然而写着写着，自由感便薄了、少了，取而代之的是庄重感与敬肃感，甚至于产生了畏惧感——当越来越深地陷入小说时，我似乎不敢做一个作者而只敢做一个读者了。

不知道这种状态还要持续多久，也不知道是否终有结束的时候，只知道，我会一直保持凝视的姿态。所以，还是要继《局部之美》之后，结集至2020年所写过的中短篇，并为它们取一个年画般的名字：桃花盛开。

只为留住人生凉薄里那点值得凝视的力量。

是为序。

目录
CONTENTS

豆花嫂

一

"豆花嫂，你能不能不喊了？"吴琼花的目光循着声音攀上去，就看见了"爱因斯坦"那颗好大好大的脑袋。

那颗脑袋正向下耷着，一绺一绺灰白的头发要么鬈着，要么半折着，要么毫无顾忌地向四面八方铺展开去，看上去就像被鸡仔扒拉过的枯草丛，又像一个毛糙的大鸟巢，仿佛立刻就要有花喜鹊之类的活物飞出来。"爱因斯坦"虽然一贯喜欢顶着个毛茸茸的脑袋来来去去，但平日里，那些黑白相间的头发终归一根是一根的，终归是一律整齐地张狂着的，一看就是梳理过，是努了力用了心的，总不至于像现在这般吱吱哇哇乱喊乱叫的样子。吴琼花"扑哧"一声就笑了。吴琼花的笑，向来爽爽朗朗脆脆生生的，好像在地下左冲右突了很久很久的泉水突然之间找到了出口一般，是从最深处冲出来的，是挡不住的，不但挡不住，还一定要喷薄而出，一定要溅湿一大片。

老李就是经常被溅湿了的人，今天理所当然又被溅湿了。在吴琼花"扑哧"结束、刚刚笑出第一个"哈哈哈"的时候，老李就"嘿嘿嘿"地和了上去，而且发出的声音一点儿都不像是出自一个花甲男人的胸腔，倒像是挤过了狭窄的弄堂或过道，都带点儿小太监那种尖尖俏俏的调调儿了。两个人一个在东，一个在西，各自守在六七米长的椭圆形花坛两头的弧形处，正一起横七竖八地笑着，就听得"爱因斯坦"一声暴喝："笑什么笑？我可不是开玩笑的！"说罢，左右手同时向中间一拉，两扇窗户就合上了。仿佛是开闸的洪水突然被阻断了，两个人的笑瞬间齐刷刷地顿在了半空中，吴琼花眼睁睁地看着"爱因斯坦"隐隐约约地从玻璃后面消失了。

吴琼花就那么仰头看着。半晌，老李喊道："哎，人家早就走了，你还在看什么看？"吴琼花这才撤下脑袋。老李又朝楼上努了努嘴说："好像快一个礼拜没下楼了。"吴琼花左手揉捏着后脖颈，头左右晃动着，嘟囔道："没下楼？没下楼怎么了？"老李在那边长长地叹了口气："你这脑瓜怎么就转不过弯儿来呢？他不下楼，说明很不正常嘛。"吴琼花想了想，也是，太阳都爬进花坛了，往常这个时候，"爱因斯坦"是早就打完拳散完步回来了的，今天是怎么回事呢？今天不但没见他经过，好像还烦得不得了。她忍不住又抬头看了看四楼，自言自语道："真一个礼拜没下楼了？"

老李撇下他的三轮车，拿着那块蓝布包着的泡沫板，踅摸过来，将泡沫板横在对面花坛的阶沿上坐下，那里有一蓬金银花藤，只要没人吆喝他去收废品，他就坐在那里。老李说："咦，对了，是不是你没来，他也就懒得下楼了？"一边说，一边挤了挤那对小眼睛，还把两片短而厚的嘴唇往两边扯了扯，于是，他那张阔脸就越发显得宽阔了，像是秋收后空荡荡的庄稼地。吴琼花的眼睛正狠狠地剜过去，却瞥见四号楼那个女人端着碗走了过来。

吴琼花赶紧垂下眼睑，把剜人的目光硬生生吞回去了。她提起舀勺，静等着女人走过来。女人伸过不锈钢碗说："舀满吧。"吴琼花迟疑地望着她，女人点点头，同时递过来两块钱。吴琼花立刻就脸红了，嗫嚅道："姑娘，平时不都是半碗吗？我是怕你吃不了那么多，可没别的意思啊。"女人又点点头，接过碗，仍然一言不发，飘飘摇摇地走了。风搓揉着她身上藕粉色的丝绸睡衣，远远看上去，她就像一棵又细又弱的垂柳。吴琼花盯着她的背影，叹了口气道："你说她为啥就那么瘦呢？可怜见的。"

老李晃荡着二郎腿，慢悠悠地说："无非是富贵病呗。"吴琼花瞪圆了眼睛："啥？不会吧！她也得了糖尿病？糖尿病可厉害了，去年冬，我儿子家楼上住着的那个男人就是糖尿病死的，别说，我还真没见过他生龙活虎的样子，就看他跟钓竿似的那么瘦，成天蔫头耷脑的，你说那姑娘也是这病？可是……多好的姑娘啊，可怜见的。"

老李早憋不住笑了，还憋得跟着一阵咳嗽。吴琼花不说了，光瞪着眼，看着他丑丑地笑，看着他吭吭地咳。说实在的，老李长得可真丑啊，眼小鼻小嘴小就不说了，主要是整张脸太短太短了，从额头到下巴，要是蜗牛爬，恐怕也就一两口烟的工夫就爬完了，在这样的脸上，却偏偏又生出翅膀一样的两个腮骨。没来由地，吴琼花特别烦他那两个腮骨，但凡走在他身后，眼睛只要一搭上他的后脖颈，就次次恨不得要拿刀把他那两块飞出去的骨头削掉。所以他不能笑，一笑，小的部位就会挤得更加喘不过气，阔的部位却会像院坝一样宽敞得没边没沿了。吴琼花掉过脸去，看后面的夹竹桃。夹竹桃的叶油绿油绿的，花也开得正旺，一树白，一树红，大朵大朵的，热热闹闹的，漂漂亮亮的，无所顾忌的，好像它们才是这个花坛的主人。再看看自己，穿的还是从老家带来的那件暗绿色格子短袖，洋灰色涤纶裤子就更不用说了，还是儿子大学毕业那年扯回去的布料做的呢，当时看着好鲜亮好鲜亮的，就一直存着放着，前年春动身往宜昌城里来的时候，拿出来裁剪才发现，这块布料灰得发白了，稍微用点力，纹理就好像要歪了乱了，可她还是没舍得丢，还是小心着把它缝成了裤子。可见这世间万物，都逃不过日子的算计：日子先头给你明，后头就给你暗；先头给你新，后头就给你旧；先头给你美，后头就给你丑。想想，虽说是人过着日子，可其实也是在被日子算计着往前推呢，要不然，人为什么总是走着走着就暗了、旧了、丑了呢？不过，如果日子先头给你就是暗的、旧的、丑的，会不会后头会给你明的、新的、美的呢？吴琼花想着想着就糊涂了，就回过头，向老李望去。

老李早就不笑了，那双小眼睛正不转眼珠地望着她。两人的目光猛然撞在了一起。吴琼花心里顿时像蹦进了火星子，又惊又灼，脸上也火烧火燎的，就赶紧低下头，从小竹篮里拿红面镶黑边儿的小布包，可是，明明是拿到了手里的，却不知道为什么没拿捏住，布包竟口朝下坠了下去，鞋垫和花线散落了一地。

还好老李说话了："富贵病有很多种的嘛，吃出来喝出来的病是富贵病，闲出来的病就更是富贵病了，依我看，四号楼的那个姑娘纯粹就是闲出来的病。"原来他是在想这个！吴琼花动作立刻麻利了，三两下就收拾妥当了。她穿好针，开始走线，一边反问道："平白的，你为啥说人家是得了闲出来的富贵病？"老李说："你一个礼拜起码要来这里三次吧，啥时候见过她不是穿着睡衣来买豆花？如果是上班族，哪有八九点还穿个睡衣出来晃荡的？可见她是不用上班的嘛。还有，她那个样子，一看就没生过小孩，你说，一个年轻人，不上班又不生小孩，天天待在家里，还能不生病？不生病才是蹊跷了。"

绣花针在牡丹花的花蕊处停下了。吴琼花很佩服老李这一点，但凡什么事儿，经过他一分析，就有了理儿。但她还是认认真真想了想，摇了摇头说："也不见得吧，她要是不上班，咋过日子呢？再说了，她不过就是瘦些，也不见得就是生病了。"老李的嘴角轻微地扯了扯，大约是意识到了什么，立刻又正了脸说："怎么过日子就不用你我操心了，住在天福苑的人，哪个不富不贵？何况是像她这种生了一张俏脸的人，八成就是靠脸过日子，这样的日子过久了，难免就烦了呗，就忧郁了呗。"

吴琼花抬起头，扬了扬长长的眉毛，大声地打断了老李："你为啥这么想人家啊？在我们老家，靠脸吃饭可是最见不得人的事儿……"突然就听到"嘶啦"一声，"爱因斯坦"的怒喝声再次响起来："喂，你到底要喊到什么时候?!"吴琼花吓得一哆嗦，针就扎在了左手中指上，但她什么都来不及想，右手就已经伸出去把电喇叭给关掉了。

二

邻近几栋楼有不少窗户打开了，一些脑袋纷纷探了出来。吴琼花连耳朵根子都红了，忍不住抱怨道："真是，都忘关了，老李你也是，为啥不提醒我啊？"老李没有回答，依然望着四楼。倒是有个声音突然说："豆花嫂，怎么，跟艾教授闹矛盾了？"

原来是王教授正在遛狗。那只浑身雪白的狗长得又高大又威猛，总是不停地闻来嗅去，看到花草树木就像看到了亲爹亲娘，在经过花坛时，冷不防就跳到了两棵夹竹桃下。王教授一个趔趄，如果不是一只手撑在阶沿上，差点儿就一头栽到花坛里去了。但这并不妨碍他的关心。他从从容容地直起胖墩墩的身子，从从容容地拍干净手，从从容容地说："豆花嫂，你可要多关心关心艾教授，当初可是他特批你进的院子。"吴琼花紧紧地闭着嘴唇，牢牢地盯着那团雪白看。老李在一旁接话说："王教授说的是，艾教授的确是个乐于助人的大好人，要不是他，我们都进不来呢，豆花嫂，要不一会儿我就陪你上去看看艾教授？"王教授说："老李头，你可真能装糊涂，要你陪什么陪？你……"话还没说完，手里的狗绳却突然一下子绷直了，他整个人立刻俯冲出去，好在他个头不高，很快就稳住了前扑的趋势，身子也很快改成了后倾，再然后就很快被雪白的大狗扯拽着东倒西歪地走了。

等看不到人和狗的影子了，吴琼花就说："老李你是什么意思啊，你为啥跟王教授说这样的话？当初确实是'爱因斯坦'讲情把我弄进来的，我一直很感谢的，可他们扯的那些全是八竿子打不着的事儿，你为啥也跟着瞎起哄啊？"老李说："你是真傻呀，我这不是故意说给王教授听的嘛。"吴琼花说："说给王教授听，为啥总要指着我说？真是，要清白不得清白的，你直接说王教授不就好了。"老李叹了口气说："你真是，哪有你这样老老实实的，全中国的人不都是这么借话说话的吗。再说，王教授也不是说你，他实际说的是'爱因斯坦'，你又不是不知道，他俩向来不对付。"吴琼花想了想说："那倒是，哎，那你说，他们到底谁对谁错呢？"老李摇了摇头道："听说他们闹了好多年，反正'爱因斯坦'就是咬定王教授的什么论文是假的，不该得到什么职称，具体到底怎么回事儿，谁知道啊？不过，依我看，'爱因斯坦'多半是不会冤枉王教授的，他是一个不会说假话的人。"吴琼花立刻鸡啄米似的点头道："对对对，我也相信'爱因斯坦'。"老李挤了挤他的小眼睛，说："你为什么那么相信他呢？说一说呗，到底相信他什么？"吴琼花一时竟答不上来，就白了他一眼，没说话。这时，"爱因斯坦"的对门冲老李喊，说有废品要卖。老李一边拿上蛇皮袋和杆秤，一边侧过头扯着嘴角说："要不你就依王教授说的，上门去关心关心？"吴琼花赶紧摇头。

　　没过多久，吴琼花就听见老李和"爱因斯坦"的邻居在楼梯间大声说着闲话，她想，趁他们都在，要不就去看看"爱因斯坦"？吴琼花素来是动作比脑袋要麻溜的人，这么想着，脚就已经迈出去了。

　　"爱因斯坦"的邻居是一个五十多岁的女人，皮肤寡白，满脸皱纹，头发常年染成金红色，见人热情得像三伏天的蝉。现在，她左手长长地伸出去，抵在左侧的门框，扁瘦的身子却靠在右侧的门框上，一边看着老李撅着屁股把一些空纸盒踩扁、压实，一边抱怨道："到处都是灰，连天上的太阳都像是在灰尘里烙了一遍才出来的，烦死个人，搞得楼都不想下啦……哎哟，豆花嫂，什么风把你给吹上来了啦？"

吴琼花老老实实地说："我是来看看艾教授的。"老李并没有起身，只是扭过头，朝吴琼花眨了眨眼睛，手里脚下依然忙活着。红头发把手指竖在嘴唇上，小声说："脾气可大啦，满世界都是他的仇人啦。"吴琼花着急了："到底为啥？可怜见的。"红头发撇撇嘴说："谁知道，我们向来不在他的眼仁儿里头啦，说话他从来都不理的，我们只会招人嫌，还不如你豆花嫂啦……"

吴琼花懒得再说什么了，直接去敲门，敲了三下，一点儿动静也没有。红头发捂着嘴笑了，说："不得了，连你敲门都不开啦。"吴琼花又敲了三下，里面仍然没反应，就打算把耳朵贴上去听一听。不料，就在这时，门却猛然被拉开了，吴琼花猝不及防，"砰"的一声，左半边脸就结结实实被门拍了一下，顿时就有一大片黑暗罩了下来。亏得老李反应快，弓起身，用背及时顶住了就要倒下的吴琼花。

有了缓冲，黑暗不一会儿就消失了。吴琼花模模糊糊看见，"爱因斯坦"那颗爆炸似的脑袋似乎是伸出来晃了一下的，等她瞪大眼睛再看过去时，眼前深绿色的防盗门却依然紧闭着，就像从来就没有打开过一样。吴琼花一时蒙头蒙脑的，弄不明白自己刚才是不是敲过了门，是不是看见了"爱因斯坦"那颗脑袋，但她明明白白地看见自己还斜靠着老李呢，就赶紧站直了身子，挪向一旁。

老李什么都没说，举起拳头在门上捶了三下，这次门倒是很快就开了，不但开了，还大大地开了；不但大大地开了，还卷起了一股强劲的风，这股风把"爱因斯坦"的头发和衣服都狠狠地掀了一下。只见"爱因斯坦"一身乳色麻布衫，顶着一头乱发，颧骨高高的，两腮瘪瘪的，就那么立着，立在过道的中央，他背后右侧客厅的那面墙上，似乎是挂着许多刀剑之类的东西，一些红黄绿的穗子垂吊着，煞是好看。吴琼花的眼前不由浮现出电视里宽袍大褂的道士，他们守卫寺庙的时候，就是这种横眉立目的样子。吴琼花又想笑了，可看到"爱因斯坦"像雷公一样威严无比，就只好把脸扭到一边，使劲把笑憋住。老李赔着笑脸说："艾教授，豆花嫂是诚心诚意来看您的，您看您怎么……"

"爱因斯坦"鼓了鼓眼睛，气冲冲地道："就这事?!"三个字从他嘴里吐出来，一顿一顿的，像是铁锤夯在花岗岩上。老李的嘴巴张了张，没能发出半点声音。"爱因斯坦"的右胳膊翩翩然地那么一伸，门又被关上了，差点儿撞上了老李的鼻子。

三个人在门外面面相觑。半晌，红头发说："哎，我说豆花嫂，你是不是招惹艾教授啦?"吴琼花说："我不就是没关电喇叭吗？以前每次也是开着的，再说，当初还是他跟我说的，我来的时间不固定，要弄个电喇叭才好，为啥今天他就听不得了，就惹了他了?"老李说："别说你没招惹他，退一万步说，就算是电喇叭吵到他了，那不也是无意的嘛，何况还上门来看他？老话说得好，伸手不打笑脸人，未必教授都是与众不同的？要我说，教授更应该明事理才对，他这个样子，真是很过分了!"红头发拍手道："呀，老李头，你说得简直太好啦，别人说你捡垃圾捡出了大学问，我原来不相信，现在真是相信啦。"一边说一边向紧闭的铁门努努嘴："可比那些教授强多了。"

老李"嘿嘿"了一声，把废品装进尼龙袋，开始称重。吴琼花经自己这么一问，经老李这么一说，又想起王教授和红头发们平素里总说些阴阳怪气的话，突然就觉得委屈漫了上来，一层一层地漫，漫上了嗓子眼儿，漫上了鼻子，漫上了眼睛，直到把整个脑袋都灌满了，像是老家夏天里那些满山满坡的野草，不但长势凶猛，还随风拂来扫去的，把好端端的心拂扫得毛毛躁躁的。

她招呼也没打一个，就冲下楼去了。

三

吴琼花把小布包斜挎在肩上，挑起担子，连塑料小凳子也忘了拿，就飞步走了。老李在后面"哎哎"地喊着，她也没回头，凳子忘了就忘了，留给老李坐吧。

经过院门时，门卫小张和小刘一起招呼道："吴姨，今天这么早就收工了？"吴琼花不敢看他们，低着头，侧过身，担子就出了单人通道，可是，偏偏后面那只桶却在金属栅栏上撞得一阵乱响。小张喊："都泼出来啦。"

吴琼花的眼泪就掉了下来，一颗一颗地，顺着腮帮子往下滑。今天，天福苑那么多人都看到了自己的笑话，不说"爱因斯坦"冲她的那几番吼叫，就说自己好心好意上门去看他，结果却碰了一鼻子灰，不，不是灰，是疼，是被打了脸的疼，还被红头发见到了前前后后的过程……平素他们就老是把他俩往一块儿扯，真不知道以后还会说出什么样的花儿来？以后这脸可往哪儿搁？其实自己跟他有什么呢？真是什么也没有的……

　　也就是前年仲夏，那时吴琼花来这个城市三个多月了，眼看孙子都要满百天了，儿媳妇还没有出去找工作的意思，一家四口人，全靠儿子一个人的工资扛着生活。吴琼花着急了，想仍旧回老家种地去，好歹可以减轻儿子的负担。儿子却死活不同意，说她一个人回去太孤单，会让他上班不安生，还说："你要是走了，你的宝贝孙子怎么办？"这么一说，吴琼花就犯难了，儿媳妇倒是心善的好人，可就是娇气得很，是世事不会不学也不操心的金枝玉叶，连喂孩子吃奶都恨不得要等别人把孩子抱了放到她怀里才好的，但凡儿子让她自己抱抱孩子，她就拿腔拿调地说："我妈说了的嘛，三个月以内不能负重的嘛，将来腰会痛的嘛。"所以吴琼花明白，回了老家，自己倒是轻松了，可儿子呢？娶了这么一个娇滴滴的"皇后"，还不得累趴下？偏偏他又是个老实疙瘩，打心眼儿里喜欢着她娇宠着她，如果她自己不醒悟，怕是儿子一辈子就是个替她当牛做马的命了。吴琼花暗地里总有些怨怪儿媳妇不疼人，但看小两口恩爱得很，就又笑自己纯粹是瞎操心。活到五十岁上，吴琼花算是明白了，这世上，但凡让人觉得是难事、苦事的，缘故必定是在那一颗小小的心上——如果心不甘，再易也是难；如果心甘情又愿，再苦也是甜。明白归明白，但吴琼花还是没办法撂下对儿子的那种心疼，就留了下来。不过，她决定要隔三岔五做两桶豆花卖，一来可以补贴家用，二来正好找个借口锻炼下儿媳妇。反正租住的房子在郊区的一楼，左左右右的几乎全都是外来的租户，做点这样的小营生也不会有什么人来干涉。

那天早晨，吴琼花就那么喜滋滋地挑着一担白白嫩嫩的豆花迎着太阳走，一直走到了光明路菜市场。可真到了菜市场，菜摊、肉摊、鱼池、活禽棚、水果摊、早点摊、馒头铺、糕点铺、米铺、榨油坊……且不说固定的经营摊点已经一个挨着一个了，连菜市场的过道处，也都见缝插针地挤满了本地菜农的临时摊位，再加上一个蹭着一个的买菜人，整个菜市场简直就是一锅咕嘟作响的滚粥。吴琼花傻眼了，根本不知道该在哪里布下自己的豆花摊子。她责怪自己太大意了，在平素买菜的时候，早就该把自己的摊位给瞅准的。

由于担心人多了会把桶绊倒，吴琼花就挑着担子，在离菜市场的不远处杵着。好在很快就有人光顾了，问她挑的是不是豆花，于是吴琼花就势放下了两只桶。生意开张了，买的人还真不少。可没过多久，一辆白色的车就开过来了，车厢顶上还绑着个高音喇叭，不断喊着什么，回音特别重。买豆花的人突然就三三两两地消失了，吴琼花很是奇怪，直起腰，茫茫然立着。这时，从车上下来了两个穿制服的人，其中一个方脸盘的人用食指点着她说："听不见是吧?!"吴琼花呆呆地问："你说什么？"另一个一脸的不开心，虎着个脸，好像全世界的人都欠了他的稻谷，不过他倒是啥也没说，单用手挥了挥，就像是要挥走一只苍蝇。吴琼花明白了，那意思是要她走呢，可是她真不知道该往哪里走，回家吗？豆花明明才卖了一半呢，大热天的，剩下的咋办？她就呆头呆脑地问："你要我往哪走？"

方脸盘一闪身就过来了，一把抢过桶里的舀勺，喝道："不知道，是吧？很好！"然后就指着自己："跟我走！"吴琼花张嘴望着他，不由得跟着往白色的车走去。周围的人突然都哄笑起来，吴琼花一下子醒了，想："是啊，豆花都忘了担上，要是人家帮忙找好了位置，去卖啥呢？"就折回身，红着脸在人们的哄笑声中去担豆花。

这时，她耸起的右肩膀上压上了一只手。吴琼花扭头一看，这只手可真白净啊，白得透透亮亮的，连皮下的血管都看得清清楚楚，可这只手又是那么瘦，在每一个手指的关节处，一圈一圈的皮都皱成了一个圆盘，像极了自己绣在鞋垫上的花儿。吴琼花正顺着这只手看上去，那手却连按了两下，突然抽走了，只见一个白衣飘飘的人背对着她，跟方脸盘说着什么。

不一会儿，这个人就拿着舀勺过来了，递给她，吴琼花就看到了一个令人惊异的脑袋，那一脑门灰白相间的头发，密密匝匝的，直直棱棱的，那个密，有老家屋前竹林那么密；那个直，有老家屋后那棵银杏树那么直，它们一根根都向天上指着，好像天上一定藏着宝贝，让看到它们的眼睛都忍不住要向天上看去。

吴琼花清清楚楚记得自己当时就往天上看了，可天上什么都没有，灰白的，淡黄的，连一朵云彩都看不见。倒是舀勺突然闪过一道小小的光，截断了她的视线，大脑袋的白衣人指了指街对面说："大嫂，您就到我们小区里面去吧。"吴琼花望过去，那里有高高的围墙，围墙里面有一排排的楼房，楼房和围墙之间，伸展着许多绿色的枝丫。吴琼花接下舀勺，收拾停当就跟着他走了。她跟着他，穿过街，走进了一条比这条街还要宽阔、种着许多树、清清静静的大道，然后就到了银白色的栅栏前。

有个中年男人从栅栏旁边的小屋里探出头来，笑容满面地说："艾教授，今天这么早就回来了？"那个叫艾教授的人侧过头对吴琼花说："请等一下。"又对中年男人说："我忘了你们物管主任的电话，烦请再告诉我一下。"中年男人扫了眼吴琼花和她的担子，说："艾教授，您又要把这个豆花……豆花嫂弄进去？"艾教授点点头。中年男人又平扫了吴琼花一眼，犹犹豫豫地说了一串电话号码。这时，一辆装满黑色袋子的卡车从小区里驶了出来，吴琼花看见银白色的栅栏向天空一格一格地举上去，然后卡车从它的下面轰轰地开走了，接着就听见艾教授对着电话大声说："好，好，下不为例，下不为例。"

吴琼花跟着艾教授飘飘荡荡的衣襟到了二号楼的花坛前。艾教授跟正在捆扎纸箱的老头说："这个是……豆花嫂。"又跟吴琼花说："这个是老李。"又跟他们俩说："以后你们好好做生意。"

说完就走了。再以后，吴琼花来卖豆花，似乎总能见到"爱因斯坦"，有时一天还能见到好几次，不过，有时却又很长时间见不到，老李说那是外出讲学去了。每次见到，他也总是一晃而过，只跟他们俩点点头，从不说话，从不停留。只有一次，是吴琼花进去个把月的时候，"爱因斯坦"经过时，忽然说了句："您来的时间好像不固定？那最好买个电喇叭，不过播放的时间不要太长，就让别人知道您来了就行。"

吴琼花那天特别高兴，回去就跟儿子学了"爱因斯坦"说的话，儿子也高兴，叹道："这个'爱因斯坦'还真是个大好人啊，这个主意好，你可以早些卖完了回家。"儿子当天就买回了电喇叭，录音的时候，吴琼花让儿子用普通话录，儿子说："你的声音可好听了，再说，用我们的家乡话才配得上你做的原汁原味的豆花嘛。"吴琼花想想也是，现在城里人都喜爱乡下的东西呢。

于是就录了自己的声音，只两个字："豆花。"而且因为怕吵着那些富贵人，一般就只在进小区的时候放三遍，坐在花坛时再放三遍，中间还是间隔好一阵子才放一次的，为啥偏偏今天就惹他烦了呢？

四

一进家门，儿媳妇就从沙发上欠起身子问："妈，您没事儿吧？李叔都打了好几次电话来了。"话音未落，果然手机就又唱起了歌。当着儿媳妇的面，拿着儿媳妇的手机，吴琼花对老李所说的一切都只回答一个字："好。"这么"好"了一阵后，老李不吭声了，手机里突然安静下来，什么都没有了，像老家的雪夜。这种安静让吴琼花回过神儿了，问："你说啥？"老李说："你……明天来了再说吧，唉！"吴琼花说："好。"就把电话挂了。

她的脑袋一贯不够用，刚刚一路上都还没想清楚呢，老李又一下子说了一大串，她哪里顾得过来。不过，她也不愿多想了，反正"爱因斯坦"是个好人这个假不了，他绝对不是故意要这么对待她的，肯定是遇上很大很大的烦心事儿了，人在烦心的时候是最怕吵闹的，那自己以后不带电喇叭去就成了。至于红头发他们，爱说说去，反正自己和"爱因斯坦"连话都没说上几句的，反正身正不怕影子斜的，反正心里没鬼就不怕夜半敲门的。

第二天，吴琼花像往常一样，坐在花坛边从提篮里往外取东西时，才发现，她还是将电喇叭给顺手带上了，看来自己叮嘱自己还真是不管用的，难怪孩子他爸原来老说：别人家老婆都是金枝玉叶，就我老婆是个粗枝大叶，粗枝大叶又偏偏生了个金枝玉叶的好命，因为她有一个死心塌地的跟屁虫。还别说，他在的时候，她起玉米垄，他就在玉米垄中间撒豆；她摘粗身粗腰的葫芦茄子南瓜，他收细眉细眼的麦子稻谷芝麻；但凡她心里想了嘴上说不出的话，他都字斟句酌好模好样地替她说了。只可惜，他没跨过三十六岁那道坎儿。吴琼花摆摆头，努力赶走即将浮起的坏情绪。

老李朝篮子里瞅了一眼，跟着就"呀"了一声，然后蹲下来，取出电喇叭，端起那个白底蓝花的大瓷碗，小心地顺时针转着看了一遍，接着反转着看了一遍，又细细地看了碗面碗底，还弯起右手中指敲了敲碗身，才轻轻地放回篮子里说："这好像是个宝物咧。"吴琼花点点头："当年分家的时候，我公爹就说兴许是个宝物。"老李的两只小眼睛特别用劲地鼓突着，说："你公爹当时怎么说的？"吴琼花说："当时公爹就只说了，家里没啥值钱的东西，就这几个碗有些年头了，是你们婆婆的陪嫁，兴许是古董宝物的，大汤碗就给老大，余下的八个小碗，老二和老三平分，我留一对茶盅，将来我不在了，这茶盅就归老大。原话的意思就是这样的。"老李说："所以你就把这个碗和茶盅一起带给你儿子了？"吴琼花点点头，又摇摇头。老李问："你这是什么意思？"吴琼花说："是要用它才带来的，我就是喜欢这个碗嘛，又好看又好用的，为啥要白白放着？"老李"嘿嘿"笑了，问："你倒是说说，怎么个好看？"吴琼花剜了他一眼，还是忍不住说了："好看就是好看，你问我，我也说不出个一二三，反正它那个白，就是白得不同，要沁出水滴子一样；那个蓝，也蓝得不同，要起烟起雾一样。"老李向她竖起大拇指道："说得好，说得好！正经的，你最好请人鉴定下。"吴琼花说："我儿子也说来着，说几时还是要到什么机构去鉴定下，说兴许值大价钱呢，还说要收起来放着，那有什么意思？我都使惯了的。再说了，管它是个什么样的宝贝，放着不用就是个废物。"老李连连摆手说："你这思想跟不上时代了，现在是什么时代？是一切向钱看的时代，你守着宝却不识宝，这是典型的有眼不识金镶玉啊。依我说，你还真的要听你儿子的，以后就别拿着它到处晃了，对了，你今天拿它来做什么？"

吴琼花的脸颊就漫上了一层红，张了张嘴，然后又闭上了。老李说："你看你，是不是打算送给'爱因斯坦'？"吴琼花急了："送个空碗像什么样？我是想，我在这里都快两年了，他还一口都没吃过我的豆花呢，真是对不起人家……"话还没说完，老李嘴里就"噗"的一声，像是撕了块破布，唾沫星子溅了好远。吴琼花厌恶地在空中挥了挥手，说："你要笑就把脸扭一边去。"老李捂上嘴，使劲儿压着笑声，抖着身子说："你可别再动不动就说要人家吃你的豆花，城里人对豆花、豆腐什么的可敏感了。"吴琼花问："敏感？敏感是啥？"老李挥挥手说："算了算了，反正你不懂，这么说，你是准备拿这个宝贝盛豆花送给'爱因斯坦'？"吴琼花点头。老李说："你傻呀，就用一次性塑料碗不就很好？"吴琼花说："那可不成，塑料碗太小了，又很不干净的，可怜见的。"老李叹了口气，没再说什么。吴琼花就开始一勺一勺地舀豆花，舀了满满一碗，又跟老李交代说替她把桶盖上。

吴琼花小心地捧着豆花慢慢上楼去了。老李盖上桶盖后，顺手就拿起放在花坛阶沿上的电喇叭，扒拉了一下。"豆花"，吴琼花脆脆生生而又悠远绵长的声音立刻出现了。老李觉得自己是在吃梨：水水的、嫩嫩的、甜甜的梨汁儿像是柔柔曼曼的波浪，一朵一朵地沁上来，沁向身体的四面八方，细细密密地沁透了每一个毛孔。在遇到吴琼花之前，老李从来不知道人的声音竟有这样的魔力，能让人通体舒活松软，像冬天煨火炉夏天饮冰雪。可平时想多听几声都没机会，都是吴琼花开一次，马上就关了，老李从来就没听够过，但又不好意思说，今天他就闭着眼，让喇叭"豆花""豆花"地连续喊了五次，才恋恋不舍地关上了。

老李正回味着，冷不防听见楼梯间喧腾起来，不一会儿，就见吴琼花端着碗跑了出来，"爱因斯坦"跟着也跑出来了，手里还举着一把太极剑，嘴里叫着："你喊！你喊！非杀了你不可！"老李一时又惊又惧，竟茫然无措，只是本能地朝他们追去。眼看吴琼花跑过花坛，掠过长满桂花树的人行道，冲向了小区的大门，眼看"爱因斯坦"越来越迫近吴琼花了，谢天谢地，那把寒光凛凛的剑，亏得一直被他高高地举着，暂时还没落下来。老李死命地喊："小张，小张，赶紧拦下！"小张按下了快速挡按钮，敞开的栅栏落了下来……老李就那么眼睁睁地看着吴琼花的左腿别进了银白色的栅栏，看着她在青花碗的粉身碎骨中，像一个不堪重负的橱柜，訇然扑倒，看着她剧烈抖动、收缩，最后整个人扭曲成了一团。

五

吴琼花出名了，成了宜昌城的"最美豆花嫂"。

记者皮芙蓉在报道了 2010 年 6 月 3 日发生在天福苑小区"名教授剑伤农妇"事件之后，接着就写了关于吴琼花的新闻稿。在皮记者的文章中，吴琼花首先是一个心灵手巧的漂亮村妇，能把普通的黄豆做成芬芳美丽的花朵；其次是一个勤劳勇敢的贤淑女人，虽然年纪轻轻就守了寡，却甘守寂寞并侍奉公婆颐养天年；最后，吴琼花还是一个心地善良、忍辱负重的伟大母亲，这个母亲的品质像大地一样厚重，心灵像天空一样宽广，因为她不仅独自把儿子拉扯成人、为国家培养了一个高科技栋梁之材，还像母亲原谅儿子一样原谅了一次又一次严重伤害她的某高级知识分子，像大海接纳百川一样平静接纳了失去巨额财富的巨大遗憾。

老李捧着 6 月 4 日和 6 月 7 日的晨报，读得很慢，一字一顿，可吴琼花还是有好些地方没弄懂，比如像"厚重"之类的词，还有那些长串长串的句子，她简直说都说不出来，以至于都没办法问老李。老李说："怎么样，写得好吧？"吴琼花道："好当然是好，可这写的不是我啊，我不是这样的。"老李笑了，问："那你是哪样的？"吴琼花想了想说："在我们老家，当家的女人都会做豆花的，算不了什么特别的本事，她这么说是不了解情况。说年轻守寡，那是我自己命不好，侍奉公婆、拉扯孩子，那都是我应尽的本分。还有原谅，那不是因为'爱因斯坦'先帮了我吗？再说，在头一篇里，对那件事写得也太夸大了，我受伤是腿别到栅栏里去了，人家'爱因斯坦'又没真的拿剑刺我的，为啥要说'教授剑伤农妇'？"老李说："大记者嘛，当然是妙笔生花了。"

吴琼花不明白"妙笔生花"到底是个啥，只管说："这个皮记者写得都很不实际的，让人怪不好意思的，可不能这么写。"一边说，一边就要坐起来，不料却牵动了固定在大腿上的仪器，左腿立刻涌起一阵撕扯般的疼痛，就忍不住叫了两声。老李丢下报纸，将她扶好躺下，埋怨道："什么事要这么赶急？早就说过，你只管动嘴就是了。"吴琼花说："这个皮记者为啥要写成这样？你能不能请她到我这里来一趟？"老李瞪着小眼道："写得多好，多有力量啊。再说也不用请，人家自然会来找你的。"吴琼花问："找我？为啥要找我？"老李道："这几天你不是还不适宜接受采访吗，皮记者说新闻是有时效性的，所以她在第二次追踪采访的时候，就追踪到我这里来，我就把我知道的全都告诉她了。唔，你看，人家这篇报道的题目就是《名教授剑伤农妇侧记》，如果追踪到你这里来，就用不着侧记了嘛，嘿嘿。"说罢，老李又俯下身子，在她耳边道："你猜猜，皮记者是谁？"吴琼花把头偏向一边，躲过老李嘴巴喷出的热气，有点生气地说："我不管皮记者是谁，老李你不该这样的，我跟你说我家里的那些事儿，你为啥要跟别人讲？还写上报纸了，可怎么办？可怜见的。"

在城里待了快两年了，吴琼花知道，城里人是很喜欢读报纸的，有的人走路都在看报纸，连老李都是要天天读报的，这下子可怎么得了啊，自家的事儿全城人都知道了不说，还连累了人家"爱因斯坦"毁了名誉。吴琼花想着想着委屈就上来了，她一直拿老李当朋友的，一直那么那么相信他的，他为什么都跟人家说了，不但说了，还跟全城的人都说了。

吴琼花觉得自己像是被叛徒出卖了，不由得急火攻心，流下泪来。老李忙不迭拿毛巾给她擦脸，她一把抢过毛巾盖在脸上。老李小声小气地说："我不也是为你好嘛，你想想，光靠我们自己，怎么拼得过'爱因斯坦'？记者一旦介入，就会不一样了……"吴琼花扯掉毛巾，问："跟'爱因斯坦'拼？拼什么？你的意思，不会是要找他拼命吧？"老李道："那倒不至于，我是说，这事总不能就这么完了，总要讨个说法。"吴琼花点头道："这个说法是要讨的，就是要找他问问清楚，之前我们一直都好好的，为啥后来就要对我那样，我到底哪里惹着他了？"老李急道："我说的不是这个，我是说要找他打官司，该赔就得赔，该道歉就必须道歉。你看，现在多好，有皮记者帮忙，说不定官司也不用打了。"吴琼花愣了愣，立刻把头摇得跟拨浪鼓一样："可不能打官司！我还是相信'爱因斯坦'是个好人，我们老家有句话叫'看人看眼'，你看他那双眼睛，看什么都是清清亮亮、坦坦荡荡的，我总觉得他肯定是遇到特别烦心的事儿了，才听不得喇叭响的。"老李说："'爱因斯坦'是不是个好人，你说了不算，我说了也不算，再退一万步说，就算他是个大好人，那不也得一码归一码？这前前后后的，他必须要负责到底。"吴琼花说："我不会跟他打官司的，老话说得好，滴水恩涌泉报，我要是跟他打官司，不就成了忘恩负义的人了？可怜见的，大不了，这次算是还他的人情了。"老李"嗾"了一声，道："我看你是真傻，如果不是他举着剑追你，你能受这么大的伤？这是典型的光天化日之下行凶杀人，是要坐牢的。还有，你那个青花碗，得值多少钱？

就这两项，还不够追究的?"

　　吴琼花最见不得老李这个样子，只要一正眼瞧他，他立刻就成了天底下最知事的英雄。她不由得梗了梗脖子："反正我不跟他打官司，在我们老家，不到万不得已，绝不打官司的，那是最没趣的事儿，输了官司的人一辈子都抬不起头来，赢了官司的人也不光荣的，一村子的人都会疏远他的。"老李粗声道："什么老家不老家的，我告诉你，你老家的那一套早就过时了，这里是城市，城市! 你知道吗?! 城市!"吴琼花脸上红一阵白一阵的，半晌说不出话来。好在同病房的另外两个病友现在都做检查去了，不然，该多丢人哪，她都气得接不上话茬儿了。

　　于是两个人就都闷着了。老李重新拿起报纸翻看着，吴琼花侧过脸去，看见四五根绿色枝条长长短短地横在灰色的玻璃窗外，几只麻雀叽叽喳喳地飞过来，三三两两地在枝条上点了一下，很快又都飞走了，枝条却一起晃动起来，像是特别欢迎鸟儿们的到来。吴琼花想，等伤好了，头一件事就是先回老家看看。

　　突然响起了敲门声。老李拉开门，只见两女一男抱着鲜花、提着水果和鸡蛋走了进来，三个人都十分年轻，也十分热情，先自我介绍说是市心理学会会员，说看了皮记者的报道，一定要来看看美丽善良的豆花嫂，又再三请求吴琼花讲一讲 6 月 3 日早晨的突发事件。吴琼花听着怪新鲜的，想问老李心理学是个什么学问，可看见老李也是一脸迷茫地望着他们，就不吭声了。又想，管他们是做什么学问的，也许把实情讲出来后，他们就不会再相信皮记者的文章了，于是就原原本本地讲了一遍。没想到，讲完后，三个人根本不在意"爱因斯坦"到底有没有真的伤到她，而是异口同声地问："艾教授为什么要追杀您?"吴琼花急道:"他追我就跑,根本没有伤到我的。"男的说:"他是突然这么对待您的吗?"吴琼花缓和下来,说:"不是的,不是的,一直都好好的。"接着就把"爱因斯坦"怎样帮她进天福苑卖豆花、后来又怎样烦她的电喇叭原原本本讲了一遍。三个人互相看了看,一个戴眼镜的女孩问:"是不是他的家庭或生活出现了什么问题?"吴琼花摇头道:"我们总共都没讲几句话的,这个我不知道。"女孩子说:"不会吧,听说他一直特别关照您,您能不知道?"吴琼花瞪着她,不说话了。男的又问:"听说艾教授是一个特别爱较真的人,是不是因为树敌过多而让自己陷入了特别孤独的境地?"因为不明白他说的后半句究竟是什么意思,所以吴琼花只管盯着他看,却不知道如何回答。老李接过话头:"听说是这样。"三个人齐刷刷转向了老李。男的问:"看来您很了解艾教授?"老李正要张口,吴琼花使劲咳了一声,狠狠瞪了一眼老李,说:"艾教授是个说真话的人。"三个人又互相看了一眼,一直没发言的那个圆脸女孩说:"吴阿姨,您别有顾虑,听说目前相关部门正在对艾教授进行鉴定,看他是否存在某种精神障碍,我们就是想了解他追杀您之前的状况。"

　　吴琼花听出来了,这三个人根本不关心事情的真相,不关心艾教授是不是个好人,不关心皮记者写的是不是事实。她疲惫地闭上了眼睛。三个人没再说什么,默然地站了一会儿,就告辞走了。

六

中央一台播《新闻联播》的时候，儿子来了。进城后，每晚七点的《新闻联播》吴琼花是一定要看的，虽然她看不出什么门道来，但她喜欢看国家领导人接见这个会见那个，喜欢看街头的老百姓对着话筒说话，喜欢看飞机飞、火车跑、炼钢时飞溅的火星子，可自从住院后，她就基本只能听新闻了。不过，听着熟悉的声音不紧不慢地说着全国各地的事儿，吴琼花一样觉得很踏实很安稳。

儿子却打断了她，一定要她趁热喝汤，吴琼花很高兴，以为儿媳妇变能干了。没想到，盖子刚一拧开，香味就"嗖嗖嗖"直往鼻子上撞，再看那汤色，该青青，该白白，青是葱青，白是乳白，她明白了，这汤根本就不是那个金枝玉叶做的，就责备儿子说："吃医院的食堂多好，再莫花这些冤枉钱在外面买汤了。"儿子喜滋滋地说："你就别担心啦，那个瓷碗，我已经拿到鉴定机构去了，昨天问了下，初步确定是康熙中期民窑精品，据说市价在十二万左右呢，再加上那个鬼教授应该赔偿的医疗费、精神损失费什么的，再怎么说，我们买房的钱是够了。"说完，儿子还在她的额头上"叭叭"亲了两口。

老李也激动地站起来，搓着手，嘴里不停地说："好好好，太好了。"吴琼花却蒙了，不就一个碗吗，能值这么多钱？老李说："当然了，古董嘛。"吴琼花说："再是古董，不是已经打碎了？"儿子的两道浓眉一翘一翘的："所以要那个鬼教授赔嘛。"

吴琼花听不惯儿子这样说话，更看不惯他这种眉飞色舞的样子，就轻声斥道："人家叫艾教授，什么鬼教授鬼教授的。"儿子不再挑眉，小声嘀咕道："都什么时候了，你还替人家说话。"吴琼花突然就气不打一处来："什么时候？有什么不同？外面人怎么说我不管，你还不清楚艾教授是个好人？当初要不是人家艾教授……"儿子打断她说："行了，妈，你别老提当初当初的了，当初是当初，现在是现在，当初他不过就是帮你说了一句话而已，何况，话要是说回来呢，当初要是他不帮你，还说不定会有另外一番好景象。"

吴琼花惊愕地望着他，一句话都说不出来。儿子却不看她，而是耷拉着眼皮，给她削了一个苹果，削完了也没递给她，而是直接放在了水杯上，然后又望着老李说："李叔，辛苦了，您早些回去歇着吧。"老李看了看吴琼花，见吴琼花仍然直愣愣的，就冲儿子摆了摆手，走了。儿子立刻矮下身子，两个胳膊往床沿一架，埋下了头。吴琼花一看这架势，又好气又好笑，想：你不愿意理我，我还懒得理你呢。

她确实需要理理清楚。她着实没想到，儿子跟自己的想法竟是完全不相同的，不但不相同，方向还是反着的。依照儿子的意思，不但要找人家"爱因斯坦"理论，还要理论出大价钱才行的，不光是要人家赔偿碗和医药费，还有什么精神损失费，可那是个什么费？听都没听没说过的，这不是胡扯吗？那个碗，一个装汤的碗，它不就是个碗嘛，反正都摔碎了，人家"爱因斯坦"一不是故意的，二不是制碗的师傅，让人家怎么赔？庄户人家的，哪个不打破个碗啊碟的？还说十二万，就算一百二十万也不能要，要了不是黑了良心吗？至于说医药费，人家愿意给就给点，不愿意给就算了，反正是自己跑摔了的，人家也就是拿着剑吓了一吓，也怪不着人家的。何况"爱因斯坦"确实是个好人，要是好人都不受别人的承让，那叫人家以后还怎么做好人？还不都做恶人去了！那世道不是要乱套的？

吴琼花这么理了一遍，觉得可以跟儿子好好说说了，就用右腿拱了拱被子，儿子却没反应，仔细一听，正在轻轻打鼾呢，吴琼花的心口就钻进了一缕疼惜，这段时间儿子一个人里里外外地忙，可是累坏了，就忍不住在心里把"爱因斯坦"好好责问了一番：嫌喇叭吵，你吵吵我就好了，为啥要举着一把白森森的剑追人呢？要不然，一切不都是好好的？

想着想着就又回到了当初，当初的"爱因斯坦"是多么好啊，他看人的样子是温温润润的，说话的样子是和和气气的，走路的样子是自自在在的，反正怎样看，他都是一个正正派派的好人。有好几次，他一身白布衫下楼时，还隔得老远，吴琼花就清清楚楚地看见他整个人是罩在一层光里面的。头两回，她还着急忙慌地指给老李看，但老李总笑她，说她是看花眼了，后来她就不指了，只管一个人呆呆地望着"爱因斯坦"带着那一圈光走近，然后又走远。她就跟中了魔似的，怔怔地杵上好久，望着他绕过花坛，望着他被桂花树遮住了，望着他头顶的光圈从树缝间透出来。老辈人常说，只有地地道道积德行善的好人，身上才会发光，还说，只有好人才看得见这种光。原来，自己和"爱因斯坦"其实是很近的，都一样是好人的……吴琼花想把她看见"爱因斯坦"发光的事也说给儿子听，可是，早上醒来时，包子和稀饭还冒着热气儿呢，儿子却已经走了。

倒是老李很快就来了。随着老李一起进门的，还有四个人，两男两女，说是老年协会的。一头灰白卷发的女人先是向吴琼花介绍了另外三个人，吴琼花只记住了那个戴金丝眼镜的秘书长，因为她向来对戴眼镜的女人怀有无限的敬意，觉得她们都是了不起的大知识分子。果然，秘书长非常谦和地说："真是对不起，事情都过去这么久了，我们才来看望您，请原谅！您作为老年团体中的一分子，我们没有及时来关心您帮助您，是我们的失职。"灰白卷发女人点头道："秘书长的意思，并不排除艾教授也是我们团体中的一分子，我们一样有责任有义务关心他帮助他。"一个戴黑框眼镜的男人迫不及待地接着说："所以，你们两个人之间的矛盾，就是老年协会内部的矛盾，也可以说，是我们这个大家庭内部的矛盾。"一脸络腮胡却顶着个锃亮秃脑门的男人，突然伸出双手，一把握住吴琼花的右手，使劲摇晃着说："你和艾教授之间的矛盾到底是怎么产生的？这个问题最为关键，希望你能认真回忆一下。"吴琼花说："我们没有矛盾的。"秃脑门男人摇晃得更凶了："怎么可能呢？没有矛盾，艾教授怎么要杀你？"吴琼花一边使劲往外抽手，一边说："他没有杀我，就是拿剑追我，他追我就跑，最后是我自己摔了的。"

老李倒了杯水递过来，秃脑门男人这才放了手。秘书长说："吴大姐，刘董事说得对，我们确实要帮助您找到与艾教授产生矛盾的根源，希望您坦诚相告。"灰白卷发女人连连点头："这样才有助于分析问题并尽快解决问题。"戴黑框眼镜的男人道："解决问题后您才能在这个城市愉快生活。"秃脑门男人双手紧紧捧着杯子，眯着眼望着吴琼花说："愉快生活了您才能充分领略我们这个城市的无比美好。"吴琼花觉得自己被四面颜色相同的墙壁团团围住了，简直要透不过气来，她颤抖着冲老李喊："医生！医生！"老李连忙按铃，一个护士很快就过来了。

四个人给护士闪开了一条道，立刻又合拢了。吴琼花说头好晕。护士说："头晕？什么时候有感觉的？"边说边递了支温度计给她，要她测下体温。吴琼花说："我没发烧，不用测体温的，他们来了我就开始头晕了。"护士扫了他们一眼，说："正好一会儿医生就来查房了，您有什么不舒服就跟医生讲。"

正说着，一群医生就进来了，四个人只好退了出去。吴琼花顿时松了一口气，仿佛卸下了千斤重担。没想到，医生查完房后，四个人又进来了。吴琼花想了想，还是拉不下脸直接请他们离开，只好跟昨天一样，闭上眼装睡。

七

下午一点后，整个病房进入了白天最安静的时刻，老李趴在床沿，把灰色的有檐布帽往脸上一拉，睡了。三床的齐嫂子已经拉上了隔帘，邻床小伙子小陈一直不离手的手机也滑到了身体的右侧。小陈的睡相真好看，下颌微微收着，整张脸光滑干净，鼻梁端直，睫毛浓密，额头发亮，皮肤紧绷绷的，似乎放颗豆子都能弹好远的样子。吴琼花侧着脸，目不转睛地看着，心里就生了感叹：年轻真好，真是没有什么能比得了的，哪怕是腿断了，也断不了希望，皮肉和骨头总是很快就会长出新的，会不会就是因为有了这个新的在长着，他才睡得又安稳又踏实呢？

门被轻轻地敲了两下，吴琼花将脸迅速转回来，没吭声，但门还是被推开了。护士领着四女一男径直走到吴琼花的床前，对他们轻声说："这位就是吴琼花。"又对吴琼花说："这是市妇联的张秘书长。"张秘书长笑吟吟地环顾了一下四周，声音洪亮地对护士说："都在午休啊，要不我们先出去等一会儿？"

一屋子的人都醒了。老李抬起脑袋，揉了揉眼睛，很快就站了起来，去倒水了。张秘书长伸出手，握住吴琼花的右手，站在张秘书长后面一字排开的四个人中唯一的男人，端着相机"咔嚓咔嚓"拍起了照。吴琼花一用劲，便抽出了自己的手，她太不喜欢张秘书长的那只手，汗津津的，滑腻得很。张秘书长愣了一下，但很快又笑吟吟地说："琼花嫂子，今天我受市妇联委托来看望您，同时也感谢您为我们这座城市树立了美好的形象，为我们广大妇女同志树立了学习的榜样。在整个事件中，您不仅身体受到了严重伤害，精神上也受到了极大侮辱，您有什么要求就尽管跟我们讲，我们妇联一定会帮助您。"吴琼花想，这个妇联秘书长，是不是跟村里的妇女主任一样的呢？在老家，妇女主任还是很管事儿的，家里有事不方便跟村主任说的，跟妇女主任说一样管用。不过，在这个城市里，还真说不准，要是跟前面那两个什么学会一样呢？吴琼花望了望张秘书长，又望了望秘书长后面整整齐齐的一排人，咬着下唇，不吭声。张秘书长后面有个女的向前跨了一小步，问："是不是有些话您不太方便讲？"张秘书长摆了摆手，那个女人立刻退回去了。张秘书长依旧笑吟吟地说："琼花嫂子，艾教授在学术上是权威，这个毋庸置疑，但我们也不用迷信权威，更不用惧怕权威。"说完，她又俯下身子，在吴琼花耳边道："艾教授是怎么欺负您的，您尽管如实说，妇联一定会帮您讨回公道。"欺负?! 莫说人家"爱因斯坦"没动过自己一根手指头，可是连话都没跟自己说过几句的! 吴琼花吓了一跳，忍不住把头往相反的方向大大地挪开，惊骇地瞪着她。张秘书长继续弓着腰压低声音说："是不是他对您进行过人身侵害? 您别怕，尽管告诉我，妇联一定会为您做主。"这么不远不近地一看，只见张秘书长笑吟吟的脸上，其实不但毛孔粗大，而且一个挨一个，不但一个挨着一个，而且还都攒着一个小小的黑点，这些黑点浸在油亮亮的毛孔里，像是正在发酵的粪粒子。一股恶心蹿上嗓子眼儿，吴琼花来不及喊老李，一把扯起枕巾捂住了嘴。

张秘书长赶紧直起身子往后退去，她身后的那一排也跟着一齐往后退。老李忙不迭地撤掉枕头和枕巾，打水给吴琼花洗脸洗手。张秘书长远远地说："我们去帮您叫医生。"一群人就鱼贯而出了。齐嫂子担心地问："吴嫂子，你是不是身体出了其他毛病?"吴琼花摆摆手，正要开口，张秘书长又探进头来，大声说："琼花嫂子，您记住啊，妇联永远是您的娘家，您的任何权益都会受到妇联的保护。"

门被关上了，再没动静了，也没见医生来。老李说："我还是去把医生叫来吧。"吴琼花说："喊什么医生? 苍蝇走了就什么事没有了。"小陈哈哈大笑，说："想不到吴姨说话是相当幽默。"吴琼花却笑不出来，她发愁了，不知道这两天从哪里钻出这么多人，一拨又一拨的，弄得自己很烦不说，还把同病房的人一块儿给搅扰了。小陈说："这就是名人效应，我们也跟着沾光了。"吴琼花说："小陈你莫说笑，我是真发愁，这些人到底是来干吗的我不懂，但我懂得他们根本不是真的关心当初的实际情况，倒好像是来挑拨的。"小陈拍手道："吴姨真聪明。"齐嫂子道："引起社会关注总是件好事儿，而且他们明显都是偏向你的，你还担心什么？"老李抢着说："她就是担心喽，担心人家艾教授呗。"齐嫂子呵呵一笑，眼睛就搭到电视上去了。吴琼花突然觉得很沮丧很孤单，就闭了眼。

　　吴琼花回到了老家，刚走到村口的那两棵银杏树下，就遇到了村主任，村主任一把攥住她的手腕，一边把她往旁边的岔道上拽，一边急急地说："小婶子，你可算是回来了，前不久村里来了个魔怪，住着不走了，不但每家每户搜刮财物，还把大胜家的媳妇、旺财家的丫头都抢走了，他武功很厉害的，我们撵不走他，他放出话来说只要见到你了他就走。"吴琼花什么都来不及问，只能跟跟跄跄往前跑，风呼呼地拍着耳朵，小道两旁的枝柯不时抽打着脸颊，火辣辣地疼。也不知跑了多久，村主任终于在一个洞口前停住了，然后将吴琼花往里推，吴琼花身不由己，一个趔趄就跌了进去。还没看清洞里究竟是什么模样，突然就响起了笑声，那笑声又狂又乱，震得洞里嗡嗡作响，像是炸了好多好多马蜂窝。吴琼花又惊又怕，不由得闭上眼睛，捂住了耳朵，使劲喊："你是谁？你出来！"笑声消失了，一切都安静下来，只听见柴火噼啪燃烧的声音，吴琼花慢慢睁开眼，一个黑乎乎的身影正立在自己的眼皮子跟前，吴琼花吓得往旁边蹦了好几步，这才看清，这个人不就是"爱因斯坦"吗？可是才几天呀，他为啥不穿白衣服了？头发为啥全白了？更奇怪的是，他的头上为啥还长出了剑一样白晃晃的两个角？正想着，"爱因斯坦"说话了："豆花嫂，别来无恙乎？"吴琼花顾不得揣摩他说的是啥意思，只管向前去抓他的袖管，急慌慌地问："你还好吧？为啥跑到这里来了？""爱因斯坦"一拂袖子，哈哈大笑，转身就往洞里走去，好像是上了几步台阶后，他一撩黑色长袍，就坐在了一把铺着毛皮的椅子上，椅子的两边立刻冒出来两个女人，齐齐坐在"爱因斯坦"的两条腿上，水蛇般缠住了他的身子。"爱因斯坦"左搂右抱着，脸从两个女人的胳膊中努力伸出来，尖着嗓子问："以汝观之，吾甚乐，然否？"

那不是大胜家的媳妇、旺财家的丫头吗？吴琼花喝道："放开她们！放开！""爱因斯坦"站起身，双手一推，两个女人就不见了。他背着双手，在椅子前站定，朗声道："吾生所求，不过真善美矣，然世道浑浊，皆甘为谎言所蔽，更以造谎为乐，吾孤掌难鸣，求真尚难，况善与美乎？幸汝之善根沛然，壮哉！吾自愧平生所学所授，今愿自沉十八层深渊，唯愿汝葆其真、守其善、扬其美，切切！"说完，他的右脚跺了两跺，地上立刻裂开了一个圆圆的洞口，他直直地掉下去了。吴琼花惊叫一声，向洞口扑过去，只见那件黑长袍在洞里鼓荡了一小会儿，很快就什么也看不见了。吴琼花趴在洞口，死命地喊"爱因斯坦""爱因斯坦"。

梦突然就中断了。吴琼花睁开眼，老李正抓住她的肩膀摇着她，一边喊："快醒醒！"齐嫂子笑着说："你可真是大人大量啊，那个艾教授害你住院，你不但不怪他，梦里都还记挂着他。"老李一边拿毛巾给她拭汗，一边说："可不是一般的记挂，是揪心得很啊。"吴琼花捂着胸口，喘了几口气，仍然觉得浑身都紧得慌，就又喝了一大杯水，这才觉得平静些了。老人说过的，做了不好的梦，得赶紧讲出来才行，吴琼花开始讲刚才的梦，可"爱因斯坦"说的那些奇奇怪怪的话，在梦里面明明是清清楚楚的，现在她却一个字都说不出来了。吴琼花说："一见到'爱因斯坦'，他就说……"吴琼花哽住了，憋得脸通红，偏偏老李又紧盯着她，小眼睛又红又亮，像是灶膛里的火。齐嫂子说："不急，慢慢说。"小陈用右胳膊撑着脑袋，面朝吴琼花说："此处省略一万字，吴阿姨您只管往后讲。"老李扬了扬眉毛说："这里可不能省略，省略了就没办法往后讲了。"正热闹着，有人进来了。

八

最先反应过来的是老李。

老李迎上前去，热情地招呼道："是皮记者啊，快请坐，快请坐。"边说边搬了把椅子放在吴琼花的床前。皮记者袅袅娜娜地坐下了。吴琼花脱口道："你就是皮记者啊，你看你瘦的，可怜见的。"皮记者笑了，说道："谢谢吴阿姨关心，我今天是来采访您的。"吴琼花说："原来你的声音这么好听啊。"皮记者又笑了，眼睛弯弯的，很是好看。她就这么弯着眼睛问："那个……艾教授是不是辱骂过您多次，也追撵过您多次？"吴琼花摇摇头："他没骂我啊，就是大声喊要我关掉电喇叭，要说撵，也就撵过那一回。"皮记者问："发生那件事之前，您到他家去过吗？"吴琼花说："去过一回，打算问问他为啥不高兴，他原来是每天都散步的，那段时间好久不下楼了。"皮记者又问："那次他对您说了什么？"吴琼花说："就开门看了看，问有没有啥事。"老李说："岂止啊，差点把她的头磕破了。"皮记者侧过身，对老李说："讲讲当时的情景吧。"吴琼花朝老李直瞪眼，老李却只管看着皮记者，嘴里一边咕噜咕噜地冒着话。听完了，皮记者又问吴琼花："听说那天您是去给他送豆花的？"吴琼花答道："到那个小区快两年了，他还没吃过我的豆花，我就……"一屋子的人都笑了，特别是齐嫂，本来斜倚床头坐着，面朝着皮记者，现在只管捂着肚子笑，笑得脸都贴到了被子上。

　　这时小陈的母亲提着饭盒进来了，一边掩门一边说："嚯，什么事这么开心？"见到皮记者，倒是一愣，然后两个人互道了句"你好"，皮记者埋下头，看了一眼笔记本电脑，又问："这么说，他从来没买过您的豆花？"吴琼花说："没有，可能是怕我不好意思收他钱的。"皮记者问："您那个碗，听说值十二万？"吴琼花说："你怎么知道的？我儿子告诉你的？"皮记者并不回答，继续问："之前他知不知道您有一个如此贵重的碗？"吴琼花说："不知道的。"皮记者问："您被他领进天福苑的那天，没带那个碗吗？"吴琼花想了想，说："没带。"皮记者问："您平时拿什么舀豆花？"吴琼花说："钢勺。"皮记者问："在家也用钢勺舀？"吴琼花说："在家用青花碗，碗大，舀得快。"皮记者问："说明您还是习惯使用青花碗，您那天在菜市场，真的没带那个碗？"吴琼花又认真想了想，说："好像是没带的。"她只记得那天桶里放着钢勺，而且"爱因斯坦"把它从那两个穿制服的人手里取回来时闪闪亮亮的。皮记者却不容她多想，又问："您那天带了篮子的吧？"吴琼花点头。皮记者问："习惯的力量是十分强大的，那天您是不是顺手把青花碗也放进了篮子里？"吴琼花犹豫了，这么说，她还真不太确定了，快两年了，那天篮子里到底放了什么东西，她已经记不牢了，可是那天放没放青花碗，有什么关系呢？皮记者终于说了一句不是问题的话："您儿子记得您那天带了青花碗。"吴琼花愣住了。皮记者又弯着眼睛问："现在，相当于他让您在一瞬间就丢失了十二万元，如果我猜得不错的话，您可能还不知道十二万到底有多少吧。"然后皮记者就伸出手，先用右手的大拇指和食指比画成鸭嘴张开的样子，说："如果每张一百元，这大约是一万元的厚度。"接着她又把每两根指头都张成鸭嘴，再将左手放在右手上说："这大约是八万的厚度，十二万，就是还差一只像这样张开的手。"皮记者的每一个指尖上都涂着金色的指甲油，吴琼花半张着嘴望着那双长长的、白白的、闪闪发亮的手，心里不住地惊叹：这世上原来还有这么好看的手啊！皮记者接着问："您打算怎么办？"老李碰了碰吴琼花的胳膊，说："皮记者问你话呢。"吴琼花把眼睛移到皮记者的脸上，终于反问了一回："啊，你说什么？"皮记者眼睛弯的弧度更大了，把问题重复了一遍。吴琼花说："摔了就摔了，不怎么办。"皮记者呆了一下，很快又问："您是不是不知道可以向他索赔？"吴琼花："我知道的，可……"皮记者突然关上电脑站起来，说："因为我还要到别的地方去采访，今天就先聊到这里，吴阿姨您安心休养，您放心，您不孤单。"然后似乎是望着病室的中央点了下头，就匆匆走了。吴琼花"哎"了一声，可皮记者好像没听见，径直拉开门走了。

吴琼花说："老李，你快去把她追回来。"老李问："追回来做什么？"吴琼花急道："我还要叮嘱她一定要按实际情况写啊，而且最好把前面写的文章都撤回来。"老李坐在床边不动，说："人家是记者，知道该怎么写，你就不用操心了。"倒是小陈妈妈点头道："原来她就是写你的记者啊，我说呢，今天终于对上号了，这个女孩子可厉害了。"又问老李前几天的报纸在哪儿，她要好好看看。一屋子的人都望着她，小陈说："哎，我说老妈，你就别卖关子了，直接说。"

小陈妈妈自顾自地埋头看报纸，小陈早等得不耐烦了，说："速度速度。"大约过了五分钟，小陈妈妈总算抬起头道："这个艾教授是不是叫艾光明？"老李忙说："就是。"小陈妈妈感叹道："看样子，这个女孩子是非要把她的亲爸给整垮啊。"一屋子的人眼睛都瞪得老大。小陈嚷嚷道："不会吧，老妈，一个姓艾一个姓皮。"小陈妈妈说："这有什么奇怪的，皮记者跟艾教授闹翻后就改姓皮了。"齐嫂子问："那，是跟她妈妈姓？"小陈妈妈摇头道："也不是吧，我记得她妈妈姓邹……对，我想起来了，那天晚上在我家，她妈妈说过的，她女儿为了气她爸，就改随夫姓了。"小陈道："到底怎么回事？那天晚上？我怎么不知道？"小陈妈妈说："臭小子，你不是在学校嘛。"小陈挠挠头皮道："是是是，哎呀，你就快讲吧。"

小陈妈妈说："其实是皮记者的妈妈跟我讲的。那天晚上，皮记者过来了，之前我也在楼梯遇见过她两次，知道她是对门邹老师的女儿。对了，她妈妈住我对门，大约是六年前搬过去的吧，但我们没怎么说过话。她好像是个高中语文老师，早出晚归的，寒暑假她又好像总是到另外一个城市度假，所以我们很少能见到的。"小陈打断她说："老妈，你少来点铺垫行不行？直接讲那天晚上。"小陈妈妈说："好，就说那天晚上。两年前了吧，那天晚上九点多，突然有人拍我家的门，挺凶猛的那种拍，当时就我一人在家，透过猫眼一看，是对门的邻老师呀，我就开了门，哎呀不得了，她立刻就冲进来了，还直接往卧室冲，我都蒙了，平时都很少说话的，她跑我卧室干吗？我跟着追进去，问她要找什么，她说电话，你家电话，我说电话在客厅啊，她又跑出来，扑到电话前，抓起电话拨了一通，后来又放下了，咕哝着说打不通，然后又风一样地旋到了餐厅，我以为她是要出去了，没想到她竟然一屁股坐在餐桌旁，直喘粗气，我看她那样子，活像是被激怒的母老虎，就远远地站在客厅望着她，后来她就慢慢低下了头，拿手捂住了脸，肩膀也抖动得很剧烈。"小陈插嘴道："那是哭了。"小陈妈妈睃了他一眼："就你聪明。"吴琼花很想催她快点儿讲，却又不好意思，只好拿眼睛热烈地盯着她。老李说："八成是受了'爱因斯坦'的欺负了。"小陈妈妈说："这个还真不好说。"齐嫂子说："你们都别打岔了，听小陈妈妈讲吧。"

小陈妈妈一边倒水一边说："我最见不得人哭了，她一哭，我就觉得特别难受，就给她递纸巾，又给她倒水，劝她别哭了。她不出声地哭了一会儿，突然就问我听见了她家的声音没有，我还真没注意，她这么一说，我就打开门听了一下，果然有乒乒乓乓摔东西的声音。她说这是她的老公和女儿正在家里大战。她让我关上门，陪她聊会儿。然后她就讲了，说所有的原因都要归结到艾光明身上。艾光明就是她老公，可她不愿意说是她老公，总是说'艾光明''艾光明'的，我还是说她老公好了。六年前，她老公因为公开揭露她所在学校的校长论文造假，害得她差点丢掉工作，她一气之下就动用全家多年的积蓄，买了我家对面的房子，与老公分居了。没想到，分居不到一年，她老公居然跟她忏悔，说分居期间某次出差，曾跟一个女同事上过床，因为自知犯了不可饶恕的错误，特意来征求她的意见，由她决定如何处罚。"

小陈妈妈停顿了一小会儿，才继续说道："我至今都记得，她当时连续冷笑了三声说，'猪头！脑袋真是白扛在肩上了，枪已上膛，箭已在弦，我要不彻底跟他了断的话，岂不成了猪大肠？'说完这句话后，她又冷笑了三声，然后才恢复了比较温文尔雅的样子。于是他们就离婚。她以为从此自己会过上快乐的单身生活，可就在不久前，她老公竟然跑到报社，向社长告状，说女儿写某副市长主导的惠民工程文章，起码有 80% 的内容纯属虚假报道，完全违背了一个新闻记者的职业操守，要求报社向全市人民道歉并给予女儿相应处分。讲到这里的时候，她又冷笑了，不过这次笑得十分短促，刚一出声就收住了，然后就狠狠地骂了两个字，牛屎！"

小陈妈妈吞了一口水，吞得又慢又重，还皱起了眉头，看起来很是艰难，似乎是受了"牛屎"的影响。一屋的人都眼巴巴地望着她。她又很慢很重地吞了一口水，问："剩下的事情你们都能猜到了吧?"没有一个人吭声。她摇摇头，继续说道："她女儿先是求她爸封嘴，求了不成就干脆要嫁给那个副市长的亲戚，一个六十多岁的糟老头。那天晚上，邻老师女儿就是在她家，也就是我家对门给艾光明打电话炫耀，艾光明急了追过来的，追过来了父女俩还没吵上三言两语，就打起来了。邻老师说，让他们打，让他们打，都打死了才好，这样猪头的爹和这样糊涂的女儿，活在世上简直有辱先人。"

老李说："她女儿最后还是嫁给了那个糟老头？还住在天福苑？"小陈妈妈说："后来的事我就不知道了，因为那天晚上她刚说完有辱先人，就听见对门'嘭'的一声，然后就有人'咚咚咚'跑下了楼，我起身去开门，她拦住了我。过了一会儿，都安静了，她就走了，什么也没说，就从我家直直地走进了她家敞开的门。我担心她会出事，就想到她家再陪她坐一会的，但她进了自家门后，头也没回，直接就反手把门关上了。之后没几天，我在楼梯间遇到过她一次，她看起来特别疲惫，脸黄黄的，我问她女儿的事怎么样了，她笑了一下说，谢谢关心，说她女儿胜利了，都改姓皮了。从此我再也没见到过邻老师，我家对门已经空了快两年了。"

齐嫂子抹着眼泪说："这个邻老师的命怎么这么苦呢？嫁了这么一个蠢的老公，生了这么一个翠的女儿。"老李说："那就是了，皮记者是故意住在天福苑的。"小陈说："也说不定皮记者过得很不错，至少糟老头子还是给她置办了一套房子。再说，副市长大人的亲戚，不是房地产大亨，就是包工头，皮记者绝对亏不了。"小陈妈妈作势揪了一下他的耳朵道："呸呸呸，说的什么话！"齐嫂子又说："可见这些高级知识分子也不见得过得就比我们这些没知识的人好，因为他们各人都有各人的筋，喜欢犯拧。"小陈："齐阿姨这话我反对，放眼全球，不，就放眼全中国，永远都是劳心者治人，劳力者治于人，您得看多数。"老李点头道："小陈这话在理，得看多数，我看艾教授，做了这么多烂事，不也还活得好好的，不照样当着教授？也没见着哪个部门哪个谁把他怎么样嘛。"

吴琼花瞥了一眼老李，心头泛起一股说不清的滋味。她打心眼儿里厌恶他这种巴不得"爱因斯坦"受惩罚的样子，可她又觉得"爱因斯坦"确实对不起邹老师和皮记者，都是他最亲的人，这么对待她们不就等于是向自己下刀子吗？为什么要这么对待她们呢？是啊，这个"爱因斯坦"，你为什么就要这么犯拧这么较真呢？

较真！吴琼花一个激灵，突然想起了那个梦，在梦里，"爱因斯坦"就说了好几次"真"。这么一想，她又站到"爱因斯坦"一边去了："如果校长不做假，皮记者也按实际情况写，他自己也不跑去跟邹老师坦白，不是都会好好的？"

九

第二天早上六点多，老李买完早餐攥着报纸刚进门，后面就尾随进来了一群人。此后，一整天，什么残联、街道办、居委会、爱心志愿者协会、雷锋暖人协会、舞蹈声乐国画诗词茶文化各种协会……都来探望吴琼花了。他们按先来后到的顺序，耐心地在医院的走廊里排队等候，一拨人情真意切地说完一番话，然后与吴琼花紧紧握手告别，下一拨人再进来，从不间断，却也丝毫不乱。

闹闹嚷嚷地到了晚上九点半，总算是没有人再进来了。老李拿起报纸，扫了一眼，就去请小陈帮忙认两个字，小陈极不情愿地支起脑袋，念道："岂道助人为乐，原藏觊觎之心——名教授剑伤农妇真相。皮无双。哇，写的吴阿姨。"老李问："'觊觎'是什么意思？"小陈说："我也解释不好，应该是说没安好心吧，不过没关系，题目看不懂就看内容呗，从小到大，语文老师不都说嘛，无他，内容乃题目之展开也。"老李说："那你干脆读给我们听吧。"小陈连连摇头："行行好，这么长，我可读不了，今天人来人往的，饭没吃好，觉也没睡，累得半死，我还是听听就好。"

老李读得有些磕磕巴巴的，不过，吴琼花还是听懂了，皮记者的文章，不但把那天采访时她说过的话大多数都改变了，还说"爱因斯坦"第一次把她引进天福苑，就是因为看中了那个青花碗，但因为是名教授，终归不便直接索要，偏偏她吴琼花又是一个心灵特美的村妇，不懂投其所好，及时奉送青花碗，所以最终导致他恼羞成怒，举剑追杀。文章还专门写了一段记者与吴琼花儿子的对话，进一步证实了"爱因斯坦"并不是在帮她，而是为了实现他自己贪婪的欲望。皮记者最后写道："难道一个进城谋生的生命就应该受到我们这座城市的漠视？难道一件未及估价、沾满祖先指纹的古老瓷器就应该在我们这一代人手中消失？不，绝不能！作为追求自由平等、公平正义的当代市民，我们不能任由个别狂傲至极的所谓精英损毁、践踏宜昌这座城市的美好形象！吴琼花不能做的，我们替她做；吴琼花不敢主张的，我们替她主张！"

　　老李读完后，小陈长长地叹了口气，道："现在的媒体力量还真是无比强大，让人死，也让人生，既让你死去活来，又让你生不如死，生生死死，死死生生，无穷矣。"小陈妈妈和齐嫂子你望望我，我望望你，什么也没说，都洗漱去了。吴琼花一边向老李要手机，一边自言自语道："这个忘恩负义的东西，我说这段时间怎么都不来呢，原来是专门造谣去了。"老李把手机拿过去说："你看你，手直打战，我来打。"

　　儿子的手机却关了。老李安慰她说："有些话肯定不是他说的，是皮记者自己写的。"吴琼花其实心里也是这么想的，可还是一夜没睡好，她又反反复复地想了这前前后后，越发不安，也越发坚信这个皮记者有颗不善的心，照这样下去，"爱因斯坦"指不定会进监牢的。她决定明天一早就把儿子叫来，让他去报社找皮记者和她的领导，让他们撤回所有写她吴琼花的文章。

　　不想早上她正迷糊着的时候，人群又开始涌入了，而且送东西的越来越多，唱片协会送了一盘蔡琴的 DVD，兰草协会送了一盆香喷喷的兰草花，养鸽协会送了一只雪白的鸽子。还有不少市民，有三五成群的，也有单个来的，他们或捧着鲜花，或拎着一大包旧衣物，或提着鸡蛋、牛奶、壮骨粉等各种慰问品……晚上八点半，一位胖婶居然还送来了一只用蛇皮袋装着的老母鸡，说让吴琼花炖汤喝。吴琼花说什么也不收，但胖婶无比坚决地将蛇皮袋塞到了吴琼花的床底下，说："我是个裁缝，就在光明路菜市场开了个铺面，这鸡就是自己养在铺面里的，养了两年多了，一直舍不得杀了吃，但昨天中午邻居读报纸给我听了，我都流泪了。豆花嫂，你真是受委屈了，这鸡你一定要吃了，一定要快快好起来。"

　　胖婶走后，这只鸡一直在扑腾，仿佛是舍不得离开主人，到了傍晚，居然还拉了一泡屎，一时弄得病房里臭气熏天。老李忙活了好一阵，总算清理干净了，吴琼花特别愧疚，觉得自己欠了一屋子人的人情，就让老李把所有的东西都分成三份，一份给齐嫂子，一份给小陈家，一份归老李自己。小陈妈妈说："我们不要东西的。"齐嫂子也说："东西你自己留着，反正我是不会要的。"小陈打了个哈欠说："吴阿姨我就直说了，您现在简直就是太阳，不得了，再这么光芒万丈地照下去，要不了两天，我们就被烧化了，当务之急，是要让我们病室恢复以前的安静。"齐嫂子说："就是，医生还嘱咐我要多活动呢，现在成天人来人往的不说，还有这么多东西堆着，都没地方下脚了。"小陈妈妈说："你们两个也是，又不是琼花嫂子要他们来的，她有什么办法，要不我去找医生调整下房间，让琼花嫂子一个人住。"老李说："这样倒也好，免得都受打扰，不过，今天已经这么晚了，我看就算了，明天早上我们俩一起去找医生吧。"

　　吴琼花恨不能地面马上裂开一道缝，让自己掉进去，可地面都是结结实实的地面砖，是不可能让她逃出去的。她想了又想，想了又想，好不容易挨到了凌晨四点钟，就摇醒了老李。老李迷迷糊糊地望着她，她悄悄地跟他说赶紧带她走。老李一瞪眼说："你胡说什么？"又伸手摸她的额头。她握住他的手说："你还不了解我？在这里再待下去我就要憋死了，那皮记者是什么样的人，你现在不也明白了吗？况且纸是包不住火的，我要是还住这里，要怎么收场？我走了，齐嫂子他们俩也好过。"老李说："不行，你的腿还没好。"她把老李的手拉到自己的脸上，让老李的手把自己的泪水擦掉，说："伤筋动骨一百天，在医院养也是养，回老家养也是养，你跟我回老家去，我们以后一起过日子。"老李的手突然颤抖起来，另一只手也摸过来，一起覆在她的脸上，问："真的？你真的这么想？"吴琼花咬咬牙说："真的，是真的。"

老李背着吴琼花偷偷摸摸出了医院，又拦了辆"黑的"，准备赶往长途客运站。上了车，吴琼花却说先去优抚医院。老李惊道："去那里干什么？"吴琼花说："去了你就知道了。"老李知道拗不过她，只好随了她。

优抚医院的铁门却上了锁。不过，铁门是一格一格的栅栏，每一根栅栏的顶上都雕着一朵花，从栅栏里望进去，医院有纵横交错的道路，道路的两旁长着好多高大的树，还有一块一块的草坪，在它们的中间，摆着好多的健身器材，草坪上还开着不少的花儿，虽然看不清是什么花儿，但在清晨，它们散发出一波又一波混合的香味，撞向吴琼花的五脏六腑。

夏日的清晨，天色仿佛刚刚还黑着，一瞬间却又大亮了。当长途汽车经过吴琼花租住的郊区时，太阳已经露出了大半个脸，她看见儿子正好从小区匆匆忙忙走出来，看样子是要赶去上班。吴琼花就对着窗户说："臭小子，住院费就劳烦你结啦。"老李说："你怎么也学小陈说话了？"吴琼花咯咯笑了："年轻人说话多好听的。"老李趁机问："你知不知道我们刚去的医院是精神病医院？你去那里干什么？"吴琼花说："你没注意啊，昨天那个法律援助中心的人说过的，'爱因斯坦'现在就住在那个医院里，我就是去看看。现在放心了，那里很好的，是这个城市最清静最自在的地儿了。"

她侧身向着窗外，说话时吐出的水汽哈在玻璃窗上，让刚刚探进来的阳光似乎蒙上了一层温软的纱，她的脸被穿着纱的光芒照耀着，看起来是那么光洁柔亮……老李忍不住将右手扣进了她的手掌心。

热度传来，睡眠像一张结实的网突袭而至，很快就笼罩了他。

琴叶珊瑚

一

　　"棒糖！我的棒糖！王小雅，你死到哪里去了？"王小美又开始嘶吼了。母亲一边"哎哎"地答应着，一边举着一根草莓棒棒糖急急忙忙走向王小美。王小美说："王小雅，你又在搞什么鬼？"母亲说："菠萝味儿的没有了，你先将就下，我做完饭就去买。"母亲剥开糖纸，把糖放进王小美的嘴里。

　　母亲刚一转身，王小美就"噗"的一声将棒棒糖吐了出来。棒棒糖先是在母亲蓝底白碎花的衬衣上留恋了几秒钟，然后就一头栽到了地板上。如果不是怕伤着母亲，我手里热气腾腾的咖啡一定会飞出去，箭矢一样扑向王小美。

　　我把咖啡换到左手，右手握紧，直着眼睛向王小美走去。母亲张开双臂，试图阻拦我。我的右胳膊轻轻往外拐了一下，母亲就侧歪了下去，一屁股坐在了王小美的床上，但她很快又弹了起来，再次张开双臂，像一棵独立在深秋池塘边的柳树，萧瑟无限，卑微无比，可她的眼神又分明让我看见了一只悬崖边瘦骨嶙峋的老鹰，有不可一世的坚定，有瓦解一切的凌厉。

二

我很快就被瓦解了。

我们仅仅出现了短暂的对峙，很快我就不得不挪开了眼睛。屋子里的香气趁机从四面合围过来，它们先是成团成团地通过我的鼻子往五脏六腑里扑，接着又一股一股地从我的体内朝外拱，似乎是进去打探了一番之后，就要争先恐后地爬出我粗糙的毛孔。我开始打喷嚏，一个接一个地打，一声赶一声地打。我本能地拿右手蒙住嘴，试图遮挡四散横飞的唾沫，可这种徒劳的努力让我顾此失彼，我的左手很快就失控了，咖啡杯掉在了地上，我一直无比喜爱的咖啡不仅烫到了我的四根手指，还烫到了我的脚背。

母亲惊叫一声，力大无比地拥着我出了王小美的卧室。王小美爆发出剧烈而尖厉的笑声，比惊雷炸响在黑夜中更加刺耳，比瓷片划过坚硬的石头还要剐疼人心。不过我已经无暇顾及了，因为连续不断的喷嚏震得我鼻涕眼泪如同开了闸，浪奔浪流。我任由母亲拥坐在沙发上，仰着脸，尽量不让鼻涕眼泪污染脸部以外的地方。母亲塞了一把纸巾给我，让我自己擦脸，又快速擦去我手指和脚背上的咖啡，然后割来一枝肥嘟嘟的芦荟，将黏糊糊的汁液涂在我发红的皮肤上。

涂完了芦荟，她蹲下来，低着头，不停地倒换着吹我的左手和左脚，她的嘴里似乎充满了仙气，每吹一口，我灼热发红的皮肤就会清凉一寸白净一寸。她的几绺头发垂下来，在我的手臂和小腿上拂过来扫过去，她的头顶，竟然已经白发丛生。虽然我的喷嚏渐渐稀疏并终于消失了，我却烦躁起来，当她再次抓握我左手的时候，我站了起来。

母亲的双手空握着，抬起头，惊愕地望着我。起风了，客厅的落地窗前，白色窗纱激动难耐，不停地颤抖着鼓荡着，如果下一场痛快淋漓的雨呢？湿润的空气也许会稀释王小美屋子里的香气吧，让它们不再那么浓稠，不再侵扰我好不容易在夏天蛰伏下来的鼻炎。一缕香气飘过来，我又连打了两个喷嚏。母亲连忙跑过去，关上了王小美的房门，又说："一直跟你说过，要少进小姨卧室的，怎么今天就忘了？"

怎么就忘了呢？不过是越来越忍受不了王小美对母亲的粗鲁无礼吧。记得我高考后的那个周末，外婆去世了，办完丧事，母亲就把王小美接到了家里，那时的王小美，哪里是这个样子？那时她还是特别喜欢笑的小姨，一笑左脸颊就会绽出一个深深的酒窝，也喜欢喊我帮她，比如往上挪挪身子什么的，让她的肩膀靠在古铜色的雕花床靠上，然后找些话题跟我聊天。那时她的卧室无论白天还是黑夜，窗帘都很少合上，屋子里总是铺满了阳光或灯光。难道是长期卧床让她狂躁不安？还是瘫痪的不断加重让她失去了对生命的耐心？抑或是母亲作为她唯一的亲人让她如此理直气壮地撒泼耍赖？窗纱不断卷起又落下，它左边的一侧反复抚摸着阳光房的雕花木门。是啊，到底是哪一种花香侵犯了我呢？我实在想不出来。从来就是，走在大街上，无论我离道旁妖娆的花朵有多么亲近，也绝少打喷嚏。就在上周，我还和几个死党去了昆明世博园，在那里，我不可避免地被各种颜色和香气蛊惑了，以至于乐此不疲地把我的破鼻子一次又一次地伸向那些不知名的花儿，临出园之前，我甚至还偷摘了一朵雪白小巧的花朵，像蜜蜂一样吮吸了花蕊里甜甜的汁液，我因此还博得了"花痴"的雅号……仔细回忆了一遍，我确信，除了在某些冬天的清晨刚起床时，我会比较壮观地打上几个喷嚏，再就是这一次进王小美的房间了。

我不由得向阳光房走去。推开门，一个花花世界立刻闯入了我的眼睛！红的，白的，黄的，粉的，紫的……有的在怒放，有的正打着苞，有的已经开始凋落。但它们一律热热闹闹挤挤攘攘，是你搀我扶的样子，也是你推我搡的样子，是团结一心前仆后继的样子，也是你追我赶你死我活的样子。我被它们震撼了，也被母亲震撼了！前年初，母亲曾在电话里依稀说过那么一嘴，说是把阳台和书房打通了，家里的阳光房一下子大了不少。可惜我根本没听进去。作为国防生，我的生活既严肃又新鲜，既规律又忙碌，算一算，自从读博后，我都有两年没回过家了。这次回家，基本也是早出晚归，不是和同学们聚会，就是昏天黑地补瞌睡，压根儿就没去阳光房瞧上一眼，没想到，母亲原来独自完成了一个如此庞大的工程！如果说她原来在阳台上养花，养的是半亩方塘，那么现在，她养的简直就是一江春水了。不仅那些盛开的花朵肥硕丰腴，连它们的根茎和枝丫，也都十分劲挺有力，她把花朵们都侍候得不再是娴静飘逸的云，而是恣意奔放的河，母亲十多年养花育朵的精心和专注，现在得到了花朵们全部的热诚呼应和回报。

尤其是东侧那十来盆洁白的百合花，因为颜色的一致，显得特别盛大特别浓烈，王小美卧室里摆的那些花束，占主导地位的不正是它们吗？未必就是它们刺激了我的鼻子？确实，无须弯腰，它们的香味就已经脱颖而出，直往我的鼻子里钻，但很明显，它们是清清的绵长的，是柔柔的韧性的，是浓而不浊艳而不妖的，如果说王小美卧室里的香是深潭，这些百合的香就是浅溪。为了求证，我撑着膝盖，让鼻子嗅来嗅去闻了好久，结果一个喷嚏也没打，不仅没打，甚至连想要打的意思都没有。未必是混合的香气在作祟？可这阳光房里的香气难道还不够混合吗？顺着鹅卵石铺成的小道，我慢慢向前走，不走不知道，一深入我才发现，整个阳光房原来被分成了六个区，中间的分区最大，呈圆形，其他五个区大小都差不多，一律的椭圆形，放眼四顾，它们似乎构成了一朵硕大而异常缤纷的花。当我站上西侧的台阶才发现，这一切的缤纷之中其实暗含着秩序和规律：每一个分区，全部都以一株开着玫红色小花的灌木为中心，特别是中间圆形的区，正中的那株开着玫红色花朵的灌木，仿佛是一个横行无忌的矮个子国王，如果不是因为根扎在了土里，似乎就要抬脚从硕大的花盆里走出去，它充满了肉感的花朵开得毫无规则，东一簇西一簇地生长在长短不一的枝条顶端，热烈得放肆，光亮得不耐烦，狂傲得像暴烈的国王……母亲真是令人叹服，作为音乐系的教授，只要她愿意，无论多么普通的事物，但凡经过她的大脑和双手，就总能散发出非同一般的气息，就像眼前的这阳光房，既充满了优雅，又在优雅的中心植入了含而不露的狂野；既经营了秩序，又在秩序的中心植入了隐而不发的风暴。

围着巨大的圆形转了几圈，找到一个相对可以接近的位置，我探出身子，隔着脚下许多绿叶和花朵，准备够下一朵"国王"的玫红，冷不防听到又尖又脆的一声断喝："轩轩别摘!"母亲快步走过来，不由分说推着我向门口走去。我趔趄着，一边频频回顾那棵"国王"，一边追问那是一棵什么树。

母亲仿佛没听见一样。直到我抵住门轴，无比执拗地望定她，她才垂下眼睑说，琴叶珊瑚。

三

"王轩，王轩!你快下来，快点!"我推开窗户，果然是安静。她仰着头，叉着腰，腰间还斜挎着一个绿得扎眼的包。一看她这架势，我就知道，除了老老实实地下楼，跟她没什么好商量的。可我一转身，就看见母亲背对着我，正独自面对一桌子的菜，她的发髻已经松了，古铜色的发簪微微倾斜着，这让她的颈部显得越发瘦长，背部又平又薄，让我顿感荒凉。我在她的对面坐下来，犹豫着说："琴叶珊瑚……好美的名字啊。"母亲不看我，看着那碗花红柳绿的汤，拿右手弹了弹说："去吧。"

当我穿着拖鞋、半拖着左脚坐上安静的车子，我才知道是陪她去接站，据说还是个男同学。我一下子就没好气儿了，坚决要求下车。安静把车开得飞快，一边嘎嘎大笑，说："王轩，你真是严监生第一葛朗台第二，你嘴巴一噘我就知道你要放什么屁，你至今都不敢说你爱我，难道还不允许我爱别人?"我小声小气地说："没看见我受伤了吗?还有，你能不能文明点儿?特别是拜托你以后不要在我家楼下大喊大叫，有事打电话行不行？"安静冷笑道："文明？什么叫文明？像你老妈那样就叫文明？王轩，我还就告诉你了，我今天就是故意的，故意做给你文明的老妈看的。"我说："有事说事儿，扯上我老妈干什么！"车速慢了下来，安静竟将车滑到马路边停下了，可她的嘴一点儿也没停，反而无情地朝我发射连珠炮："好，你倒是告诉我，这么多年，我为什么连一句话都等不来？如果不是你那个无比文明的老妈，又是什么？你说呀，到底是为什么？你不说是吧？王轩，我算看透了，你就是孬种一个，你老妈永远是降伏你的那个魔！"

我的屁股不由自主离开了座位，身子也悬起来，开始不断拔高，如果不是脑袋突然"嘭"地一下撞到了车顶，我恐怕早就长成了一棵钻天杨。我只好顺势倾斜下来，向安静欺过去。安静却高仰着她的苹果脸，两只大大的杏仁眼紧紧地盯住我，是灼灼发光的样子，是立刻要喷出火来的样子，更要命的是，她的牙齿居然还交替轻咬着上下唇，整张小嘴完全是湿漉漉的一团红。我的怒气瞬间就熄灭了，整个人忽然像是被钱塘江大潮抛了起来，我闭上眼睛，将自己的嘴唇盖了上去，安静紧紧咬住我的舌头，眼泪却滑进了我的嘴里。

她的大学同学其实是一拖二，安静看见他们，就像草原遇上了春风，"呼啦"一下子就蓬蓬勃勃了，她和夫妇俩逐一拥抱后，就把不足两岁的小男孩抱在怀里不停地亲来亲去，好像她才是他的母亲。我暗示她好几次得开车了，她都装没看见，后来大约是小男孩受不了她过分的热情，挤皱着脸哼哼着不断挣扎，她才终于将他放开了。临上车时，她的男同学拍拍我的肩，摇晃着一头蓬松无比的卷发，用浓重的河南口音说："大博士，恁得抓紧，眼瞅安静……"

安静截断他说："行了，大头，看样子你这小日子过得特滋润啊，热爱操心了，说吧，这次来有什么安排？"大头同学长发飘飘的夫人抢着说："大头早就说了，一切听你这个地主的安排。"安静哈哈大笑说："那是，大头最不会浪费资源了，他心里百分百想的是，谁叫安静是旅游局的呢？其实我早就给你们排好行程啦，到酒店了你们先过目。"大头说："还是恁了解俺。"从镜子里，我看见他笑得两道眉毛离得更远了，仿佛两条分道扬镳的秋蚕。

按照安静的安排，不仅晚餐要增加三个她大学的同窗，晚餐结束后还得一起去游船上观赏滨江夜景。我给母亲发信息说，晚回，祝老妈生日快乐！母亲很快回复了一个微笑的表情，却不见只言片语。我隐隐有些不安。从小到大，她一直不喜欢安静，虽然她从不明确表达对安静的厌恶，但她的厌恶之情，总会适时巧妙地传达给我，这一次，又是安静强行把我扯走了，扯走了我，就相当于扯走了母亲五十岁生日时应该享受的亲情之乐，要知道，当我不在她的身边，在这世上，她就只有那个她尽心侍候的凶神恶煞的妹妹了。

晚餐热闹非凡，安静不时拉着我跟她的同学们碰杯。同学们一边大快朵颐，一边不时替东道主义愤填膺。喜欢往左不断甩弄头发的艺术男趴下身子，将脸侧向我说："你知不知道，我可是动用了十八般乐器都没能打动安静的，在如今物欲横流浮躁不堪的社会，居然还有这样的美女为你守身如玉，王博士你真是太幸福了。"被紧身 T 恤勒出大块胸肌的运动健将，奋力用他的酒杯"当"地撞了一下我的酒杯，吞下一大口酒，站起身道："马拉松恋爱我见过，但没见你们这么长的，大博士，不能光顾了自己的学业和前程，你可要对得起我们安静。"下巴底下长着独独一根长胡须的家伙，往下拽了拽运动健将没有端酒杯的那只手，说："哎哎，你怎么说话呢。"他一只胳膊环住我的肩，把他体内热乎乎的酒气源源不断送进我的右耳。他说："博士哥，听我一句劝，女人花女人花，到季不掐就结不了瓜。"安静站起来，把手中的杯子晃了一个圈，说："没关系，这么多年我都等过来了，我等得起，等王轩读完博，我们俩再请大家喝酒，谢谢老同学们这么爱护我，我先走一个。"一桌子的人一起鼓掌。趁着喧闹，我闪身到走廊里给母亲打电话。按照昨天我的承诺，这个时候，我们应该在那家她常去的粥铺，安安静静地喝着为她定制的生日粥。可是，班得瑞的钢琴曲我都听了两遍，还是没人接听。我决定先回家看看再说。

一转身，安静就站在我的身后，因为背对着灯光，她的身形如同铁塑，唯有双目炯炯。我的手机差一点儿就甩出去了。我说："你怎么一声不吭的？怪吓人的。"安静说："吓人的是人，吃人的是魔。"我说："安静，能不能不闹了？我妈从来就是好心，她是认为我的学业还没完成，一切都还不能确定，怕承担不起对你的责任。"安静靠住墙，有气无力地说："那你的心你自己清不清楚？你问过你自己没有？好，就算她是这样想的，那你呢？你也这样想？更何况她怎么可能这么慷慨地替我着想？她对我，多少年了，我还能不清楚？"我说："你真是冤枉我妈了，这么多年她一个人把我拉扯大，所有的艰辛只有她自己一个人扛，有时难免就……"安静打断我说："我不是那个意思，那是两回事。算了，我不跟你说了，你不是我，你没有经历，所以不能体会。"我说："你这话是什么意思？我妈怎么你了？"安静一边扭身往包房走，一边问："你到底进不进去？"我往前挪了几步，追着她说："今天我妈过生日，五十岁。"安静停下脚步，似乎是想了一下，慢慢转回头说："哦，那你赶紧回去吧，不用再来了。"我说："我送个蛋糕回去再过来。"安静说："不用，你安心陪她吧。"我说："真的？"安静说："真的假不了，你怎么这么磨叽？赶紧回吧。"

我转身离开，可是安静的声音突然跟了上来："王轩！王轩！"她跑到我跟前，双手搂住我的脖子说，"王轩，我问你，如果有一天，这个世界上跟你最亲的那个人颠覆了你的认知，你会怎么办？"似乎并不需要我的回答，安静捧住我的脸，在我的唇上狠狠地啄了一下，就跑走了，我还没回过神来，她又从门里探出半个身子，向我挥了挥手，大声说："王轩，你快回去吧。"

这就是安静的好，她原本是异常柔软温暖的，她的张扬与跋扈，其实全都来源于她明亮温润的内心：自己的热情不藏着不掖着，别人的不是不穷追不猛打，即便生气，也不影响她明辨是非，多好的女孩！换了是我，等一个人等到了二十八岁仍然没等来他母亲的肯定，会怎样？

掏出钥匙开门的时候，我想，返校前，一定要找个合适的机会跟母亲再谈一次，如果她仍然不同意，我就悄悄地跟安静把结婚证先领了。

四

一开门，我就听见王小美闷声闷气的叫声，虽不锋利，但绝对声嘶力竭。我冲过去，抬起右脚踢向她的房门，结果，门不但没踢开，我反而被顶得后退了好几步。屋子里也陡然没了任何声音。我一边拍门，一边大声喊"老妈开门"，却无人应声，打母亲的手机，她的手机却在客厅的茶几上抖动不已。我急得满头大汗，顾不得左脚的伤，冲到放工具的柜子里找锤子，竟意外发现了装钥匙的茶叶盒。

钥匙成串成串地堆放在一起，全都蒙上了厚厚的灰尘。我一把一把地试，不断地问"老妈，你没事吧"，冷不防就听见里面王小美哑哑的爆笑声。终于，锁开了，可是，房门刚刚被我推开一小半，就被一股力量合上并再次上了锁。这一定是母亲了。我抵住门，再次将钥匙拧进锁孔，尽管门仍然被推拒着，但还是慢慢地打开了。

一股怪味扑过来，似乎要催人呕吐，我本能地捏住鼻子，然而，凌乱的房间还是令人感觉窒息，虽然来不及细看，但王小美脸上厚厚的白色口罩以及被反绑在床靠上的双手，仍然不由分说地撞疼了我的眼睛。我向她跨过去，却不料被绊了一下，原来是一个还没有完全塞进床底的小盆，里面装着说不清什么颜色的汁水，似乎周围的地板也被它溅湿了，我差点儿滑了一跤。取下王小美的口罩，我也忍不住换了口气。又开始打喷嚏了，我随手在王小美的床头抓了一大把抽纸，紧紧地捂住嘴巴和鼻子，也许是抽纸阻挡了一部分气味，我终于可以不用憋气来驱赶喷嚏了。在解她手上的布条时，我这才发现，王小美竟然满头大汗，原来她的身上竟然盖着两床被子！

她的双手终于解放了。我看向贴墙站在门后的母亲，一万个不解。我说："老妈，她究竟怎么您了？需要这样子？"母亲一个字都不说，单是看着我，灯光下，她的双眼亮晶晶的，似乎充满了惊恐。我掉头使劲盯着王小美。王小美耷拉下眼皮，罕见地沉默着，她裸露在外的身体全都布满了汗珠，好像她的脸、脖子和胳膊就是蒸汽机，可以不停地生产水蒸气。我犹豫了一下，还是伸手将上面那床被子掀开了。不料两声尖叫同时响起，母亲冲过来，一把扯过被子，胡乱往王小美身上扑盖，顿时，一股浓腻的气味腾空而起，酸腐，腥甜，好像有成千上万只飞鸟同时从淤泥里起身。我在连连后退中，依稀看见王小美用她的两根柱子一样的胳膊，死死地夹住被子，仿佛被子里面裹着无尽的宝藏。

我将客厅的窗户开到最大，把鼻子也张到最大。溽热的空气席卷过来，舔舐着我的脸，香樟树群乌黑一片，看不见风吹过的半点涟漪，由它们隔离出来的篮球场上，几盏灯黯淡地亮着，一个人影也没有，假期中的学校，看起来跟一个垂暮的老人差不多，没有学生的喧哗，就没有了强健有力的细胞。我突然十分想念安静，不知她和她的同学们，是不是已经在游船上大展歌喉了。

屋子的冷气在逐渐消失，却让人觉得舒坦多了。我顺势滑下来，仰躺在懒人椅上。电视背景墙的右上方，是一幅镶了银色边框的巨大的十字绣："山路元无雨，空翠湿人衣。"这两行十个字，半行半草，错落盘旋在一座座山峰之巅和如烟似雾之中。日月争辉，草长莺飞，梅兰竹菊，雨打芭蕉，牡丹盛开……我相信，每一个业余绣娘随手一绣，都会是满满的美好，再不济，绣个喜鹊登枝或鲤鱼跃龙门，多少也是吉祥的意思。世俗的意思，积极的意思。可是我的母亲，不知为什么竟花费两年的时光，一针一针绣出了如此这般混混沌沌的巨幅绣品。刚才王小美房间里的一切，更是混混沌沌的一片，让人摸不着头脑。有蚊子嘤嘤地飞，毫不客气地在我的胳膊上接连叮咬了几口，我跳起来，关上了窗户。回头的一刹那，我看见阳光房的门大开着，植物们暗影依稀。

灯光并没有惊醒植物们，它们看起来不像上午那样生机盎然，特别是那株巨大的琴叶珊瑚，怎么看都有些蔫头耷脑的样子。我走过去，远远近近地看了它好几遍，终于发现，它的红花和绿叶似乎稀疏了不少。但这并不减弱植物让人心旷神怡的功效，我在里面转了一圈之后，再走出来，顿时觉得没那么憋闷了。

我再次向王小美的卧室走去，房门紧闭着，如同我刚回来时一样，只是里面一片静谧，听不见任何声音。我的手举起好几次，又一次次放下了。我在客厅来回踱步，最后还是在沙发上坐下来，等待王小美的房门从里而外打开。我摁开电视，一场浩大的音乐会正在进行，首席小提琴手拉完了一小段独奏，合奏瞬间爆发，瀑布一样铺开，电视机似乎都在战栗着。我希望下一曲、下下一曲、下下下一曲全部都是轻音乐，在那样的氛围中，母亲的叙述一定会放松一些，准确一些，完整一些。

母亲终于出来了，浓香随着溢出来，我连打了三个喷嚏。房门很快便合上了。她手里端着那个蓝色小盆，急急走向卫生间。我跟着她，站在卫生间门口，看她戴着手套将脏污的棉球和成团的纸巾撕碎扔掉，看她反复冲洗白色的口罩和一个彩色的小刷子，看她用钢丝球将蓝色小盆擦来擦去，看她拿着棉布拖把进出王小美的房间。水声哗哗哗，哗哗哗，母亲就是不望我一眼，即使从我身边挤过去也不望我一眼，直到洗无可洗了，她摘下手套，也并没有朝门口走来，而是退到花洒下面站定了。我说："她到底怎么您了？跟我说说吧。"母亲低着头，蚊蝇似的说："没有。"我说："怎么会没有？不然您会绑着她？还要堵着她的嘴？难道您天天伺候她，她不感激不说，连给她洗澡都还要遭她反抗？"母亲瘦弱的身子突然瑟瑟抖动起来，像一个饱经风霜的皮影人。我的母亲，且不说一个人拉扯我长大，就说伺候王小美的这七年，不知忍受了多少常人难以想象的苦和累！我忍着泪，走过去，张开双臂，打算拥抱她，没想到，她却一猫身出了门，逃也似的滑进了她的卧室。

房门"砰"地关上了。我愣怔了好一阵子，在储藏间找了一个口罩戴上，然后推开王小美的卧室。房间整齐洁净，花枝招展，浓香袭人，两床被子都不见了，王小美穿着长睡袍，睁着眼，瞪着天花板，一切已经恢复如常，仿佛什么事情都没有发生过。我本想坐在她的床尾，但看她连眼睛都不愿意放下来扫视我一下，就只好站着了。但她说话了。她说："轩轩，别问我，问你……妈去。"我说："你现在怎么不盖两床被子了？"她说："不盖了，我怕热。"我说："你知道我要问什么。"过了一会儿，她才小声说:"我感冒了,那个时候我觉得冷。"我说:"你撒谎,我不就掀开了上面那床被子吗?你们为什么都那么紧张?至于吗?"她继续盯着天花板,不吭声。

房间里冷气充足,口罩却把我呼出的热气传给了我的眼镜,我的眼前一片模糊。我摘下眼镜,去拿床头柜上的纸巾。一俯身,王小美身上混合的味道直冲过来,我忍不住一连串打了好几个喷嚏。我赶紧站直身子。浓香重新密布,压倒了一切,但仔细想想,好像是,刚才的王小美,浑身散发出的,既有酸腐、腥甜的浓腻,又有沉闷、滞重的浓香。我说:"盖两床被子,是不是要掩盖你身上的味道?"王小美的眼珠瞬间掉了下来,死死地盯住我,仿佛我是一头怪兽。但她仍然不说话。我说:"你不愿意说,是吧?那好吧,我就来说一说。你看,你连自己身上的味道都受不了,都要尽力掩盖,我妈每天要帮你清洗,精心侍候你,你想她是怎么忍受的?七年了,虽然我在家的时间很少,但只要在家,我都见证了我妈的辛苦,也见证了你对她的粗暴无礼,她是我妈,也是你姐,自从外婆去世后,现在这世上,就只剩我们三个亲人了,你为什么就不愿意好好珍惜呢?"王小美突然暴喝道:"住口!你知道什么?你什么都不知道!"我愣住了。王小美自己也怔住了。屋子里安静下来,只有空调发出细微的沙沙声。

她重新将眼睛望向天花板,嘴里喃喃道:"轩轩,不是这样的,不是这样的,真的不是这样的……"两滴硕大的泪水像晶莹的石头,顺着她的眼角滚落下来,很快,她肥嘟嘟的脸上就水漫金山了。

我递纸巾给她,她不接,也不眨眼,只是一个劲地瞪着天花板。

五

母亲的房门依然紧闭着，仿佛在拒绝这个世界，经过时，我停顿了一下，但还是直接回到了自己的房间里。说实在的，王小美的真情流露让我猝不及防，我开始怀疑这个家，原来它并不信任我，至少并不像我无条件信任它一样地信任我，它一直对我有所保留有所隐瞒，而保留的是什么，保留的余地有多少，隐瞒的是什么，隐瞒的程度有多深，我竟然一无所知。更让我难以理解的是，这些保留和隐瞒，原本是可以不存在的，它们都在母亲那里，母亲只要一张口，它们便会消失无踪，可是，她为什么不告诉我？到底是为什么？在自己的家里，躺在自己的床上，听着自己的心跳，第一次，我感到了异常的孤独和无助，这真是令人焦虑，令人疼痛。我给安静打电话，第一遍无人接听，第二遍无人接听，第三遍第四遍第五遍……我一遍接一遍地打，打到第十二遍时，她终于接了。我还没张口，她在那头大声说："你那边结束了？我们还在唱歌，你来不来？"

我去了游船，但并没有加入他们，我在甲板上坐着，等着他们结束。三个小时前，安静说，如果有一天，这个世界上跟你最亲的那个人颠覆了你的认知，你会怎么办？这个心直口快的女人，如果不是误打误撞的先知，就一定是我命里的女巫，距她近一寸，我的焦虑就会减一尺，跟她在一起，多多少少，我总会回归简单和安定，远胜于我待在那个过于安静的家里胡思乱想。

　　江风同样是滞重的，挟带着饱含了阳光余温的水，不断拍打着夜空，而夜空是深邃的，没有月亮，只有一些隐晦的星子。大面积的黑仿佛巨大的空洞，看起来，既像是宝贝似的含衔着星子，又像是饿狼似的吞噬着星子。热风浩荡地吹拂着我，我能听到汗水一颗一颗爬过我皮肤的声音，好在凌晨刚过，安静他们你搀我扶地出来了，河南同学的夫人及孩子并不在列，想必早就回宾馆了，宾馆就在附近。安静迷蒙着眼，吩咐我再去补开两个房间，让她的三个本市同学住。运动健将搅着舌头说："不对，开两个房不够，开三个，人家大博士这么晚过来，你怎么能把人家放跑了，要不我回家去，把房间腾给你俩。"一群人立刻点头的点头，鼓掌的鼓掌。安静一巴掌搋过去，说："腾你个头，你愿意滚回去就趁早点，还省我房费。"运动健将趔趄了一下，如果不是我及时扶住就摔下去了。他又向艺术男倾了过去，说："安静，你看看你那凶神恶煞的样儿，我还是趁早滚楼上去得了。"一群人就东倒西歪地进了电梯。

　　他们倒是把我和安静拦在了电梯外，独须的家伙还挤眉弄眼地对我说："抓紧时间，抓紧时间。"这么一折腾，我的心不知不觉松快了些。我知道安静并没有醉，她从来就讨厌醉酒，更不能容忍女人醉酒，但她今晚的眼睛眯得太厉害了。当我们将双脚泡在江水里时，她带着一身的烟酒味靠着我说："放心吧，我没醉，但跟烟酒之徒在一起，七窍就只能尽量关闭着，今天眼睛都眯了六七个小时了，暂时还调整不过来嘛。"又问，"看你心事重重的样子，就不能主动说一说？是你老妈生日过得不高兴？"我点头，又摇头。她挪开身子，歪着头打量了我几眼，"扑哧"笑了，说：

"你是没看你大头勾着细脖子梗着的样子，特别像一匹饱受折磨的老马。"我说："说说你对我老妈的印象吧。"安静瞪大眼睛，把我看了又看，像不认识我似的。我说："安静，我现在可是正经八百地请你说一说。"安静说："王轩，你受什么刺激了？你老妈可是你心中的女神啊，岂是我辈能随便说的？再说了，我说的都是你不爱听的，你还不把我吃了？"

我烦躁起来，把水搅得哗哗响。安静说："依你看，你老妈有朋友吗？"我认真想了想，摇了摇头。安静这么一提醒，好像母亲确实不怎么跟人来往，除了在家侍候王小美，做家务，再就是与音乐为伴了。安静说："我觉得你妈很怪。"她沉吟了一下，接着说，"我总结了以下几条：第一，你妈跟系里的同事都很少搭讪，别人跟她说话，除非不得已，她一般是金口难开的，不过，据说你爸去世前她不是这样。第二，你妈对你基本是实行封闭式教育，不允许别人接近你，特别是在你小时候，她根本就拒绝小孩子跟你在一起玩乐，当然，她最讨厌的就是我了，因为我总是觍着脸追着你玩。不知道你还记不记得，那次咱俩偷偷跑到足球场的跳远沙坑里玩沙，结果被她抓到了，她先把你牵到足球场外面，接着又把我牵回到沙坑里面，把我的鞋脱掉，里面装满了沙子，然后让我穿着装满沙子的鞋围着足球场跑三圈，结果我一圈没跑完，脚底就全部磨破了，她把沙子倒出来，让我重新穿上鞋，说了一句让我终生难忘的话，'今天是破你的脚，下一次是破你的腿，你给我记住，不许再缠着我们家轩轩'。"

我叫道："不可能，绝对不可能，这不会是我妈说的话！"安静冷笑道："怎么样，我说你不会相信吧。可那时我已经七岁了，我记得清清楚楚，一共三十个字，字字刻骨铭心。为什么后来我不找你玩了？因为害怕，一直到大学后，不在你妈眼前了，你来找我，我们才继续交往的，这个你该记得吧？"我把头埋进手掌里。那天母亲告诉我的是：安静还没玩够，要再玩一会儿再回家。安静说："她跟你说的什么我不知道，反正那天我坐在那里哭了好久，一直到我爸找到我把我背回家，我妈气得要命，当即就要去找你妈，我爸拦住了，说我们不要跟一个心理不正常的人较劲，那样只会自找麻烦。"

我忍不住质问道："我妈怎么心理不正常了？你爸这么说是不公平的，我爸在我还没出生时就去世了，我妈如果心理不正常，能培养出我这么一个活泼健康的儿子？"安静撇撇嘴说："你认为你足够活泼？活泼是你这样子的？不过，你还不算特别不健康吧。是啊，我也在想啊，为什么你没受你妈的影响？后来总算是想明白了，因为你妈封闭的只是你与人的交往，对你敞开的，却是书本和音乐的大门，碰巧你也特别喜欢读书，所以你应该算是很幸运地被书本教育成人了。"我仔细回忆了下，似乎安静说的话也不无道理。从小到大，母亲虽说一直无微不至、不厌其烦地照顾我，但从不唠叨，也很少跟我交流世俗琐事，我们都有自己的世界。平日里，除了学习，我就是守着书柜看书，或者听听音乐拉拉小提琴，要不是就是去球馆打打羽毛球，或者上网玩玩小游戏，生活单纯得几乎让人感觉不到它的流动。安静说："王轩，你实话告诉我，你对你爸去世的事儿了解多少？"我说："你这是什么意思？我爸不是出了车祸吗？"安静点头道："出车祸是不假，不过……我们该说第几点了？对，第三，你家有时会发出奇怪的声音。有人说是你小姨，有人说是你妈，有人说既不是你小姨也不是你妈，而是你家窗户发出的声音。"我说："安静，你都听谁说的？一听就是胡编乱造，这些人太可恶了，弄得我们家像在闹鬼一样。"安静咯咯笑了，说："王轩，你是不是也怕了？不说不知道，一说吓一跳，你平时不在家，情有可原，情有可原，你们对面的邻居早就搬走了，这个你知道吧，据说跟你们家的声音有关。"我恼怒起来，在黑暗中紧盯着安静的小嘴说："那你倒是说说，会是什么声音？"安静将头扭向一边，沉吟了一会儿说："这个还真不知道，我素来光明磊落，从没偷偷摸摸跑到你家楼下侦察过。"

人们的传闻大约就是我今天听到王小美卧室里发出的声音了，我突然感到异常沮丧。夜越来越深了，对岸的山体成了黑乎乎的一片，江水流淌的声音也邈远起来。安静扯过我的胳膊，把头重新靠过来，说："王轩，你也别在意，我也都是听学校里的老师们说的，社会就是这么复杂，人就是这么世俗，老师们也好不到哪儿去，茶余饭后，他们津津乐道的一样是那些家长里短，特别是同事之间的是是非非。客观地分析，也许是因为你妈从肉到骨都充满了高贵和优雅，又从来不愿意跟他们往来，所以他们嫉妒得牙痒痒，所以他们就忍不住嚼舌根了。"

是啊，在今天之前，我是那么信任着我的母亲，可是……我将安静揽进怀里，什么也没说。

六

一觉醒来时，已经是下午三点一刻了。

　　似乎是跟安静在江边聊了很久之后，我们又去了酒吧，在酒吧里我究竟喝了多少啤酒，已全然忘记了，我只知道，现在躺着的地方，并不是家里。等我看清楚是宾馆，就赶紧跳下床，冷不防，头却猛烈地痛起来，仿佛有一道道的闪电在里面依次交替扯过。我只好重新倒在床上，却瞥见了床头柜上的水杯和字条。字条是安静留的：相公，蜂蜜我已经搁杯子里了，你起床后，只需将大半杯冷水冲进去，然后加点开水冲调一下就行了。我上班去了。你亲亲的娘子啊。

　　我老老实实按照安静的吩咐喝了蜂蜜水，又洗了个澡，果然头痛减轻多了。看手机，没有母亲的信息或来电，这太反常了，但凡我跟同学聚会，只要超过夜晚十一点，母亲都会发来"何时归"三个字的信息，未必昨晚我出门她不知道？

　　家里静悄悄的，却香味袭人，这种香，说不上清雅，但也算不上浓烈，比王小美卧室里的那种香味要疏淡多了。我趿着拖鞋走进去，看见王小美的卧室四敞八开着，床上的人却不见了。我的心提到了嗓子眼，忍不住大喊了一声"妈"，一边去推母亲的房门，没想到，轻轻一碰就开了。里面空无一人。我转身往阳光房奔去，不禁大骇，"国王"不见了，其他五个分区的"中心"也都不见了，失去了"国王"和"中心"，整个房间似乎布满了深不可测的空洞，而这些空洞，全部是由妖娆多姿的植物们合围而成，真是有种说不出的怪异。我慌慌张张地退出来，拨打母亲的手机，手机里却反复说，您呼叫的用户不在服务区。我一屁股坐在沙发上，空调的风扫过来，像温柔的触须抚摸着我。

　　我慢慢冷静了下来。既然连空调都开着，而且跟平时一样整齐有序、纤尘不染，应该说明家里并没有遭受意外侵袭，可能是母亲送王小美去医院了？那也至少要告诉我一声或留字条啊……对，留字条。我腾地坐起来，冲向我的房间。果然，那个大大的蓝色琉璃留言夹就摆在我的书桌上，它的旁边，还摆着一大束百合花。

第一页是一幅简笔画，在一棵树下，一个穿连衣裙的女人蹲在一个小男孩的面前，握着他的手，眼神专注地望着他。在右上角，竖排写着"母亲和她的孩子"。第二页也是一幅简笔画，那个小男孩站在一张床前，一个穿睡袍的女人平躺在上面，两只手努力向前够着，似乎是要将小男孩抱进自己的怀里，她的眼睛也是无比专注地望着他，在这张纸的右上角，同样竖排写着"母亲和她的孩子"。第三页，还是一幅简笔画，穿连衣裙的女人弓着腰，吃力地拉着一辆独轮车，车上躺着那个穿睡袍的女人，她们的远方是连绵的山，山脚下，则矗立着一个面目模糊的男人。第四页，母亲流畅的行书终于出现了。

轩轩我儿：

你回家了，终于看到这里来了，来，和妈妈拥抱一下。

这个留言夹，从你入幼儿园开始一直到高中毕业，让我们频繁使用了十五年。这十五年里，我慢慢将嘱咐和交代变成了信手涂鸦，经常将突然得到的好乐句或某些诗意的句子与你分享，其实不是别的什么，而是黔驴技穷了，是一个母亲面对渐渐长大的孩子，越来越需要遮掩才能勉强维持自己身份的尴尬。所以，轩轩，请你原谅我，之前的留言，我已经全部销毁了。如此甚好，当你知道你应当知道的一切之后，一定会和我一样，渴望消除你生命中不该保存的痕迹。

我和你父亲是高中同学，等他终于调入我留守的这所院校任教的时候，我们已经相恋了九年，他调来的当年，你就有了一个哥哥。你这个哥哥，名字就叫王轩，脸部轮廓跟你父亲一模一样，五官却没一处不像我，在我眼里，他美过潘安。可是你这个哥哥，我的亲儿子，自出生后，黄疸就布满了他的全身，所以他只能躺在医院里不断接受治疗，两个月零八天，一次都没回过我们的家。两个月零八天，我也没回过家，除了护士抱他来吃奶时我可以亲他，其他时间我根本看不见他，看不见他红扑扑的脸、粉嘟嘟的脚，看不见他玉藕似的胳膊和嫩乎乎的小手，但我还是忍不住要把脸贴在儿科病房冰凉的玻璃门上，盯着看他的花被子，经常是看着看着几个小时就过去了，走廊里的风吹进了我的骨头里，我的头和腰，就这么落下了病。可妈妈是多么无能啊，怎么就没把他给看住呢？我一直想不通，既然他不愿意来到这个世界上，可为什么还要从我的肚子里跑出来呢？如果他永远就在我的肚子里待下去，那该多好，至少我可以陪他一辈子。轩轩，你说，你哥哥是不是太不讲理了？

这期间，你外婆没时间来照顾我，王小美在家闲着，就自告奋勇地来了，这一照顾，就照顾到你父亲身上去了。他们到底是从什么时候开始的，我不知道，我只知道那天我去墓地看你哥哥回来，就撞见了他们在我的床上……我怎么就没有把自己的眼珠给抠掉呢？我想，当时我要么是糊涂了，要么是没力气了……这么多年，我都在努力删除我脑海中的那个画面，可是，我越是要求自己这么做，那画面就越是往脑海深处陷，也不知是什么时候，它就已经长进了骨头里。轩轩，妈妈是真的没有勇气把自己的脑袋拧下来啊。

王小美回老家去了，很快就嫁给了邻村的一个瘸子，当年就生下了一个男孩。想必你还记得吧，你外婆的左脸总会时不时抽搐？那是因为你外婆在知道王小美要坚决嫁给瘸子的原因之后，突然就中风了。轩轩，当站在医院走廊里等待你外婆被抬出急诊室的时候，我确信，一定是神灵启示了我，我颓废昏沉了一年多的心猛然间苏醒了，我明白了，在弄死王小美和你父亲之前，我还没有资格死去，我必须好好地活着。

这个念头常常让我夜不能寐。机会终于来了，那年7月28日，我和你父亲回老家看望你外婆，当然还有刚坐完月子的王小美。王小美正好在发烧，我让你父亲陪她去镇医院。一开始，他们假意忸怩着不愿意，但最终还是一起上了拖拉机，坐在了瘸子的身后。王小美家场院小，拖拉机就停在场院的西侧，在爬过一百米左右的缓坡之后，它带着他们冲下了急而陡的土公路，最后侧翻到公路下的溪沟里。结果，瘸子的脑袋磕在石头上，当场死亡，王小美断了腰椎，至于你父亲，他只是身体的左侧从头到脚受了擦伤，虽然当时看起来血流如注，骨头却没受到什么影响。轩轩，妈妈真是高兴难抑啊！我忍不住俯在你父亲没有流血的右耳边，告诉他，拖拉机就是我的复仇之剑。

　　是的，拖拉机被我动了手脚，它还算是比较成功地完成了我的指令。后来的事你就知道了，你出生后的第二个月，理所当然地跟我到了这座城市，不过，我要向你坦白的是，你外婆安排我带走你时，我还以为，我肯定会找个机会把你扔掉。可当你被转递到我手里，我立刻就看到了你的哥哥，你们是那么相像，一样的红扑扑，一样的粉嘟嘟，一样的嫩乎乎，而且，你的小嘴还半张着往我怀里侧歪了一下，像饥饿的小鸟那样可怜无助，就这一下，你的柔软和俊美，已经彻底把我给征服了。我的轩轩，说实在的，因为王小美，我还从来没有好好看过你一眼，可自从看了你那一眼之后，我就知道，我所有的恨都与你无关。从此，你就是我的全部，我的宇宙，我活着的唯一依恋。

　　但你并不是让我延续生命的唯一理由。王小美和你父亲都还没有死。当天你父亲就离开了，我三天后返回城里，发现他已不知去向。王小美不同，因为瘫痪在床，她不仅卸下了所有的负担，而且还理直气壮地享受她给别人造成的负担，你外婆精心伺候了她十五年，竟把她伺候得越来越有精神了。到我们家之后，一切才慢慢有所改变。我寻找了很久，终于找到了掐断她快乐的秘方——琴叶珊瑚，它的汁液可以让伤口开出更大的糜烂之花。是的，既然她不愿意死，那我就有义务让她慢慢享受不死的过程。可是，轩轩，你不知道我在做这些事情的时候有多么痛苦！因为你是那么纯净，你是怀瑾握瑜、以为世界也会还你以瑾瑜的人，而你美玉般的气质，除了来源于你的禀赋，作为养育了你二十八年的母亲，我也完全可以自信地说，对你的培养，我是真心实意、全力以赴、孤注一掷的。正因如此，我不希望你看见我对你的生母所做的一切，我必须加倍谨慎、极力遮掩，但我也不希望因你而阻碍了我从王小美那里赎回我的尊严，所以我必须不断鼓励自己、强迫自己继续我的快意恩仇。

你还是阻碍了我。不，不仅仅是阻碍，是阻止。你长大了，长成了具备强大感受和判断能力的独立人格的小伙子，而不再是那个无条件信任我的小男孩，我越来越纠结了，我明白，从你的角度，从我爱你的角度，我必须终止对王小美的行为，果断放下仇恨。可是，轩轩，任何一种行为，一旦成了习惯，它就具备了无法阻挡的势能。我的头脑，在很多时候已经控制不住我的手和脚了，每隔三天，它们仍然会去实施它们那些固定的动作。直到昨天晚上，你突然回来了……

昨天你的所见，一定会让你不得安宁，因为你是那么惊疑，还有强压的愤怒，妈妈了解你，你虽然不知道愤怒的原因和对象，但你一定会想办法查个水落石出。但是，如果妈妈不说（王小美是永远不会说的），你会一直遭受不明真相的折磨。妈妈想了一夜，把这一生来来回回想了好几遍，真是愧悔交加，这个愧悔，是我的，也是你父亲和王小美的，在你的面前，我们每个人都罪孽深重！眼看你就要到而立之年了，所以是时候了，是必须从你生活中消失的时候了，不是有一句话叫作"有一种爱叫远离"吗？轩轩，你要记住，真相裸露的时候，往往也是尊严丧失的时候，所以妈妈最后请求你：为了我们三个人的尊严，作为大人的最后那一丝可怜的尊严，请你不要试图寻找，相信我，我自会安排好一切。

家里全部的存款和房产证等重要证件，都在你衣柜抽屉的隔层里，银行里存留的信息也都是你的，密码我全部录在我手提电脑的 D 盘中。轩轩，原谅我吧，我能留给你的实在有限，但你也拥有最大的财富——你自己！请忘掉你的过去吧，从现在开始，你要依靠你自己，过上崭新的生活！

轩轩我儿，妈妈真是太啰唆太啰唆了，为了止住，我准备折笔了。来，让妈妈再一次拥抱你！

七

三年后，我放弃了暗中寻找。也许真如母亲所说，她已经安排好了一切，无须我去惊扰，但我从未放弃对各种认尸启事的高度关注，我一直以为，在音信全无之下，某一天，我的眼睛也许会撞上她们。

但安静看到了。那天晚上，她一手抱着一岁半的儿子，一手在母亲的手提电脑上清理文件，突然就发出了叫声。我跑过去，安静一把将儿子塞给我，一头扎进卫生间呕吐去了。电脑上，一个女人从肚脐到膝盖上约三分之一处，所有的皮肤都是溃烂的暗红色。我明白了，立刻找回它的根目录，这才发现，它原来是在回收站里，显然，母亲在临走前，以为已经删除了它。它在一个叫作"王永峰"的文件夹下。按照时间顺序一层层打开这个文件夹，我看到了令我目瞪口呆的一幅幅照片，有王小美被绑住的双手，有她被勒住的嘴巴，有她扭曲变形的脸庞，有她惊恐暴怒的眼睛，最多的，是从她糜烂的皮肤，随着时间的推移，完全能清晰看出糜烂程度加深加重的过程。在这些照片里，也夹杂了不少琴叶珊瑚的照片，它们用绿油油的叶片和红艳艳的花朵，间隔着那些令人心悸的照片。

我勉强浏览完早期四年的照片，就再也看不下去了。我将整个文件夹全部删除了，连同按年份形成的压缩包。安静说，有压缩包，一定是打算发给你父亲了。我本想告诉安静，梦中发生的事，醒了就不可再说。但母亲临走前留给我的那些简笔画，一下子就跳进了脑海，我顿时心如刀割。

好在有安静和儿子。我搂着他们母子俩，紧贴着他们温润的肌肤，果然就觉得自己是那个怀瑾握瑜的人。

狐皮大衣

一

孙家福是看着那件衣服掉下来的。

孙家福的女儿生了个带把儿的小子，请满月酒，两边的亲戚朋友来了不少，作为女婿的岳丈、外孙的姥爷，孙家福必须得风风光光地吃吃喝喝。可孙家福喝不了酒，一喝酒，全身就起疙瘩，密密匝匝的，一个挨一个，像星星挤满了天上的那条河。亲戚们说酒喝不得茶总要喝满吧，孙家福就人家一口酒自己一杯茶，楼上楼下地喝，屋里屋外地喝，从中午十二点开席一直喝到下午四点多，喝得说话的声音里都晃荡着水声，喝得不停地解手。偏偏女儿家的厕所建在屋子里面，孙家福觉得别扭得慌，每次到女儿家，他都要到她屋后的那片松树林子里解决吃喝之后的拉撒问题。

这是今天第五次钻松树林子了，提着裤子出来的时候，孙家福正好看见江永年起身，背篓也跟着他画了个半弧。

孙家福正要喊"永年哥，你怎么回来了"，那件毛茸茸的衣服就掉了下来。风把它吹得半卷半开，毛发蓬松，像一只飞翔的狐狸，浑身闪着幽蓝幽蓝的光，从空中慢慢扑下来，轻轻巧巧地落了地，连那颗离树林子还有丈把高的黄南瓜一样的太阳都被它照亮了。

孙家福捂住了张开的嘴巴，眼看着江永年拐过了那道弯，走进了柿子树坡，身子和树枝子分不清了，这才撒开腿往前跑。刚跑了三四步，又硬生生地收住了脚，慌成这样，要是人见了呢？要慢慢晃过去，对，还要点上烟。孙家福伸手摸烟，好容易掏出来一支，又半天打不着火，手抖得不听使唤，跟打摆子一样。烟点着了，重新开步，就稳当多了，慢慢走过去，眼睛尽量不往四周看，直盯盯地往前走，可不能像个贼一样。

"咦！这是哪个掉的？"那团毛茸茸的东西都差点儿撞上自己的脚了，孙家福不得不停下来，不得不大声地问。没有人回答。从自己的脚下算起，也就是从这件刺疼人眼睛的衣服这里算起，这条泥巴公路，往南走上六七里，就是省道，往北走上三四里，就是江家坪。这条路大坑小洼的，很不好走，可就这么十几里路，却贯穿了三个县的三个村，三个村临近这条路的住户，要想见见世面，都得走这条路。"人都上哪儿去了呢？"孙家福听见自己的声音抖抖的，曲里拐弯的。他伸长脖子，四处看了看，什么也没看见，就只听到风吹得松树林子一阵一阵地响，还有从女儿房子那边传来隐约的爆笑声。冬天就是好啊，人都缩在家里烤火，没事哪个愿意在冷天冷地里溜达？孙家福丢下烟头，抱起那件衣服，转身就跑。一口气跑进树林子，一屁股坐在厚厚的松针上。

　　结果一下子滑了好远，幸亏一棵歪脖子松树挡住了他。这团毛茸茸的东西真是软和啊，孙家福抱着它，觉得粗糙的手变得软和了，连心窝子也软和了，还暖烘烘的。它确实是一件衣服，有两只袖子，还有一排黑色的扣子，通体深蓝色，蓝得发亮，一波一波地发出幽幽的光，像夜里的水圈圈那么古怪神灵的，还有领子，那才叫好看，一圈毛，吹一口气就一个旋涡，像狐狸的尾巴打了个圈。孙家福往前伸了伸腿，尽量坐直一点，然后把这件衣服从脖子铺下去，发现都快要盖到小腿了。好家伙，真是狐皮大衣?!

　　小时候，孙家福跟爷爷在山上挖药材，曾见过一只栗棕色的狐狸从眼前一晃而过，爷爷说，这家伙鬼精鬼精的，不好打呢。爷爷是个打猎好手，可惜那时已经八十多岁了，虽说还能在山里走动，眼睛却瞄不准猎物了。爷爷说，你莫看我们这里山连着山，狐狸却少有，这东西蛮挑地方的，它出现了，就说明是个好年头。那年是不是个好年头，孙家福已经记不得了，他只知道狐狸特别好看，拖着一个毛茸茸的大尾巴，一闪而过，轻巧得很，那样精灵灵的东西，怎么能轻易打中? 就算打中了，要做成一件衣服，也得好几只吧? 那得多少钱哪? 何况还是纯色的狐狸毛呢!

　　孙家福抱着这件衣服，就像抱着一团火，热得快要流汗了。他想了想，把衣服小心翼翼地放在自己刚刚坐过的这堆松针上，捡了些枯树枝来，又折了一棵荆条藤，把这些枯树枝绑了，拴在自己的腰上，然后选了一棵两人多高的树，爬上去，在枝丫比较密集的地方架上枯树枝，架成圆形，让它看起来像个鸟窝，最后又揪了些松针，密密实实地填了，把狐皮大衣团起来，放进去。毕竟是五十多岁的人了，这么上上下下地爬了几趟树，孙家福就有些气喘。他仰头看了看，心里安定了些，就拍拍手，摸出烟，点了，走出松树林子，往西边走，从女儿的屋后绕过，走了半里多路，在芳芳小卖部买了手电筒和几节电池，还特意要了个大大的黑色塑料袋装了，又摸出烟，坐下来抽。

老板娘陈芳笑他："家福叔，还打算从彩娥家带菜回去呀？干脆把彩娥娘接来，一块儿住几天呗。"孙家福笑笑，说还是回家方便，又道歉似的说："那边太闹了，想在这儿待会子再走。"陈芳说："家福叔，你客气啥，想坐到什么时候就坐到什么时候。"其实也没坐多久，把一支烟吸完了，孙家福就提起袋子向女儿的屋子走去。

太阳已经落山了，客人们都在告别回家，孙家福刚到院场边上，就被江永年的哥哥江永辉搡了一把，说："你这个福坨坨掉屎坑了，怎么这么久不回来？今儿你可是要在彩娥家住一晚吧？"孙家福连忙点头，说："那是那是，住一晚，住一晚。"江永辉说："那我就不等你啦，我先走啦。"说完又搡了孙家福一下，跟着一大群人走了。

孙家福住下来，头一回在女儿家住了下来，头一回在外过夜。彩娥她娘六岁时从一个大岩石上摔了下去，右腿就骨折了。有四个儿子六个女儿的彩娥外公，在彩娥娘的嘴里塞了一根木棍，然后直接用手给她接骨。也可能是彩娥娘不同于其他的兄弟姐妹，很意外，那次外公的手术竟然没有成功，彩娥娘的右腿长歪了，而且一走就疼痛难忍。八岁时，彩娥娘就被锯掉了右腿。

孙家福七岁死了爹，九岁死了娘，后来，还没到他娶亲的年龄，相依为命的爷爷也撒下他走了。孙家福还有个二爹，大炼钢铁的那阵子，说是被抽调去搞基建，却再也没有回来。孙家福二十七岁才娶了比自己大两岁的彩娥娘。没娶彩娥娘之前，他没亲戚可走，也就没机会在外过夜；娶了彩娥娘之后，亲戚有了一大堆，也有了在外过夜的机会，他却发誓要时刻守着这个苦命的女人，不让她再受半点委屈。彩娥娘是个勤快人，年轻的时候，总是单腿跳着做这做那，现在都五十好几了，又得了支气管炎，跳几步就喘，虽说给她配了个撑架，可她老是用不习惯。本来孙家福打算明天起个大早，取了那件衣服，就往家里赶，可现在人虽是躺在了床上，却根本合不上眼，听到女儿家的座钟敲了十二下，他再也忍不住了，一骨碌爬起来，提着口袋，悄悄地出了女儿的家门。

风一下子就扑了上来，这鬼天气，真叫个冷。等走到那棵树下，孙家福的手已经冻僵了，简直就要握不住手电筒了。林子也好像有千万个窟窿，到处都发出声音来，有的高，有的低，有的尖细，有的沉闷，这些声音似乎总在不停地搅拌、膨胀，把这个黑沉沉的夜搅得更静，静得怪瘆人的。孙家福先是搓了一会儿手，然后又抱住树使劲蹦跳，尽量集中心思让耳朵只听自己发出的声音。这样折腾了一阵子，身子暖和些了，他这才用荆条把手电筒缠在右手臂上，爬上了树。衣服还在，还是软软和和的一大团，孙家福把它装进口袋，跌跌撞撞出了松树林。

从江永辉的屋旁经过时，孙家福偷偷看了看靠东头江永年的屋子，好像跟别处没什么两样，也是乌漆抹黑的一片，就像他这时偷看与瞪视没什么区别一样。倒是江永辉的狗叫了两声，吓得他把手电筒关了。那狗不知是嗅出了他的气味，还是嫌冷，也就只叫了那么两声，就没声没息了。

又下了两道坎，就到了自己的家里。堂屋的门肯定闩着，孙家福直接拨开火屋的闩子，悄悄地滑了进去，可还是惊醒了彩娥娘。其实，彩娥娘根本就没有睡着，一见他进屋，赶紧往床里挪开身子，说："快上来，暖和暖和。"

孙家福躺下了，过了一会儿，又说："江永年回来了。"彩娥娘说："不对呀，都快要过年了呢，怎么回来了？那他还去不去？那田咱是不是种不成了？"孙家福没有回答，这确实都是问题，但也都不是问题，江永年还去不去，那是他自己的事儿，就是不去了，要把田收回去，那也是他自己的事儿，别人做不了他的主，何况自己还巴不得他早点儿收回去呢。

江永年，江永年的田，江永年的衣服……对，目前最要紧的是那件衣服。孙家福掀开被窝，光着身子下了床，把那个黑袋子提到彩娥娘面前。

彩娥娘伸手摸了摸，马上又弹簧似的缩回手，问道："啥东西这么软和的？莫不是只兔子？怎么又不动呢？你快扯灯让我看看。"孙家福把衣服掏出来，在床上铺开，没扯电灯，而是拿手电筒照着。彩娥娘捂住嘴巴，压着声音叫："妈呀！这不是件衣服吗？咋这么光闪闪的？"然后小心地从领子摸到袖口摸到下摆，又翻过来，从下摆一路摸到领子，嘴里直"啧啧啧"地咂嘴巴。摸完了，彩娥娘探过身子，扯亮了电灯，孙家福赶紧侧过身子，一把将电灯扯熄了，还把手电筒也关了。两个人都披上棉袄，端端正正地坐在被窝里，坐在黑暗里。

"哪来的?"

"捡的。"

"捡的？有这么便宜的事？怪不得你这么晚回来……"

"真是捡的。"

"你说清楚。"

"说不清楚。真是捡的。"

"哪有说不清楚的，你就从头说起。"

……

孙家福就从在松树林里解手开始，一直说到摸黑回家，把小时候跟爷爷挖药材看见狐狸的事儿也说了。

说完了，屋里就安静了，两个人再也没有说话。只有风忙碌着，老是从窗户缝往屋子里钻，还有几只老鼠，不知是吃漏了苞谷还是黄豆，弄得好些籽粒儿掉在木楼上，噼里啪啦，怪硌心的。孙家福使劲儿拍床沿子，彩娥娘也拍了好几下，可总是管不了多久，老鼠们又开始闹腾了。

窗户开始透白的时候，彩娥娘侧了个身，说："那只死花猫，也不知野到哪儿去了。"

二

第二天一大早，江永年就到孙家福家里来了，来了就宣布了两件事。

头一件就是衣服掉了。他说那是件狐皮大衣，珍香娃子给他买的，花了四千块钱，四千哪，没办法，北京的东西揍（就）是贵。

早几年，江永年跟珍香娘吵架，珍香娘扯直了嗓子，跟他对骂，他急了，就扑过去，打算把珍香娘按到地上狠狠地捶一顿，可珍香娘是个水蛇腰，闪起来特别快，结果，江永年除了扑到一团空气，还把自己摔了个狗啃泥，上门牙也磕掉了一颗，从此说话就不关风了，从此一见村里人，人家还没开口，江永年就指着豁掉的门牙先解释，说揍（就）要去丧（镶）的，丧（镶）金的，说了好几年，别说金的，连银（白）的也没瞧见。

这两口子在一起生活好几十年了，总是吵吵闹闹没个消停。不过，整个江家坪的人，从来不为他们两个人劝架，因为从来就没有人上他们家串门儿。江永年虽说有兄弟姐妹四个，但有跟没有一个样。两个姐姐，一个嫁到了沙市，一个嫁到了长沙，据说都是跟着走乡串户的卖货郎跑了的（江家坪的人说都是淘沙去了），反正一个也没回过江家坪；哥哥江永辉虽说就住在隔壁，可两个人处得比外人还生分。

不仅如此，前年冬，江永年去珍香家那会儿，把田地山林交给孙家福代管时，江永辉还私下劝孙家福，说："福坨坨，你听我的，莫惹这个腥，当心到时候有你的好果子吃。"孙家福确实犹豫了好几天，连人家的亲哥哥都这么说呢，难道那些传说中的怪脾气都是真格的？可又觉得不妥当，自己不比别人，也不出去打工，只能守着这几亩地过日子，多种点儿总能多挣点儿吧。再说，既然人家都找上门来了，那总是对自己的信任吧？要不然，他怎么不找别人呢？

于是就接下了。之后翻过年的第一个秋天，江永年的儿子回了一趟江家坪，雇了一辆江铃汽车，指挥人家司机顺着那条土公路，直接把车开到了孙家福的屋后，然后又在孙家福的大门口风风光光地放了一挂鞭。鞭放完了，茶还端在手里，他就细声细气地开了腔。他说："福叔啊，丰收了吧？我来拖点我家地里产的苞谷，按一亩地五百斤算，您不吃亏吧？"他说这话的时候，原先从车厢里跳下来的三个庄稼汉，立刻一字排开立在了他的身后。

脱粒，晒干，苞谷刚刚进了仓，现在只好眼睁睁地看着他们又倒腾出来。一共倒腾走了两千斤。江永年的那四亩地，从来就没有像模像样地种过，孙家福接手后，除草耙地，沤粪上肥，精心侍弄，饶是这样，亩产也还不到六百斤，要想赶上自家那几亩地的产量，少说也得三四年的工夫。

孙家福不太认识江永年的这个儿子，听说是念完初中就出门打工了。是听江永年说的。江永年来送土地证山林证的时候，一边接孙家福递过来的烟，一边摇晃着二郎腿说："现在好啦，咱一家子都齐啦，军娃子现在也在珍香的医药公司里当经理呢。"现在，眼看着这个经理装完了苞谷要上车走了，孙家福才想起来，就赶紧找出江永年的土地证和山林证递过去，说："这田和山还是你们自个儿收回去吧。"年轻的江经理笑眯眯地说："福叔啊，您可不能这样啊，我只是受我爸的委托啊，回来收收苞谷嘛，说白了，和叔您一样，只是个受托者嘛。至于代管的事，那是叔您跟我爸之间的事嘛，我可不能插手啊，不信，福叔您看啊，证件上的名字哪有我。"说完跟孙家福拱拱手，然后又向那几个人挥挥手，走了。

孙家福当晚就跑到村主任家里，给江永年挂了个长途，说："永年哥，你咋能这样呢？咱当初可是说好了的，我帮你管着田和山，收入归我，但凡涉及这两方面的支出，也归我出，都不用你操心，怎么现在让娃子回来这么倒腾一阵呢？"江永年在那边尖着声音道："啊？什么什么？家福你说什么？军娃子他回来了？我不知道啊，唉，儿大了不由爹啊，我管不着他啊，是我没用啊。什么什么？你要还给我？不管了？那怎么行？那我找谁去？我现在也回不去，珍香生娃了，生了个男娃。家福啊，你想想，我会做那样的事吗？我是那样的人吗？我是真不知道啊，等我回来了，补钱给你啊，这田你怎么也得种着啊……"

孙家福花了十五块钱的长途电话费，最终确定的还是继续代管江永年的田和山。不管着能怎么办呢？江永年一口咬定他不知情，也是，说不定还真不怪他呢，就算是他的主意，那又能怎么办呢？人家又不回来，总不能就撂下荒了吧？说实在的，这代管还真不轻松，多种几亩田倒没啥，无非是多花点力气和工夫，可这山确实不好管。之前，江永年早就把自己和珍香娘要去北京住的消息吆喝得三个村子的人都知道了，说这辈子还真有没想到的事，老了老了还要挪个窝，还是挪到咱中国的首都去呢。结果，他们前脚刚走，后脚就有人上了他的山，弄柴就不说了，还砍了好几棵杉树。好在现在村子里的年轻人都外出打工去了，剩下的不是老就是小，不是弱就是病，要弄走一棵树也不太容易。孙家福发现丢了树之后，一有空就到江永年的山上转，转得勤了，也就没人偷了。

这下妥了,主人回来了。孙家福没等江永年宣布第二件事是什么,就折身进了卧室,去拿江永年的土地证和山林证。证件在箱子的最底层,被彩娥娘的一堆衣服压着,可昨天晚上不一样了,昨天晚上彩娥娘把她的衣服统统都清走了,就只把那件毛茸茸的衣服放进去了,光那一件衣服就占了满满一箱子,彩娥娘用她的一件老蓝色褂子包了,中间还拿麻绳拦腰系了一道。

孙家福一只手提着箱子盖,一只手去掏证件。掏了一次,没掏出来,证件似乎粘在箱子底儿上,又掏一次,捏住了,可箱子盖还没合上,就掉了。孙家福甩了甩手,闭了闭眼睛,伸出三根手指,把掉在那团毛茸茸的衣服上的证件拿了出来。

江永年笑了,说:"家福啊,你还真是个急性子,我正要跟你说再不去了呢。"彩娥娘正给江永年倒水,水洒了不少在地上,还有灰尘在地下滚了好几个团儿。

"那……珍香娘怎么没回来?"

江永年说:"她不愿意回来,反正我是不去了,金窝银窝不如自己的狗窝。不过,珍香娃子他们对我很好的,你看,回来之前她给我买的大衣,我一回都还没舍得穿……唉,怎么就掉了呢?也怪我,下了车,珍香她姨爹送背篓来,还提醒我要装在最下面的,我没听……哎,家福你说,这么贵的衣服,人家捡到了是不是不会还给我啊?"

孙家福挪开椅子站起来,说:"永年哥,咱去看看你的田和山吧,山上少了三棵杉树,你作个价,该赔多少我就赔多少,今年你那四亩地,总共收了两千九百来斤苞谷,我卖掉的那一半,就从我自家的苞谷里补,你看着拿吧。"

江永年拉孙家福坐下，半晌没接腔。两个人沉默了好一会儿，屋子里很静，只有彩娥娘给江永年续水的声音，就像旧年的雨水从屋檐上滚落下来一样。

江永年喝了一口茶，放下，又把椅子挪近孙家福，还攥着孙家福的手说："家福啊，你莫生气，军娃子回来确实是我的主意，我真是个混蛋，还混蛋了这么多年！在城里待了一年，我也反反复复想了一年，想咱江家坪的好，想咱老家人的好，想我该是多么浑，多么浑！我就是这么想了一年，才决定要回来的。也不是城里把我怎么样了，我就是想回来，想回来，我要好好种田，好好对待咱江家坪的人……"

孙家福把手抽了出来，身上起疙瘩了，不是对江永年这些语无伦次的话过敏，而是觉得两个男子汉这样手握着手，太丑了，何况还有彩娥娘在旁边。他尽量把眼睛垂着，可还是瞟到了江永年的眼睛里有白花花的一片，像太阳照射着的水塘，看样子，这个人是真后悔了呢。

孙家福的心里就动了一下。江永年突然站起来，说："不坐了，我到各处走走，看能不能把衣服找回来。"

三个人就都站了起来，彩娥娘看了一眼孙家福，孙家福看了一眼彩娥娘，两个人不像是在共同送客人，倒像是在彼此道别。直到江永年上了最后一道坎，彩娥娘才扯扯孙家福的袖子，低着眉说："要不，还给人家吧。"孙家福说："现在？那咋跟人家说呢？刚才你咋不直接拿出来？"

彩娥娘不扯他的袖子了，小声道："那，还不是想，你心里最舍不得。"说完扶着墙壁，一跳一跳地进屋去了。孙家福知道她心里有气，也没跟过去，而是去木楼上扛了一口袋苞谷，跟她说了声打米去了，就出了门。

苞谷是送给江永年的，人家刚从城里回来，他地里的苞谷又都让自己收了，吃什么呢？本来，这回来的头几天，应该把人家接到自己家里住才对，可……孙家福就到自家地里拔了萝卜砍了白菜扯了芫荽，彩娥娘又装了好几瓶豆腐乳腌菜什么的，来来回回跑了好几趟，总算给江永年备齐了开伙的东西。

江永年说了几大箩筐的感谢话，还夹杂着说了不少的道歉话，还把从城里带回来的旧衣服拿了几件送给孙家福，说在地里干活儿用得上。江永年说："其实没带什么东西回来，就只有不少旧衣服，都是军娃子和珍香他们的，可江家坪的人都不理我啊，我大哥都不要。"孙家福说："不急，慢慢就好了。"江永年叹了口气，说："还是怪我自己……那件大衣八成是回不来了……哎，家福，我去贴个榜，谁捡到了，我就出五百块钱，算是买回来，你说行不行？"

孙家福张了张嘴，还没来得及说什么，江永年就找纸和笔去了。江永年先打了个草稿，写道：

兹有江永年掉了一件狐皮大衣，有捡到者，重谢人民币五百元。

念了两遍，觉得不好，又改：

兹有一件狐皮大衣，有捡到者，万请归还江永年，必当面重谢人民币五百元。

　　又念了两遍，觉得还不错，就用钢笔戳了块小破布，蘸了墨水，歪歪扭扭地写了四份。江永年说："从下省道开始，沿咱这条土公路一共有四家商店，一家一份，我这就去贴。"

　　夜里，彩娥娘说："怪冷的，把那衣服拿出来盖被窝上吧。"孙家福说不行。躺了一会儿，还是起床去开了箱子，把那件衣服抱了出来。盖上了，两个人都忍不住，都伸出手去摸那柔软的毛。孙家福说："都张了榜了，他要出五百块钱的谢礼。"彩娥娘说："怎么办？你可得拿个主意。"孙家福没吭声，沉默了一会儿，又爬起来，摸索着把那衣服包起来，仍旧拿麻绳系了，放回箱子里。

三

　　远近的人都知道江永年丢了件贵得吓死人的衣服。那天下午，江永辉来借犁铧，就对孙家福说起江永年："原来要去北京，也是吆五喝六的，结果怎么样？还是回了咱这个老窝子，现在丢了件衣服，又要唱得满天下的人都知道，还说要买回来，怎么啊？显摆啊？不说咱村的人，就是那两个村的人，真有捡到的，哪个不会还给他？哪个还会要他的钱？我看，是自己没把人做好，还要拿这样的心思去琢磨人家。"孙家福说："永辉哥，人总是会变的，我看永年哥就变了，不像以前那样了。"

　　江永辉大约没想到孙家福会说这个，顿了一会儿，又说道：

"福坨坨，你是个老实人，俗话说江山易改本性难移啊，不过，这一次倒似乎有些悔改的意思，三天两头跟我念叨，说要想办法挣钱把那衣服给买回来，也不知是真是假……要真成器了呢，也算是我们这家人的造化……我看这两年，他在首都也不见得就过得好，珍香跟她妈一样，抠得很，军娃呢，就更不用说了，你看他这次回来，用的还是紧紧巴巴的，穿的也还是那几件旧衣服……也是呢，珍香好不容易给置了件像样的衣服，能不宝贝吗……"

孙家福站起来，说："永辉哥，我饮牛去，就不陪你了。"然后就进火屋拿桶去了。江永辉只好扛上犁铧往外走，嘴里嘟哝道："太阳还高着呢，就饮牛去。"

晚上，江永年来了，说："都过去十来天了，只怕没希望了，是不是谢礼太少了啊？人家不肯还啊？家福，你说说，我再加五百块钱怎么样？就一千块，一千块钱不少了吧？"彩娥娘"啊"了一声，手里的火钳也掉在地上。江永年问："彩娥娘，你怎么了？"孙家福突然就剧烈咳嗽起来，江永年又扭过头问："家福，你是不是受寒了？这天是太冷了，可得注意点。"孙家福脸涨得通红，一边咳嗽一边连连点头。彩娥娘说："永年哥，你坐一会儿，我觉得身子有点冷，先睡去了啊。"江永年忙说："你快去睡吧，睡一觉就好了。"

彩娥娘一走，江永年就说开了他的计划，说回来的时候，珍香给了五百块钱，家里煮饭的铁锅破了个洞，只好又买了一个，还买了两斤盐，打了五斤菜籽油，总共花了三十多块钱。如果人家把衣服还来了，就先给四百，剩下的，明年春上养一季蚕，估计就可以还完了。孙家福不咳嗽了，脸却还是红彤彤的，他说："永年哥，不是我说你，你咋就把咱这里的人想得都跟地主老财一样？真要是有人捡到了，肯定会还给你的，本来……本来就是你的衣服，你再出钱买，那叫什么话？人家怎么会要呢？你不用做那些打算了。"江永年呵呵笑了，说："家福啊，这个就是你跟不上形势了，现在人都不一样了呢。再说，城里人都这样，掉了东西，人家还回来了，就要有感谢嘛。"孙家福说："城里是城里的那一套，外面变得再厉害，咱这里的人也不会变到哪里去，你莫总拿外面的人跟咱这里的人比。还有，你再莫跟我说你那件衣服的事了。"

江永年待了一会儿，才道："哎，家福，你怎么回事？跟谁赌气呢？好好好，我再不说这些话就是了。"

江永年果然就来得少了些，来了也只说跟挣钱有关的事儿，打了多少山货啊，采了多少茶啊，蚕的长势怎样啊，云云。他的精气神儿似乎是越来越足了，两个脸颊红红的，整个人就像充了气的球，一天到晚兴奋得很，可眼见他穿得越来越邋遢了，大夏天的，常常五六天也不换件衣服。彩娥娘看不过去，就说："永年哥，你的衣服穿脏了就拿来我洗吧，反正两个人的也是一洗，三个人的也是一洗。"江永年也不客气，个把月就提五六件脏衣服来。孙家福有一次就说："永年哥，莫光钻进钱眼儿里出不来了，累坏了身子可不划算，生活也要过好一点儿才是。"江永年说："莫担心，说真的，虽说衣服掉了，可我还从来没活得这么有劲儿过，我要把那件衣服给找回来呀，实在不行，就把谢礼提高到两千，我已经把话放出去了……"又跺脚，说道，"哎呀，说了不说那事儿的，又说了，家福你莫怪啊。"

天一麻麻黑，孙家福就奔进卧屋，打开箱子，把那件衣服抱出来，边解麻绳边说："今晚就给他送去吧。"彩娥娘说："那，该多丑啊，以后在这村子里，咱还待得下去吗？"孙家福说："越往后拖，就越没脸了。"

麻绳解开了，孙家福想最后好好地看一看摸一摸那件属于江永年的狐皮大衣。天哪！怎么回事？这毛茸茸的东西怎么不闪光了呢？孙家福定了定神，然后找了块抹布来，把灯泡擦了又擦，又把衣服举到灯下，还是只见黑漆漆的一团。孙家福记得，这衣服发的是幽蓝幽蓝的光，就找来手电筒，把电灯关了，像最初看那件衣服一样翻来覆去地看了好几遍，可还是没见闪光。孙家福使劲揉揉眼睛，又问彩娥娘看到光没有，彩娥娘说："你看，掉毛了！"可不是，彩娥娘手心里有不少细细的毛！

是不是彩娥娘的手变糙了呢？那自己的手不是更糙吗？孙家福把伸出的手缩了回去。是不是装在箱子里长时间不透气？自从那次让江永年不要再提这件衣服的事儿之后，孙家福就再也没有碰过这个箱子，还怕彩娥娘动不动就要看，就自己揣了箱子的钥匙……两个人并排坐在床沿上。半晌，彩娥娘问："这可怎么好，咋还给人家？"孙家福双手抱着脑袋，瓮声瓮气地说："先摊开让它透透气再说吧。"

床上是放不住了，夏天热得就只能盖个薄床单，箱子盖也太小，摊不开，就拿个凳子支在卧屋里，又搁个大簸箕在上面，把那件衣服摊了进去。彩娥娘说："白天还是要收进箱子吧，万一有人从窗户缝里看见呢？"孙家福说知道。可连续摊了三个晚上，收了四个早上，那件衣服还是不闪光，仔细摸一摸，那软乎乎的毛似乎也不那么顺了，里面总像有小疙瘩一样。彩娥娘说要不拿梳子梳一梳吧。孙家福想了一会儿，说："梳子不会把毛都抓掉了吧？这几天一直晴着，干脆把它洗了再看吧。"

孙家福找了块花布，穿在粗麻绳上，给卧室的小窗户做了个窗帘儿，又找来一根竹竿，削光滑了，支在卧室里。彩娥娘当晚就把那件衣服洗了，不敢用手搓，就只把洗衣粉在水里泡开了，把衣服浸进去，泡一会儿，再用清水一遍一遍地过，过完了也不敢拧，先把它穿在竹竿上，然后两个人抬了，架起来。

水滴了一夜，滴在盆子里，怪响的，声声都像在敲心。

整整一个星期过去了，那件衣服总算是干透了。倒是蓬松了些，摸起来小疙瘩似乎也少了些，可还是不闪光，而且更黯淡了。也不敢收起来，就让它那么挂在竹架子上，上面松松地罩上彩娥娘的那件老蓝色褂子。

天天那么架着，那衣服的两只袖子空荡荡地吊在半空中，人从它旁边一经过，毛就飞了起来，像是个活物件。孙家福夜里老做梦，要么是江永年穿了那件衣服望着他笑，要么是一只黑亮黑亮的狐狸闪电般蹿到眼前，又闪电般跑了。

是给江永年抱过去，还是等他来了直接领他进卧室？又过去了两个星期，孙家福一直恍恍惚惚，犹犹豫豫。有天吃着晚饭，孙家福就问彩娥娘："这个江永年，怎么老长时间不来了？"彩娥娘说："怕是蚕快要入大眠了，忙不过来了吧？"正说着，就听见吧嗒吧嗒的脚步声，江永辉在屋后叫："家福，家福，永年冲（冲，方言，指突发心血管类疾病）了，不行了！"

孙家福丢下碗就往外跑，飞奔上了两道坎，冲到了江永年的面前。江永年已经说不出话了，只有两个眼珠子还能偶尔转动一下。江永辉去叫其他的人了，孙家福攥住江永年的手，就像那次江永年攥住他的手一样，可是不成，江永年的手越来越凉了，孙家福只好去找椅子和竹竿，搭了个简易担架。

整个江家坪的人都来了，却是妇女一大半，孙家福算是最精壮的男子汉了。就选了五六个人，轮换抬着江永年一路跑，跑了十几里路，跑上了省道，拦了一辆矿车，终于到了镇上的医院。打着哈欠走出来的一个男医生把江永年的眼皮翻开看了看，摇摇头，又让他们把江永年抬到一个房间，弄了些塑料管吸在江永年的胸前，孙家福就只看到和电视一样的屏幕上，显示着一条起起伏伏的白线。

医生站起来说："抬回去吧，没救了。"五六个人就抬着往回走。走了二十多里路，走到江永年的家已经凌晨三点钟了。江永辉说："辛苦大家伙儿了，都回去吧，天这么热，也放不住，咱尽量等，能等到他媳妇儿子们是好，等不到，就后天一早再辛苦大家一趟，帮忙把他送上山。"

孙家福留了下来，江永辉和他商量棺材的事儿。孙家福说："不要紧，就用我的。"江永辉说："也是，永年生前就只和你走得近，用你的，只怕他才睡得安稳些。"两个人又翻箱倒柜，找了几件干净些的衣服给江永年换上，又把旧衣服清理了一堆，把床单也卷起来，准备后天拿到他的墓前去烧。

孙家福刚把床单卷起来，江永辉就叫了一声，在放枕头的那一方棉絮上，有一小沓一小沓的钱，用布条扎好了，按照面额的大小一溜排列着。两个人你看看我，我看看你，愣了一会儿，江永辉就开始数，一共一千零二十元。江永辉说："眼看着这蚕就要入大眠了，好歹也可以卖个六七百，今年他地里的苞谷也长得不错，到秋下，买回那件衣服的钱就可以凑齐了……"说着说着，就说不下去了，哽咽了。

孙家福在地上蹲了一会儿，又站起来去喂蚕。江永年采下的桑叶，正好是预备蚕夜里的两餐，上半夜的那餐女人们已经喂过了，下半夜的这餐，蚕已经等着了，它们缓缓地蠕动着自己的身体，一个个都高昂着脑袋。孙家福一个簸箕挨一个簸箕地撒桑叶，屋里顿时响起一片沙沙声，像下大雨。

第二天，孙家福采了四背篓桑叶，又把江永年的家里里外外收拾干净了。到了下午五点多，珍香娘、军娃、珍香回来了。一进江家坪，珍香娘就开始号啕大哭，一路哭到装着江永年的棺材前。江永辉冷着脸对珍香娘说："还是莫哭了吧，哭回来了，就更不省心了。"珍香娘立刻停止了哭声，一把摔掉正准备点燃的火纸，呼地站起来，叫道："江永辉，你算个什么东西?! 他要死，我能拦得住? 你什么时候管过他? 这会子又成他的兄弟了? 好啊，那你就拦住他啊，叫他不死啊! 你不说还算了，说了还真提醒了我，你就住在他隔壁，怎么眼看着好端端的兄弟死掉了呢?"

珍香娘一边说，一边把脸凑到了江永辉的面前。珍香把她娘往一边拉，一边说："扯些什么呀? 都什么时候了!"江永辉的脸憋得白一阵紫一阵，一句话也说不出来。孙家福把江永辉往外推。到了门外，珍香跟过来，和他们俩商量说是明天上午的飞机，北京那边也丢不开，就不讲本地的风俗了，马上就埋了吧。

安葬完江永年，江永辉把珍香和孙家福叫到一边，把那一千零二十元掏出来，对珍香说："这钱是你爸攒的，为的是赎回你给他买的那件衣服。棺材呢，是家福出的，依我看，还是要作个价，打一副棺材也不容易，剩下的钱再去买点烟酒之类的，答谢帮忙的乡亲们。"珍香说："大爹，您这么安排好，我没意见，只是没想到我爸还挺能挣钱的。对了，大爹，您说我爸要赎回那件衣服？哪件衣服啊？"江永辉说："就是你给他买的那件狐皮大衣啊。"然后就大致讲了经过。珍香还没听完，就露出白灿灿的牙齿笑了，说："我爸也真是，敢情这么勤扒苦做的，就为那件衣服？什么狐皮大衣啊，还不到三百块钱，说三四千，不过是随口说说而已，是哄他高兴啊，他还当了个真。"

半夜，孙家福抱着那件毛茸茸的衣服，来到江永年的墓前，把它烧了。烧完了，准备离开，一回头，只见江永年的坟墓周围插满了金光闪闪的花圈，一派的繁花似锦，孙家福没忍住，眼泪像秋天的树叶子一样，扑簌簌落了下来。

今天就去佛朗山

一

　　万宝瑞说："卢原在谈合同，正谈到了关键时刻，我就临时充当一回钦差大臣。"林景秋的脸从颧骨开始，慢慢拢起一坨白，慢慢向四周铺开，慢慢白成了一张纸……然后突然就抖动起来。但一滴眼泪也没有。一个脸庞圆嘟嘟的护士在 309 房间门口喊："林立志家属？"声音出奇尖细，像扎成捆的麦芒，自有一种割人的气势。

　　林景秋奔过去。护士说："不是说叫你请个护工吗？"林景秋一脸的白茫茫，仿佛白云在空荡荡的天上飘。护士扫了一眼万宝瑞，定定地望着他，话却是对林景秋说的："未必他当得了护工？告诉你，当护工是一门学问，大学问。而且早跟你说了要守在这里，要请护工，你看你们这些家属总是不负责任，真心奉劝你们一句，莫搞错了，病人永远是你们的亲爹亲妈，不是别人的，懂不懂?!"说完重重拍了一下林景秋的胳膊，身子一旋就出去了。同病房正在削苹果的小个子妇人说："喊，像是吃了枪药。"躺在床上的老人呻吟着说:"算了,你就少说两句吧,没听见小护士的声音跟平时大不一样?人家自己都生病了,换了是你,八成还不如人家。"妇人切下一片苹果塞进老人嘴里,一边嘀咕道:"喊,还叫我少说呢。"

万宝瑞走到隔帘后面去看林立志。林立志靠在床头,露出小半个胸脯,脸上没有一点儿肉,眼睛比铜铃还大,脖子又细又长,跟鹅颈差不多。可他又异常安静,万宝瑞叫他,他也只是转了一下眼睛,喉管跟着蠕动了一下。林景秋扶他躺下说:"爸,一会儿我们去候场啊。"一面示意万宝瑞帮忙。万宝瑞只敢抓住床栏,不敢碰林立志,他总以为眼前的林立志是一只刚刚出壳的雏鸟,只要轻轻一碰,只怕是鸟脑袋立刻就要掉到地上去的。

等了大约半小时,林立志被推进了手术室。万宝瑞问:"林叔要做手术?是特别严重的胃溃疡吗?"林景秋不答话,只是一遍又一遍拨手机。万宝瑞听见手机里开始还是音乐铃声,再后来就有一个普通话特别标准的女声说:"对不起,您拨打的电话已关机。"林景秋反复地拨,里面就反复地说。万宝瑞夺过她的手机道:"别打了。"林景秋一字一顿地问:"他——跟——谁——在——一——起?"万宝瑞咬着牙道:"除了那些人,还能有谁嘛!"林景秋说:"他说这个月带我去佛朗山的,过了今晚十二点,就是八月了。"

说着她的眼里便起了水,浓雾似的弥漫开去,如果这时吹来一阵风,只怕再是要忍回去,也是徒劳了。万宝瑞背过身,向走廊左侧的座椅走去。坐在那里,医院外面的世界突然就大面积摊开了,只不过,隔着巨大的玻璃和宽阔的街道,对于医院里的人来说，眼前的这个世界只有清晰的图像，却没有半点声音。看起来，孩子们快活得像一只只猴子，他们在爬上爬下，在攀高钻低，在跳左跃右，一个动作接一个动作，好像一切都熟稔到无须思考。相比之下，家长们则显得要凝重许多，有的虽然跟着孩子来来往往，但动作是笨拙的、迟缓的，有的在低头看手机，好长时间都不抬头，有的则长久地面朝着一个方向，一动不动，状如雕塑。世事大约都是如此吧，不思考就无忧虑，无忧虑自然就是快活的。万宝瑞记得，那里曾经是一个湖，湖的右侧是一个新华书店，可是，仿佛只是一夜之间，湖就被填平了，新华书店也不知去向，取而代之的便是这个花花绿绿的儿童游乐公园。万宝瑞从来没有带自己的女儿来这里玩过。虽然他后来也很少逛书店，很少绕湖走一走或者在湖边安静地坐上一阵子，但还是有些不落忍，有些怀念当初。

当初，他和林景秋、卢原相约一起来到宜昌这座水电明星城的时候，总会隔三岔五在这里消磨时光，看看书，或者在湖边说些傻话疯话，或者从湖的南侧走到江边，看船，看人，看长江之水不知疲倦地深不可测地一路浩浩荡荡往东流去。好像是除了江或湖或书店，他们再没有别的地方可去，也或者是，城市原本一直向他们敞开着、欢迎着，只是他们自己关闭了自己。

因为当初他们没有钱。现在口袋倒是鼓了，肚子也凸了，可是书店没有了，湖也没有了。万宝瑞起身踱到玻璃前，想看看那个湖到底还有没有剩下一点儿边角旮旯。可惜没有，在他的视线范围内，游乐公园没有尽头。看起来，它就像一只章鱼，不仅有巨大的吸盘，而且凡触角所到之处，一律扫荡殆尽。万宝瑞多少有些感伤了。本来嘛，逝去的总是阳光明媚的，因为它是青春，是清纯，是莽撞而又干净的美好，是骨感却又明亮的未来。而现在，自己手里虽然攥着一坨子钱，可又分明是轻飘飘的，似乎除了奔钱而去，就再没有别的方向了，一切总是日新月异得令人茫然，就像他茫然得不知道应该帮卢原隐瞒多久一样。

来医院之前，卢原说："宝宝，林妹妹老是不停地给我打电话，都快烦死了，你替我去一趟医院呗，就说我在谈合同，记住，是跟教育局的那帮人在谈合同。"万宝瑞听见电话的那头有电视的喧闹声，知道卢原又躲在江上宾馆跟袁丽丽缠在一起，就果断拒绝了。卢原说："宝宝，你相信我，我老丈人没什么大病，就是我跟你说的那个老毛病胃溃疡，真的，林妹妹现在老是疑神疑鬼，时刻要查岗。你说，要是我现在去的话，哪里会有那么自然呢？万一让她瞧出什么来，不是更惹她伤心？"

万宝瑞就来了。但他不知道林立志会病成这个样子，大约一个多月前，林立志到医院检查，他还来过。那时的林立志，虽然一如既往地清瘦，但还是一如既往地精神饱满，一如既往地谈锋甚健，在等待医生召唤的间隙，还一直没有忘记跟万宝瑞探讨中美贸易战。他说："我们村里人都说我是咸吃萝卜淡操心，他们哪里知道，要是两个世界超级大国开起战来，我们村的萝卜就不好卖了。哎，我都懒得跟他们掰扯，反正说破天儿他们也不懂。"他说得很着急，声音也高亢，激起了一层楼各式各样的笑声，似乎经过林立志一番严肃且庄重的解读，中美贸易战不过是一场关于萝卜的命运问题。万宝瑞也笑了，笑得坦坦荡荡、明明亮亮，那种笑，令他好久都忘不掉，好像是他正站在夏日高悬的草原中央，忽然就吹来了一阵青涩而透明的风。

二

万宝瑞打袁丽丽的手机。袁丽丽嗲着声音问："宝哥哥呀，怎么想起给我打电话呀？"万宝瑞压着嗓子说："让卢原接电话。"卢原问："你离开医院了？"万宝瑞说："卢原，你跟我扯什么谎？林叔是不是胃癌？你跟我说实话！"卢原说："你都知道了嘛，还问我？"万宝瑞恨恨地骂道："你不是人！"卢原在那头干笑一声，说："人固有一死嘛，既然如此，何不顺其自然？反正我是不主张放化疗什么的，林妹妹爱折腾就让她折腾去吧，反正我现在什么都依着她，正好也是你的机会，你好好表现呗……"万宝瑞没等他说完，就挂了电话。

他呆立了一会儿，硬生生把要喊出来的声音给压了下去。手术室外，林景秋贴墙站着，低着头，双手反剪在身后，整个人看起来薄薄的，像一个犯了错误的小孩。万宝瑞浑身都抽紧了。他走过去，把她拽到座椅上说："对不起，我不知道林叔……竟然这么严重。"林景秋看了他一眼，又看了一眼，问："他到底在什么地方？"万宝瑞说："哎，你看你，现在正是暑假，是体育器材的销售旺季，现在不抓紧，你要他更待何时？"林景秋垂下头，两只脚在地上往两边滑来滑去，像雨刮器正在努力工作。万宝瑞溜下座椅，蹲在她面前，摇着她的双手说："我向你保证，他天天都跟我在一起，你总该相信我吧。"林景秋摇摇头说："去年夏天，他就说这个月要带我去佛朗山的。"

突然有人喊："景秋！景秋！"有一男一女快步走了过来。万宝瑞认出是林景春，多年不见，虽然人胖了些，但眉眼都还没变。林景春急火火地问："爸怎么样？手术做完了没？"林景秋摇头。万宝瑞说："应该快了，进去差不多两小时了。"林景春说："是宝宝吧？哎呀，好多年不见，你这是大变样啦，都像电视里的明星了。"万宝瑞说："姐姐莫笑我了，这是姐夫？"一边就伸出手，可惜只握到了三根指尖，对方的手就滑走了，而且一闪身就到了林景春的背后。万宝瑞笑了笑，很想对这个又高又胖的男人打趣一番，但还是忍住了。

毕竟林立志还躺在手术室里，而且生死未卜。林景春却闲不住，先是说了这段时间他们是怎么怎么忙："要赶一家又一家的红白事儿，累得腰都直不起来了，秋，你看你姐夫，都瘦了好多吧？"说着就转过身，踮起脚抹了一把姐夫的两个眼角，好像眼角那里堆着的皱纹不过是长久积攒的灰尘。林景秋说："太累了就别做了，做大厨不光要技术，要力气，还要熬得了夜，你们做了这么多年了，也该歇歇了。"林景春说："那不行，不做这个喝西北风去啊。再说了，现在竞争可激烈了，全镇少说也有七八套炊事班子啦，好在我们镇上的两个档次高多了，下面村里人现在也讲排场，我们两家就被请得多些。"又侧过头对万宝瑞说，"你枝表姐也在做这个呢，镇上就我和她两家做。"万宝瑞说："哦。"林景春说："你枝表姐家现在可不得了呢，盖了两栋三层楼的洋房，儿子也要上大学啦，哎，估计过段时间就会办升学宴，到时你就看见啦。对了，你回去不？"万宝瑞望着走廊里不停穿梭的人群，问："金水河现在怎么样？"林景春连连摇头说："嗐，别提了别提了，河中间都长多深的茅草了，水呢，还有一点点吧，只不过这里一滩那里一洼的，都成死水了。好处呢，倒也有一件，就是过河方便，只要不是夏天发洪水，再用不着走桥了，从哪里都可以走到对岸去。"万宝瑞说："还没开始治理吗？前几天日报才刊登了，金水河位列全市重点治理的河流之首呢。"林景春哈哈大笑："治理？镇长早被你枝表姐给治理啦，有镇长罩着，她早把近处的河沙挖完了，现在已经到远处挖去啦。宝宝，你枝表姐可不敢小看的，她是我们金水镇本事最大的女人。"

万宝瑞立刻像是被涮进了沸腾的麻辣火锅里。林景秋拽一下林景春的胳膊，小声说："姐，你真是，他从高一开始就再没回去过了，你说这些干什么？"林景春说："好，我不说你枝表姐就是，我说方荔枝好吧。方荔枝真的很厉害，粗细不论，大小通吃，靠金水河发了大财不说，还要抢我们这些小鱼小虾的饭碗，哎，宝宝你说说看……"林景秋截住她说："原来的金水河多美啊，里面有多少小鱼和螃蟹啊，还有清水潭，简直就是我们的游泳池，可惜说没就没了。"林景春说："就是嘛，都是方荔枝一手毁掉的。"林景秋说："这个，荔枝姐有责任，但也不能把所有的问题都归咎于她吧，关键是整条金水河流过的地方，都有像她那样不把河流当回事儿的人。其实河流就是时光的投影仪，因为但凡有河流的地方，才会有人生……""噗"的一声，姐夫的嘴里突然发出了撕破布的声音，引得人们纷纷注目。林景春慌忙抓出纸巾，一边帮姐夫擦嘴和脖子周围的衣服，一边说："秋，你看你，每回说着说着就喜欢冒些酸溜溜的话，每回都要惹得你姐夫笑得跟蛤蟆一样，什么时候能改改。"

正热闹着，手术室的门突然打开了，林立志被推了出来，闭着双眼，两只手上都插着透明的管子。林景春扑上去喊"爸爸爸"，林立志没有任何反应。一个抬头纹异常深刻的中年男医生锁着眉头说："麻药还没醒，急什么？"又拿眼睛扫了扫这群人，右手食指点了一下万宝瑞说："你跟我来。"

医生说："只给病人做了胃部手术，脑部肿瘤没有做，因为扩散的面积太大，根本没有做的必要，但你爱人一直强烈要求开颅，其实她没弄明白一个基本常识，一味积极不见得是好事，比如对某些晚期癌症，消极一点也许更能延长生命。当然，我这里的消极，是针对手术治疗而言，指的是养与护，按我的想法，这个病人连任何手术都不需要做。但你爱人十分固执，你知道，我是担了极大风险的，至于牵涉的其他问题，我想你也都懂得，所以希望你做通你爱人的思想工作。"万宝瑞还没来得及张嘴，医生就挥挥手说，"好了，病历我晚一点儿给你们，至于其他具体事情，医助会给你们交代清楚。"然后就向等在旁边的人伸了伸下巴。

万宝瑞走出大楼，在滚烫的花坛边缘坐下。扶桑花开得正艳，红是红，粉是粉，好像在给火辣辣的太阳加油助威。万宝瑞身上很快就爬满了汗珠子，但他觉得非这样晒着不可。偌大的停车场蒸腾着热气，远远看去，墨黑的沥青路面上，烟轻如舞，雾白似纱，一切都多么像金水河的清水潭啊。每年夏天，当河两岸的扶桑树挤满了花朵的时候，就意味着小伙伴们最快乐的日子到来了，他和林景秋、卢原这三个同年七月出生的孩子，但凡下河，就总会黏成单独的一股，像是扭在一起的麻花。每每经过卫生所，姨妈都要从办公桌后面抬起头来，笑吟吟地打招呼："不管队出发啦，不管队回来啦。"于是整个镇子的人都称他们为"不管队"。可是，凡事有开始就会有结束，他们从五岁开始下河，在十三岁那年，三人游的局面便终止了。

那是个下午，他们正在河里嬉闹，卢原突然喊道："血！血！林景秋，你怎么流血了！"林景秋惊恐地划着圈儿，两个男孩跟在她的后面，眼睁睁地看着血从她白生生的两腿间流出来，围着她打转、荡漾，像不散的鬼魂。三个人胡乱转了一会儿，卢原又喊："不行，洗不掉，这样不行，快快快，我们赶紧回去。"穿好衣服，卢原指示万宝瑞背上林景秋一路狂奔到了卫生所。姨妈笑得合不拢嘴，说："看看你们这三个熊孩子哟。"又拥着林景秋说，"秋，恭喜你长成大姑娘了，来，跟我来。"两个人就进了后面的房间。一旁摇着扇子的方荔枝噘着嘴说："喏，好像她才是我妈亲生的。"林景秋再出来时，就一副羞答答的别扭样子，连走路都不肯在前面。从此，林景秋跟他们有了距离，更别说下河游泳了。没有了林景秋参与，水里的卢原就不那么生龙活虎那么摇头摆尾了，万宝瑞也是，总觉得不怎么得劲儿，好像林景秋就是头顶的那颗太阳，有她照耀着，那条河才会翻涌沸腾，才会生机勃勃。

这么说也不对，参加工作后，他们还一起游过一次，只不过是在佛朗河。万宝瑞突然浑身燥热，空气中到处都是红彤彤的火舌头，简直要吃人。他站起来，给卢原打电话，还是关机。到了病房，林景秋和林景春围过来，巴巴地望着他。万宝瑞说："其实医生也没说什么，只说病历要晚一点出来，要多观察。"林景秋说："为什么没给我爸开颅？他们跟你解释过了吗？"万宝瑞说："嗯，说这一次暂时只能做胃部。"林景秋说："这是什么解释？我去问问。"万宝瑞急忙拦住她说："胃部脑部一起做，林叔能受得了？我们要相信医院，相信医生，得慢慢来，是不是？"林景秋抱着自己的胳膊，微微弓起身子，像被秋风吹弯的扶桑树，好一会儿才叹息似的问："好吧，可是我爸怎么等得起呢？"

柔弱的倔强总是会让拒绝变得犹豫甚至退缩，万宝瑞知道，主治医生不愿意面对林景秋，实在是万不得已。万宝瑞硬了硬心说道："都是经过了会诊的，分步做自然有分步做的道理。"林景春说："宝宝说得对，进了医院就要听医生的。秋，你先回家休息三天，看样子日子还长，我们要轮换着来，暑假期间你就多辛苦些，你上班了我就顶上。"林景秋说："我没事儿，你和姐夫都那么忙。"林景春说："行了行了，你看你那腰杆儿，再熬下去只怕一巴掌都掐得住了。"

三

站在医院停车场，林景秋问："你从哪里来？"万宝瑞说："办公室，接到卢原的电话就过来了。"林景秋又问："他用的是手机还是办公室电话？"万宝瑞说："太热了，我们边走边说吧。"林景秋站着不动，只拿一对大大的杏眼幽幽地望着他。万宝瑞清晰地看见，自己正站在金水河的清水潭里，便不由自主地说："手机。"林景秋点点头说："这么说，就是一安排完就关机了。"万宝瑞说："应该是没电了……吧。"林景秋又点点头说："我们去他办公室。"万宝瑞说："还是先送你回家，你需要好好休息。"林景秋把已经打开的车门关上，转身就走。万宝瑞说："好好好，去办公室，去办公室。"

车行驶得很慢，好像是蜗牛去奔赴一场无聊的约会。林景秋左手掌撑着额头，低着头，闭着眼，像是睡着了。进了开发区，车辆稀少，路却宽阔，万宝瑞不得不加快了速度。林景秋像是突然醒了，朝两旁打量，一边还让万宝瑞慢点开。在一家五金店门口，车还没停稳，林景秋便踉跄着冲了出去。开发区不比老城区，一切都经过了精心规划和设计，到处都埋伏着高清摄像头，万宝瑞只敢让车慢慢向前滑行。好在林景秋很快就出来了，嘴唇紧闭，双手箍着坤包，一言不发上了车。万宝瑞说："买什么了？未必怕人打劫？"林景秋看着窗外，双臂紧了紧包。万宝瑞看见汗从她的头发里钻出来，肆无忌惮地在她脸上攀爬，几颗淡淡的雀斑洇在潮湿里，有种明净的淡咖色泽。

可惜很快就到了景秋体育器材有限公司。两个人下了车，林景秋一闪身便进了店。一男一女两个店员迎上来。林景秋问："你们卢总在不在？"女孩迟疑着："您是？"万宝瑞匆匆忙忙跑过来，大声说："小周，小齐，这是卢总夫人，卢总有没有说去哪里谈业务了？"一边使劲冲他们摆手。男孩正要张口，女孩抢着说："夫人好，万总好，卢总这段时间一直很忙，销售旺季，他都在亲自跑市场，我们很少能看见他，不知道他去哪里了呢。"万宝瑞说："那就别愣着了啊，赶紧泡茶。"一边冲她伸大拇指。

林景秋说了声"谢谢"，挡开递过来的茶水，慢慢顺着旋转楼梯上了二楼。五年了，她总共来过三次，第一次是装修期间。

卢原俯在她耳边说:"马上就要装修办公室了,务必要请我的林妹妹去做艺术总监。"那时,林景秋正在报考职称,又是班主任,忙得像只陀螺,再者,她对他的信任和对生意的不感兴趣,都是同样的百分百肯定。可是,卢原一只手撑在床上,一只手紧紧箍着她的腰,嘴里吐出粗壮而又温热的气息,一浪又一浪吹过她的脸,何况在无比美丽的晨光里,他脸上的绒毛正闪着细密的暖黄色光芒,让她无端觉得,拒绝他,就是拒绝春风与春雨。于是就来了。来了其实也没多说什么,她仅仅是建议在西面安装一个博古架,主要是想让一览无余的布局带上那么一点儿隐藏的意思。第二次是开业。卢原挽着她的手,一起看着她的名字如同新娘一般被揭开红布盖头,高高地挂在了门店前檐上,成为公司的修饰词。第三次是两年前。卢原说:"现在有钱了,店面全部重新装修了,尊敬的卢总夫人,我亲爱的林妹妹,你一定要来看看。"看完了一楼,上楼梯时,她在前,他在后,他时不时会扶一把她的腰。确实,二楼的办公室变化特别大,原来的大通间隔成了一大两小三间房,大房间是办公室,四壁挂着高仿画作与书法,两个小房间,一间是茶室兼会客室,另一间是书房兼习字室,里面有一排书柜,一张宽大的桌子。卢原说:"得去弄些不错的笔墨纸砚摆上,以后每天练练字。"林景秋笑他说:"从此决心附庸风雅了?"卢原说:"不然呢?又不能玩女人。"林景秋剜他一眼道:"你敢!"

有什么不敢的呢?男人一旦有了钱,就足以胆大包天。林景秋站在博古架前,想起历历在目的三次,觉得那时的自己是多么矫情啊。可谁又能够否认,这世上的每一种矫情都有它的因由?

实在是因为矫情的那个人，从来就自以为背后有着深信不疑的依傍，而她的依傍，就是他们的爱情……博古架依然靠西，只是挨墙放在了角落里，落满了灰尘，有些格子里摆着茶具，有些堆着宣纸，还有一些就那么空着，像是寂静而又密集的等待。林景秋走进茶室，看见原来与书房相通的推拉门已经换成了一扇原木门，拧了拧锁，却是转不动。哈，她的矫情，原本是多么不堪一击，博古架能体现什么隐藏的意思呢，无非就是一个隔断吧，真正的隐藏，其实都在锁的后面。她在沙发上坐下来，手伸进包里。她摸到了它，右手中指突然一阵刺痛。万宝瑞走进来问："要不先在这里等等，泡杯茶喝?"林景秋说："不了，走吧。"

林景秋上车后，万宝瑞看见车门把手挂着几丝血迹。他钻进车子，托起林景秋的右手，压着颤抖的声音问："你想干什么?"林景秋说："紧张什么，不过就是在楼上摸了不该摸的东西，不小心被划了一下。"万宝瑞说："办公室没有什么锋利的东西，怎么会被划伤?"林景秋说："又不是你的办公室，你怎会知道就没有暗藏机锋?"万宝瑞愣了一下说："好吧，不管这些了，我们回医院。"林景秋说："创可贴就可以了，走吧，顺路见到药店停一下。"万宝瑞说："不行，前面不远就是宇仁医院，先去包扎一下。"林景秋就拉车门。万宝瑞说："听我一回不行吗?即使要回家，也不急在这一时。"林景秋侧过头牢牢盯着他，不说话。

万宝瑞两眼直视前方说："不要想多了，卢原真的是太忙了。"林景秋撤回目光道："去佛朗山。"万宝瑞说："什么?现在去佛朗山?你确定?!"林景秋点点头，也不看他。万宝瑞说："现在已经十点半了，等我们赶到山脚下，差不多得下午两点，这么热的天，你确定要爬上去?"林景秋冷冷地说:"是的。"万宝瑞说:"听我说，真的……"林景秋打断他说:"别说了。"

刚出主城区，万宝瑞的手机突然响了。"袁丽丽"三个字在音乐声中不停地闪现，他刚一伸手，手机就从驾驶台上掉了下来。林景秋拾起来递给他，他直接掐了。可是手机立刻又响了，还是"袁丽丽"，这一次，他没有生硬地掐掉，而是任由它歌唱。唱完了，林景秋说:"不方便接? 要不我下车，你回了电话再走。"万宝瑞说:"不用。"额头上就涌起了一圈汗。他抬起胳膊擦了一下，很随意地将手机仍旧丢回驾驶台，心里却不住地祈祷。可是，手机还是响了，不过是"叮"的一声短信提示音。林景秋瞟了一眼，突然笑了，单是嘴角一道弯弧，却没有半点声息。

万宝瑞只好停了车。"袁丽丽"的短信说:你们去店里了?他真是恨死了卢原，如果多写几行字，小窗口就会显示不全，林景秋也不会一眼瞥尽短信的内容。他也恨自己，为什么要存"袁丽丽"三个字，随便存个猫狗的名字也好。万宝瑞一边回电话，一边往前踱去。他一个字还没说，卢原在那头却抛来一连串的问题，中心意思只有一个:你为什么没找个理由不让她去店里? 万宝瑞说:"我没有找理由的本事，你有的是本事找理由，却又躲着不见，你不是说这个月要带她去佛朗山的吗? 来呀，我们正在路上。"卢原说:"什么，去佛朗山? 我怎么会说去佛朗山? 纯粹是她自己的幻想。好吧，反正你也犟不过林妹妹，要去就去吧。"万宝瑞说:"卢原，我正告你，你给我马上滚过来!"卢原嘎嘎直笑说:"实话说，如果以前我还嫉妒你，现在已经没有半毛钱的那心思了，天天守着一个人去爱，划算个屁呀，莫说林妹妹，其实连袁丽丽我也早烦了，好在钱总能让爱情保鲜，所以有钱才是硬道理。不过不得不承认，宝宝，你这方面比我强，可以爱她一万年不变。"万宝瑞骂道："无耻！无耻！真是无耻！"手机刚挂掉，短信就尾随来了：直接上山，切记不要去佛朗河！万宝瑞对着黑屏说："呸！你个人渣，总算还没有丧尽天良。"

林景秋闭着眼，靠在座椅上，嘴里却说："原来如此。"侧望过去，她长长的睫毛黑黑的，茸茸的，映在洁白光滑的脸上，像一首曲子里的尾音，有无尽的意味。万宝瑞点了火，车子跟着打了个旋儿，往回驶去。林景秋说："你实在不想去，我就在这里下车好了。"万宝瑞心头一惊，说："不是，这条路一直迎着太阳走，太晒了，好像还有另外的路，我们试试吧。"林景秋说："我搜过了，只这一条。"车子只好再次打了个旋儿。万宝瑞突然对自己十分恼怒，脚下也就加大了力度。

四

一路无话。过了佛朗镇，佛朗河就一直在车道的右侧流淌，是袅袅娜娜的样子，也是不离不弃的样子。越往前，山越来越大，树越来越稠密，农户越来越稀疏，万宝瑞便越来越紧张。果然，车刚刚切进月牙潭边缘的公路，林景秋就立起上半身说："停。"万宝瑞没有踩刹车。林景秋问："你什么意思？"万宝瑞说："不是去佛朗山吗，得抓紧时间，晚了就得摸黑下山。"林景秋加重了语气说："停！"万宝瑞说："之前没说，现在临时改变主意不能算。"林景秋扭过身子，右手搭在方向盘上。

靠边停了车，林景秋说先吃饭。万宝瑞暗暗长吁了一口气。蚯蚓状的小路与两年前一样，仍然不紧不慢地爬向半山坡，土坯房仍然斑驳得从容而坦诚，老两口也仍然健硕而呆滞。万宝瑞点了一个肉丸子小火锅，外加五个热菜，每道菜不是煮就是炖。林景秋说："你是打算吃到月亮升起来?"万宝瑞揉揉肚子说："中午饭，不吃饱吃好，这里不同意，反正已经来了，就不要着急了。"林景秋冷笑道："倒也是，反正是反正。"万宝瑞没接茬，想说的话一波又一波涌到嘴边，又全都给咽回去了，光在心里反复嚼着这些话，就已经饱了。虽说菜上得很慢，隆重得仿佛杀鸡宰牛，可每上一道，林景秋便举着筷子扑上去，吃得又恶又狠，虎虎生风，好像是饿着肚子为这户人家挖了几辈子的田。

才上完三道菜，林景秋就已经吃吐了。万宝瑞搬来竹躺椅让她休息，她半歪着，把老妇人喊过来坐下，问："您还记得我们吗?"老妇人直愣愣盯了她半晌，摇着一脑袋的白发说："记不得，现在歇脚的人比以前多些了。"林景秋两眼灼灼地望着她说："我买走了您两个斗笠的。"老人指指墙上说："老头子编了好几对都被买走了，你是哪一个?"

墙上的一对斗笠挂在门东侧的木钉上，烟熏过的篾条与新竹的青白间杂排列，依然是那种自然碰撞的纷乱美，根本让人分辨不出它们的前世与今生，仿佛它们一直就在那里，从不曾被替换过。林景秋撑起身子，向坡下走去，穿过公路，穿过密密匝匝的灌木，蹚过河水，一直走到潭水的另一端。

两年的时间太短，那块巨大的石头该是什么样还是什么样，看起来依然既浑圆又坚硬。她爬了上去。万宝瑞闭上眼睛。他看见她站在青黑色的巨石上，张着双臂，闭着眼，大声唱着《我心永恒》，一张鹅蛋脸白里透红，微微隆起的肚子中和了她的清瘦，让她看起来多了几分圆润与柔和，灿烂的阳光罩着她，与撒银孔雀蓝泳衣翻涌在一起，形成了一个璀璨的人体。她喊："喂，你们看我像白鹭吗？"万宝瑞仰躺在潭中，别过脸去，应道："不像，一点儿都不像。"她纵身跃下，银铃般的笑声跟着一起滚落下来。靠近下游一些的卢原没有发声，看起来在专心致志展示他的花样游泳技术。在更下游的不远处，那一对吃完了烤螃蟹的男女，男的躺在树荫下的一堆炊具旁，用衣服盖着脸，女的已经下河了。一切都是在瞬间发生的。林景秋的笑声突然就卡住了，下游的女孩突然就"哎哟"叫起来。万宝瑞几乎没有反应过来，直到看见林景秋捂着肚子往水下沉，他才扑过去。又是血！他托着林景秋，大声呼喊卢原，卢原却在下游举着"哎哟"的女孩，高声叫："抽筋了，抽筋了……"

　　万宝瑞睁开眼睛，胆战心惊地望着林景秋。还好，现在的林景秋正坐在石头上，白色连衣裙还好好地穿在身上，阳光从她的斜后方围过来，使得她的脸仿佛浸在一片隆重的阴影里。她抱膝而坐，高高在上却又衰弱不堪，风不断掀起她的头发，揭开她的裙角，她却一动不动，像大石头上长出的小石头。虽说山风猎猎，可太阳依然灼热，万宝瑞后悔没有在车里存一条泳裤，没有泳裤，终究还是不方便下河。渐渐地，他耐不住了，就脱掉鞋袜，站进了浅滩里。林景秋也站了起来。万宝瑞以为她终于要走了，就赶紧上岸。林景秋却张开双臂，从巨石上跃起，在空中画了一道美丽的弧线，然后扎向潭水。万宝瑞喊了一声"哎"，立刻回身扑进河里。

林景秋并没有下沉，而是在划水。万宝瑞还是快速游了过去，她却一个转身，游回到巨石附近，接着脱掉裙子和内衣内裤，把它们一股脑儿全都扔在巨石上，远远地看着万宝瑞。那是林景秋吗？不，应该是聚光灯下剥除了所有包装的白瓷吧？他脑袋里"嗡"地一下，再"嗡"地一下，又"嗡"地一下……风声走远了，水流消失了，蝉鸣停止了，天地间只剩下"嗡嗡嗡"的一片。他想别过脑袋去，眼睛和身子却怎么也不听使唤，只管痴痴愣愣地盯着，痴痴愣愣地向着那团耀眼的光亮滑去。她湿漉漉地看着他笑，动手解他的衣扣。在水的摇篮里，他们如同两条处于交配季节的鱼，一次又一次紧紧咬合在一起……直到林景秋变得软绵绵的，似乎丧失了所有的游泳技艺，一切才算止息。

两个人赤裸着趴在岩石上。万宝瑞埋着头，任由泪水横流。林景秋抚了抚万宝瑞的背说："这是你应得的补偿。"万宝瑞听见心里"咯噔"一下。她接着又道："人不能两次踏进同一条河流，这话说得多好啊，你看，水一直在向前，永远不可能是原来的水，人也一样，虽然看起来都还好着，其实连骨子里头都已经变了。那一次，我流产了，再也无法生育，卢原却救了那个袁丽丽美女，从此开启了王子与公主的幸福生活。哈，多有意思的对照，可怜我这个傻瓜，还以为任它千变万变，自有爱情永恒呢，却原来一切都不过是这眼前的河水流啊流。"万宝瑞侧过脸，打断她说："好吧，我承认，袁丽丽其实是我的情人，你真的误会卢原了。"林景秋无声地笑了笑："说，真是难为你了，这么多年，你一直都在尽力帮忙周全，哪怕已经真相大白，你还在替我补网，其实大可不必，刚才在岸上，我还在想，究竟是什么不得已的原因，会让自己深爱的人可以无情到不顾家人的生老病死呢？真的想不通啊，但你知道，我是属鱼的，一遇到水，全都顺畅了。"

刚说完，她就一个翻身，再次跳进河中，然后半浮在水里，仰着头说道："其实网破了未必不是好事，最终能够认识到必须破网而去，哪怕花掉半生的时间，也还是值得。"万宝瑞突然有了信心，大声说："我也是属鱼的。"林景秋说："鱼跟鱼不一样，你是海鱼，我是河里的小鱼，今天你得到了应得的补偿，从此在我这里，再没有永恒的爱情。"说罢，她忽地转过身，刚游开去，又回头喊道："我往上游，你开车在前面的拐弯处等我。对了，包里的菜刀，记得帮我扔了。"万宝瑞连忙卷好两个人的衣服，缠在身上，蓦地腾空而起，又砸进水中。顿时浪花四溅，珠玉纷纷，他奋力划动双臂，哗哗哗，河水顺着身体分流而下。

阳光从正前方贴过来，洒满了整个河面。一片金属与金属的撞击与震荡。在不绝于耳的响声中，万宝瑞以为自己做回了金水河里那条小小的蛟龙。

招谁惹谁

一

苏吉祥抄起门背后的扁担，矮下肩膀，一下子扑出了门，刚抡起扁担准备挥出去呢，远远地，却看见对面楼下正走来一男一女，只好硬生生地收住了脚步，一把将扁担顺下来，藏到了自己的身后。他就那么眼睁睁地看着狗跑了，那只翻毛狗，那只黄皮大脸的狗，那只正在他门前拉屎的狗，那只活该千刀万剐的狗。

那只狗向对面的楼房跑去，跑得不急不缓，跑得像正在头顶上随风跳舞的樟树叶子，而且，跑着跑着，居然还回过头来看了一眼。这一眼是看什么呢？肯定是要看我的狼狈样儿吧？苏吉祥想起了《猫和老鼠》的动画片，他觉得自己就是那只永远也战胜不了老鼠的猫，可怜巴巴的，不是被老鼠牵住了须子，就是被老鼠拽住了尾巴。

苏吉祥多么想逮住那只老鼠一样的狗，做一回扬眉吐气的猫啊。可是，就是那只像老鼠一样可恶的狗，不仅长期在自家门口拉尿，现在竟公然拉屎了！苏吉祥连扁担也忘了放下，就找老张

去了。在去的路上，和那一男一女错身而过时，他们向他点了点
头，嘴角还明显带着笑意。苏吉祥赶紧咧开嘴笑了，似乎还弯了
弯腰，招呼道："今天休息?"可是，他的腰还没直起来呢，两个
人就已经向前走了。要搁在平时，苏吉祥照样会很快活，这些业
主，能向自己这样一个收垃圾的老头儿点个头，打个招呼，哪怕
是端着个脸，那也是太阳当空照呢。可是，今天不一样，今天他
亲眼看见了，他们跟狗打招呼的样子更亲切，他们刚才还"吉祥
吉祥"地呼唤了好几声，还笑吟吟地目送它跑进了二十五号楼。

苏吉祥右手的五个指头忍不住握了一下，这才发现，自己还
提着那根扁担呢，心里就惊了一下，糟了，那两人会不会知道自
己刚刚撵过狗呢? 转念心却横了横，知道了还能怎么的? 难道还
去告状不成? 这么想着，心就又横了横，告了状又能怎么的? 难
道人的道理还真讲不过一只哑巴狗了? 苏吉祥把腰往上提了提，
抻起背，挺起胸，身子直直的，一脚就跨出了小区的大门。可
是，手里的扁担有点斜了，这样，人虽然直直地出去了，扁担却
在门上别了一下，把铁鼻子大门撞得哐啷作响，苏吉祥也被别得
往后趔趄了一下，身子撞在铁门上，门就摇晃得更厉害了。门卫
小黄把脑袋从敞开的半扇窗户里勾出来，嘎嘎直笑，嘴角都快要
扯到眼睛上去了，活像一只发情的公鸭。苏吉祥冲他喊："黄小
个子，你给我闭嘴!"小黄没有闭嘴，声音却是没有了，就那么
张着嘴，看着苏吉祥提着扁担，一冲一冲地往前走了。眼看着苏
吉祥就要拐弯了，小黄才回过神儿来，盯着苏吉祥的后背喊:
"谁招你惹你了?!"

苏吉祥懒得回嘴，这个小哥们儿，跟自己算得上是"壕友"。

苏吉祥习惯把与这个小区有关却又与自己身份地位相似的人，统称为"壕友"。说战友吧，好像高了，他们并没有那么多同甘苦共生死的经历；说盟友吧，好像跟利益扯得紧了些，显得低俗了；只有说壕友，比较恰当，虽说和平年代的日常生活远离了硝烟和战争，但矛盾永远有处处有时有。长年守在小区大门外左侧的马路边擦鞋修鞋的老陈两口子、磨剪子抢菜刀的老彭、炸油卷子的小李、门卫老张和小黄，这六个人，哪一个不是跟自己一样，都得靠这个小区来解饥止渴呢？对他们来说，好生活永远在远处，是他们需要共同占领的高地，小区呢，就好比他们向前开进的共同掩蔽体。这个掩蔽体，说到底，也不是这些壕友的，而是属于小区的那些业主，业主们的鞋子、剪子、菜刀、食欲、安全以及随手扔掉的垃圾，就是组成掩蔽体的泥土，泥土原先也都是些散泥，没有被开掘，没有被集中，是业主们对这些方面有了需求，才集中起来，最终开掘出了这样的壕沟。

老张却对苏吉祥所称的"壕友"，一贯不同意。他说苏吉祥这是在故作姿态，是在嘲笑他们，说苏吉祥住在小区里边，怎么说也算得上是半个业主，再不济，跟那只名贵的黄毛狗还同名儿呢，哪像他们另外六个人，见了业主们养的猫啊狗啊还要矮三分。苏吉祥提着扁担，边走边在心里愤愤然：谁说是这样？啊？谁说是？你们几时受过我这样的欺负了？！经过垃圾屋时，苏吉祥也没有像往常一样慢下脚步，或者干脆停下，去看一看那个女人，那个总是把垃圾屋当作自己的家的女人。尽管有那么一瞬间，他的脑海中也掠过了那个女人茫然的眼神和瑟缩的样子，但还不足以打断他的愤愤然，所以，到了老张的屋前，没有任何停顿，苏吉祥一下子就用左肩撞开了那扇油漆斑驳的赭色木门，右手的扁担向前指着，说："你们几时受过我这样的欺负了？"老张正斜躺在床上，歪着身子看那一套他永远也看不厌的《猫和老鼠》碟片，瞥见苏吉祥闯了进来，身子也没欠一下，说："老眼昏花了是吧？我在这里呢，扁担指错方向了。"苏吉祥立刻把扁担指向床，指向老张。老张这才把眼睛从电视上收回来，望着苏吉祥，然后慢慢坐起来，拍拍床沿说："来来来，吉祥吉祥，坐下坐下。"苏吉祥立刻爆炸似的叫道："以后不许喊'吉祥'！"老张哈哈大笑说："好，不喊就不喊。哎，我说老伙计，究竟谁招惹你了？你看你那火气头儿，我这里要是茅草棚子，只怕早就点着了。"

苏吉祥绷着脸，把扁担收起来，靠墙竖了，也不坐，而是趋过身子，伸手把那台黑色的破 VCD 机关了。老张翻了一眼苏吉祥，顿了顿，又翻了一眼苏吉祥，突然大声道："神经啊你，猫和老鼠打仗，关你屁事？你怎么就见不得我看这个呢？"苏吉祥也大声说："我就见不得，咋的？猫捉老鼠，那才是天经地义，我就不明白，这样颠倒黑白的烂片子，你怎么就喜欢成那个熊样儿！"老张继续高声叫道："当然是烂片子了，不是烂片子你能从垃圾桶里拣了送我？送给我了就是我的，我爱怎么看就怎么看，看到天荒地老看到海枯石烂也没人管得着！"苏吉祥脖子上的青筋直跳，说："我就是后悔得很呢，早知道，就是把它们砸成碎片儿也比送你强！"

两个人扯着嗓子喊了一通，都喊得红头涨脸心跳气喘了，方才止住。屋子里霎时安静下来，只剩了两个人喘气的声音，比赛似的，一个比一个喘得粗。苏吉祥觉得燥热得很，就拿手在脸旁扇了几下。老张"扑哧"笑了，说："老伙计，出了一身臭汗，爽透了吧？遇事儿了是不是？不过，依我看，你到现在还揣了包炸药在心窝子里，为了安全避险，我们还是先讨论一下猫和老鼠。"

苏吉祥提了口气，正要开口，老张就抢着说开了："你真以为这片子里，就是猫输了老鼠赢了？非也非也。老伙计，你别摆头，你想说的是，难道还是猫赢了老鼠输了不成，对吧？非也非也。你看你，又皱眉头，你先耐心听我说完，再想想是不是这么个理儿。猫和老鼠呢，是互赢了。你想，一只饱食终日的猫，你让它干什么去呢？还是得让它捉捉老鼠。一来，捉老鼠是它的天性，每一个物种，总得保持自己的天性吧，要不然，猫就不叫猫了；二来呢，捉老鼠可以避免它去寻衅滋事，不会给养它的主人制造麻烦，也不会去找其他动物的麻烦。可捉来了吃不下，咋办咧？那就玩儿呗。玩儿来玩儿去，因为运动，身体就更健康了，因为斗智斗勇，脑袋就更聪明了，更重要的是，玩儿得开心，玩儿得快乐，玩儿得精神生活丰富多彩。你吐什么口水呢？口水吐多了可不好，伤津液。我说的有什么不对？物质富足了，就要考虑精神了嘛，猫也是有精神需求的嘛。反过来，老鼠也一样。首先是吃的吧，不愁，反正现在人类的粮食品种丰富，而且多得吃不完。再者呢，藏身的地儿多，又隐蔽，地底下不是排水管就是电缆沟，四通八达。你瞧瞧，老鼠的吃住行都无忧无虑了，那还缺什么？缺刺激。跟猫一样，老鼠吃饱喝足了，总得找点儿刺激热闹热闹，显摆显摆，就是在这种时候，猫来了。想一想，还有什么比自己的天敌找上门来更刺激的呢？没有了。而且这天敌又不取自己的性命，不过是玩一玩罢了，不正好趁机可以扯一扯以前从不敢扯的猫胡须，摸一摸以前从不敢摸的猫屁股吗？这就叫双赢，非敌非友也好，亦敌亦友也好，反正你玩儿了我，我也玩儿了你，快乐了你，也快乐了我，更快乐了人类这个最大的看客。不是？怎么不是？你看看，玩的是一团和气，看的是喜气洋洋，有什么不好？"

苏吉祥简直听不下去了，就挥了一下手，说："呸呸呸，什么歪理论，别的我不懂，我就是看着猫不像猫，鼠不像鼠。"老张说："非也非也，看着不像，其实还是那么回事，放心，万事万物自有其规律，猫有猫道，鼠亦有鼠道，亘古不变。"

苏吉祥越听越糊涂，绕来绕去，怎么又像是绕回去了。他不得不承认，老张确实是个人才，大人才，他不仅喜欢转文嚼字，还喜欢经常说些莫名其妙的道理，也就是老张自己比较谦虚地称之为"张氏之道"的那些道理。更厉害的是，这些道理，一点一点地听，好像是那么个理儿，可一起听完了，再回头想想，就想不明白了，就像雨中看景，单独看一棵树一朵花一株草，都能看得清清楚楚，可要想一眼看个全貌，就成了雾蒙蒙水汪汪的一大片，就让人犯晕，至少会让苏吉祥犯晕。每次老张长篇大论时，开始，苏吉祥总是一脸的虔诚，临到最后，却总是一脸迷茫。越是迷茫，就越是迷恋，苏吉祥就是这样被老张给迷住了。

二

被老张迷住，不光是老张有这些嘴皮子上的功夫，还因为老张和自己有很多的相似之处。他们都有点文化底子，这个底子，都是新中国成立之初那几年形成的。他们都曾经当过教书匠，也都曾经长期在农村种过地，后来却又都成了城市流浪的农民，成了晚年孤独的那一类。只不过，老张从农村到城市，要比苏吉祥早两年，而且，老张是主动的，而苏吉祥是被动的，不，说被动也不完全准确，应该是被骗。

当初，苏吉祥的大侄子说："只要二叔到了城里，那一百五十平方米的楼房就是二叔您的，您想怎么住就怎么住，至于生活费，二叔您就更不用担心了，我生意做得那么大，还在乎那点儿碎银子？每月一千五，您看行吧？多了？不多不多，您是不知道啊，城里物价高呢，亏啥也不能亏咱二叔的身体啊。对了，我还得嘱咐您一句，进城之后，您得学会上超市，买菜不要上地摊儿。"苏吉祥本来还在犹豫，自家的地，已经全都给侄女二丫了，屋呢？那三间瓦屋，要是也给了她，自己可就真的没有任何退路了。想想也是，本来就已经一无所有了，还要退路干什么呢？女儿十一岁时，在上学的路上，被山上滚落下来的石头给砸死了，老婆因伤心过度，积郁成疾，八个月后，也随女儿西去了。可能是村干部可怜他吧，竟一直没有收回她们母女名下的地。全家五亩多地，苏吉祥就一个人种着，种得也不上心，反正进出一个人，懒心懒肠，打出来的粮食，够填饱肚子就行。几年前，二丫跑来哭诉，说没想到公婆是驴子拉屎外面光，人家看着好好的，其实做事刻毒得不得了，分家的时候，只给她家三分地，老公又懦弱得很，不争也不闹，自己呢，又硬不过公婆那一大家子。"二叔您说，这日子哪里还过得下去呢？"听了两次，到了第三次，二丫嘴巴一咧，又开始打着哭腔叫"二叔"了，苏吉祥就主动说把自家的地分一半给她。这地送是送了，种起来却颇费周折，二丫过来种地，得翻一座山，下一个坡，再拐两道长长的弯，最后才能到达那二亩五分地，一天这么一来一回的，很是耗时间，农忙时节，二丫的吃吃喝喝就全部由苏吉祥供应了。

前年，侄女婿在矿上打工时，把脊椎给摔断了，大侄儿回来探望，就跟苏吉祥商量说："二叔，您就干脆跟我上城里享福去吧，您这些地呢，就给咱小妹种。"苏吉祥不同意，说："要享福，也还轮不上我，二丫都遇到这么大困难了，说什么也得她先去。"大侄子说："二叔，您看，小妹家，这小的小，瘫的瘫，没办法，就让他们留在老家，多弄几块地种着，我再从经济上帮帮他们，这才是最好的解决办法。二叔，您就把地让出来，跟我走。再说了，我爸走得突然，也没让我尽上孝道，如今他就剩了您这唯一的亲弟弟，好歹也让我尽尽心吧。"苏吉祥就犹豫了。大侄子紧接着就说了关于房子和生活费的那一番话。苏吉祥就更犹豫了。

苏吉祥到底还是把屋和地都给了侄女，这一给，就给了个彻彻底底精精光光。拐过屋角，跨进大侄子的车门时，苏吉祥还是忍不住回头看了一眼，这一看，就后悔了。那墙，从一块一块起石头基脚到一寸一寸抹上亮晃晃的白石灰；那水泥走廊，从一点点找平到一锹一锹拌砂浆，哪一样没有和上自己的汗水？别人不知道，那棵院场边的垂柳是知道的，它可是跟这屋子同岁呢，起屋的那年，苏吉祥就栽下了它，可以说，老婆孩子看到了的，它都看到了，老婆孩子没有看到的，它也都看到了。苏吉祥一遍一遍在心里跟自己说，反正老婆和孩子都没有了，走就走吧，成人之美，善莫大焉。可他记得，当时自己还是没有忍住，一转身子，就跑回去了。他跑到院场边上，抱住那棵垂柳，把脸贴上去，蹭了又蹭，仿佛蹭着老婆的身子，蹭着蹭着，他还像孩子一样号啕大哭了，眼泪流得跟夏天的溪水一样。最后，还是大侄子半拖半拽，才把他弄上了车。

苏吉祥原以为，他舍弃了那么多，像一个和尚一样净身出户了，等待他的，至少会有一座诵经念佛充满慈悲之气的庙宇吧。可是没有。大侄子直接把他卸在了锦庐苑一个废弃的自行车棚里。车棚里有一间铁皮屋，屋里有一张木板床，床上有上一个坑坑洼洼的旧席梦思，还有颜色不齐整、歪瓜裂枣一样的锅碗瓢盆。大侄子说："二叔，您先在这里下车，我一会儿就给您把被褥抱下来，您先休息休息，美美地睡上一觉。"美美地睡完一觉醒了之后呢？大侄子嘴上没交代，其后，却用实际行动都交代得明明白白了。住房呢，就是这一间，生活费呢？每月三百。就这三百，苏吉祥也只得了五个月。第六个月的某天黄昏，苏吉祥正吃着水煮大白菜，大侄子推开了铁皮屋的门。毕竟是农民的后代，大侄子倒是保持了平易近人的作风，从不忌讳深入底层，每个月他都会亲自把三百元人民币给苏吉祥送来，这样，就省去了苏吉祥爬楼的辛苦。那天他没有拿出钱来，只跟苏吉祥聊天，聊了没多久，就站起身，神情庄重地说："二叔啊，我们都是劳动人民，劳动人民靠什么？靠自己的双手啊，一味指望别人，不是长久之计，也是不光荣的，二叔您看，过几天我们家就搬到海南去了，就您一个人在这边生活了，您如果还不学会自力更生，叫我怎么能放心呢?"

　　大半辈子都用双手在泥土地里刨食的苏吉祥,脸一下子就变得红赤赤的,像泼上了半碗猪血。他觉得自己真是太不光荣了,太厚颜无耻了,一个农民,还要自己的后辈来提醒你什么叫不劳而获,什么叫光荣与可耻,有什么意思? 没意思,简直太没意思了。苏吉祥从此就开始了捡垃圾的生活。自从过上了这样的生活,苏吉祥常常就觉得愧疚,当初大侄子嘱咐他要上超市的事儿,恐怕永远也没有希望实现了,就算自己怀里揣上了百十来块钱的,可只要想一想自己干的是一个什么活儿,哪里还好意思进入那样明晃晃光鲜鲜的地方去买萝卜白菜呢?

　　那一次,大侄子终于说了百分之百的大实话,几天后,他们一家三口,果然全都搬走了,是不是搬到了海南,苏吉祥不知道,他只知道,大侄子锦庐苑的房子租出去了,租给了一个铸铁工厂的老板,那只黄毛大狗,就是铸铁老板养的宠物。

　　苏吉祥曾不止一次地问过老张:"我怎么连个当和尚的命都没有呢?"仿佛老张正一手掌握着他的命一样。可每一次,老张都只抽烟,不说话,也没有表情,烟雾缭绕中,就越发显得像个神秘莫测的大仙。这一次,猫和老鼠的论述告一段落之后,苏吉祥又这么问了,只不过,疑问的语气并不强烈,听起来倒更像是慨叹。

　　老张开始摸烟。苏吉祥说:"那只死狗又欺负人了。"老张撇了撇嘴,说:"就为这事儿? 就为那只黑霸王养的狗?"苏吉祥瞪了他一眼说:"你又不是不知道,也不是一回两回了。"老张说:"我知道,那只可恶的狗,在你的铁皮屋前撒尿无数次,每年年底，要偷吃你买的腊肉无数次，少数成功，多数失败，即使这样，一见到你，它还是要龇牙咧嘴，对吧？不过，这些究竟又算得上多大的事儿呢？依我说，也算不了什么事，人嘛，何必跟一只狗较劲儿呢？俗话说，一个巴掌拍不响，你想过没有，为什么那只狗老是跟你过不去？是因为你自己也为它创造了条件嘛。首先，你的屋当口有一棵上了年岁的桂花树，狗不是最喜欢树吗？其次，你是个行家，比别人识货，所以你买的腊肉太正宗了，啧，那叫一个香。第三，你总是一根扁担挑两个张牙舞爪的蛇皮袋，那形象，啧，像是要横扫千军，狗眼能看得过去吗？"

苏吉祥愣了愣，旋即冷笑道："这么说倒是我错了？"老张下了床，喝了一杯水，又给苏吉祥倒了一杯，递过来。苏吉祥却是不接。老张笑得一张脸像盛开的菊花，说："老伙计，你看你这人，咋就这么爱较真呢？什么事儿往自己身上靠一靠，想一想，找一找原因，心里不就平衡了吗？火气儿不就消了吗？你经常说，我们是壕友嘛，我们这种身份的人，尤其要难得糊涂嘛，我这不是帮你降火嘛。"说罢，又把水杯往前送了送。

苏吉祥还是没接，老张就自己端着，一边拧开了电视。电视里正在播放一个维权节目，一个女人尖着声音在诉说自家的木地板，买来刚铺上第四天，就大面积起泡了。苏吉祥想，人家是拿钱消费了，有证据，有各方力量的声援，才能够这样大张旗鼓地维权，我呢？连老张都不理解，我能干什么？想着想着，就有点酸酸的感觉，他站起来，拿起扁担就要走。没想到老张比他更快，一下子就站在门口，挡住了苏吉祥的去路。

老张说："老伙计，这狗，恐怕不光是这么对待你吧？还有什么，你都说出来，我听着呢。"苏吉祥把老张扒开，一闪身就挤了出去。老张喊："哎哎哎！"苏吉祥也没回头，匆匆走了。他是突然想起来了，他那铁皮屋的门，忘关了。

苏吉祥几乎是一路小跑着回去的，在路上，还差一点撞倒了木呆呆站在垃圾屋前的那个女人。伸手扶住她的时候，苏吉祥忍不住责怪道："今天怎么站在这里？这里是人行道，人行道，懂吗？"他伸手指了指她长期待着的那个角落，用手势告诉她应该回到那里去。女人却把一只乌漆抹黑的手蒙在嘴上，痴痴呆呆地望着他。苏吉祥管不了那么多了，侧过身就跑，跑到屋门口，他不禁眼冒金星，嗓子眼儿好像要撕裂一般，那颗心，也拼命地往胸膛外面挣。他就在心里骂自己，不过才六十七岁，咋就这么不中用了呢？他扶住屋门口的那棵桂花树，弯着腰站了好一会儿，才慢慢直起身子，一步迈进屋里。

右脚却滑了一下。苏吉祥低头一看，鞋子上粘了黑乎乎的一大片，心里"咯噔"一下——踩到狗屎了！他立刻半弓下身子，直接把右鞋向后甩了出去，鞋子"啪"的一声，似乎落得很远。苏吉祥直起身子，打算单脚往前跳几步，好让屁股找到椅子，一提劲，右边的腰就锥子似的钻了一下。

苏吉祥闪了腰。他不敢单脚跳了，每跳一下，就会疼得吸一口气，他只好扶着铁壁，一点点往前挪，挪到了床边，再侧着身子，缓缓地翻上了床。身子一放平，他的眼睛就开始寻找那块腊肉，果然，腊肉不见了，那是整整四拃多长一拃多宽的腊肉，是他用来当肉也当油的腊肉，现在，它确实不见了。苏吉祥直勾勾地盯了一会儿，也说不上到底是在看哪一处，然后就闭上了眼睛。是啊，那只狗为什么就非要和自己过不去呢？

他和它是在一只垃圾桶旁相遇的。那天，也就是大侄子说完"劳动人民要靠自己的双手"之后的第二天，这一天，苏吉祥决定从离自己铁皮屋最远的二十五号楼开始捡垃圾，开始翻开自己在这个城市里自力更生的第一页。他走向了一单元楼下的那个海蓝色垃圾桶。

经过楼梯口，离目标垃圾桶还有三四米远的样子时，苏吉祥看见一只布熊倒在地上，他把布熊扶正，仔细一瞅，嘿，好家伙，差不多有半人高哩，白脸庞，黑耳朵黑眼睛黑鼻子，脖子上还系着一根红丝带，很好看。苏吉祥心里开始犯嘀咕了，它不是在垃圾桶里，又不旧，八成是哪家掉的吧？苏吉祥抬起头，准备看一看到底有哪几家晾晒了衣物，突然，有一个黄白相间的东西从楼梯口冲了下来，一口就咬住了布熊。

是一条毛茸茸的狗，两只耳朵外张着，尾巴外翘，而且越往尾梢，毛色由白到黄，越来越深，毛长得也越来越密，看上去像一把很有力量的扫帚。苏吉祥拿起蛇皮袋向它挥了挥，它就拖着布熊往后退，苏吉祥有点急了，心想，好好的一只布熊，要是被狗糟蹋了，该多可惜啊。他举起手里的木棍，作势要向它打去，黄毛狗立刻放下布熊，龇牙咧嘴冲他叫唤起来。苏吉祥向前进了一步，打算用木棍把布熊拨拉到自己的面前。狗虽然后退了两步，却爪子刨地，嘴里叫唤得更凶了。苏吉祥把那个布熊捡起来，拍了拍，又仰起头往上看，就在这当口儿，苏吉祥感觉到一团黄色的东西向自己扑来，就本能地一闪，还好，人是躲过去了，手里的布熊却掉了。

苏吉祥再不敢轻易动作了，就站在那里，手里提着木棍，黄毛狗却像得了势一样，更加狂叫起来，引得 25 号楼和相邻的 26 号楼总有人勾着脑袋往外看。最终，苏吉祥放弃了对那只布熊的拯救，也放弃了在那两栋楼前的垃圾桶里淘金的念头。

当天傍晚，苏吉祥正吃饭呢，有人吹着口哨来了。苏吉祥迎出门一看，是一个黑皮阔脸、膀大腰圆的汉子，后面竟跟着那条黄毛大狗，那狗一看见苏吉祥，就张开嘴，喉咙里呼呼作响。那人弓着腰，一只手摸着狗，一只手指着桂花树，说："吉祥，去，去尿尿。"好在苏吉祥及时掩住了口，没有让自己应声，否则，自己还不真成了一条狗？那条叫作吉祥的狗，一会儿抬头看看它的主人，一会儿望望那棵桂花树，不停地摇着尾巴。过了一会儿，它果真就慢慢地往前走了，绕着桂花树，嗅来嗅去的，转了好几圈，然后就翘起了腿。

苏吉祥旋风一样刮进门，提起木棍，又旋风一样地刮了出来。黑脸大汉指着自己的鼻子说："哟，想打架啊，来来来，要打就往我这儿打，欺负一只狗算什么本事？"说罢，又瞟了一眼苏吉祥手中的木棍说，"老家伙，我给你提个醒儿，想要打架，像你这种缺斤少两的人物，得先把手里的家伙备足了，要不然，没意思得很。我还告诉你，你早打架死了，你侄子苏启扬就早一天快活。"

苏吉祥的手慢慢垂下去了，他就那么眼睁睁地看着跟自己同名的黄毛大狗撒完了尿，眼睁睁地看着一人一狗不紧不慢地消失在拐弯处。

苏吉祥把手里的木棍换成了扁担，外人看来，只当是他为了挑废品方便，实际上，苏吉祥的心里，一直有着要复仇的冲动。可是，当那只狗不再需要它的主人的指引，无数次独自在他的门前撒尿，甚至偷吃他的腊肉时，他仅仅是举着扁担一次又一次地追撵，却一次也没有将扁担落下去。他不想早早地死，真的，他不想，他想活，想活得好好的，想活得像蓝蓝的天上白云飘。

三

但没过多久，还是出事了。那天中午，老张急性肠梗阻，苏吉祥捡完垃圾，从门房经过，才知道老张刚被送走，他一心想要追过去，就在小区门口拦了一辆的士。苏吉祥是头一回坐的士，从招手到拉门到进入，动作显得很生硬，很犹豫，很彷徨。他把腰身弯下来，跨进一只脚，正要坐下呢，就有一个阴影罩了下来，苏吉祥抬眼一望，又是黑脸大汉和他的狗。黑脸大汉这次死盯着他，盯得苏吉祥坐也不是，站也不是，就那么僵着身子屈在车门那里，满头满脸的汗。过了好一会儿，黑脸大汉开口了，说："没长眼睛吗？出来出来！"苏吉祥一万个不想出来，可是那只跨进去的脚仿佛不是他的，根本不听使唤，就那么直直地跨出了车门。黑脸大汉把他往旁边一扒拉，先把狗放进后座，自己又拉开前门，屁股一扭就坐了进去。车子一溜烟就跑了，苏吉祥从后面看见，那只狗正威风凛凛地坐在刚才他自己的屁股差点落下去的地方。

连着过去了两个夜晚一个白天，苏吉祥的体内总是流窜着一股气流，在左冲右突，在冲撞着五脏六腑，就像狂野的狮子遇上了宽广的草原。他完全压制不住它，所以，当黄毛狗又一次在他的铁皮屋前翘起狗腿的时候，苏吉祥让扁担落了下去，落在了它的尾骨上，那一次，狗是呜呜叫着夹着尾巴逃跑的。

　　第二天早上，苏吉祥刚把门打开，头上就挨了一棍，他当即就倒下去了。也不知过了多久，他刚睁开眼睛，就看见两个年轻的后生树一样地立在自己的两旁，其中一个还俯下头来，对着他的眼睛说："老家伙，醒了哇？醒了就好，你给我记住，再敢动吉祥一根毫毛，就先准备好棺材盒子。"说罢，两人各踢了他两脚，扬长而去。

　　苏吉祥头上的淤血过了个把月才消散，好在他的头发还算比较茂盛，又戴着一顶瓜皮帽，总算没被老张他们发现，只是在大约半年的时间里，苏吉祥不能哈哈大笑，如果笑的幅度太大了，脑袋就疼起来……

　　忽然响起了跺脚声，老张在门外叫道："都什么东西？啊？!"边说边推开了门。苏吉祥说："把鞋子脱了。"说罢，嘴又往外努了努。老张回过头，顺着苏吉祥努嘴的方向看去，哈哈笑了，说："老伙计，丢什么都行，咋能把底子给丢了呢？"苏吉祥说："还没听清楚？赶紧把鞋子脱了，你踩到狗屎了。"老张惊道："狗屎？! 刚才我踩到的是狗屎？我们俩都踩到狗屎了？"忙不迭地把鞋脱了，扔到了远处，又把手吹了吹，还甩了几甩，就像刚丢掉烫手的山芋。

　　老张单脚跳着，先找了双拖鞋穿上，然后才一屁股坐在椅子上。好一阵子，老张一直看着门外，不说话。苏吉祥说："要喝水你自己倒吧，我得先躺一会儿，腰闪了。"老张这才扭过头说：

"拉屎撒尿，狗一般不会只认准一个地儿，除非它的主人成心驯导，你实话告诉我，到底怎么回事？这狗怎么就盯上你了？"苏吉祥想了想，还是没有回答，那些没有说的，全都是没有办法出口的，是屈辱的封条，堵在喉咙里，也戳在心窝子里。

老张说："好，老伙计，你不想说就不说，以前你说那狗怎么怎么欺负人，我没在意，总以为不就一只狗嘛，今天我算是亲眼见到了。"苏吉祥的身体有些热热的，鼻子也有些酸酸的。老张不知道这些，他站了起来，倚在门口，盯着那两只沾满狗屎的鞋子，看了一会儿，又回头对苏吉祥说："我给你买膏药去。"说完就出了门。

老张回来的时候，苏吉祥已经下床了，躺了这么久，他觉得好多了。老张一边撕膏药贴，一边说："狗还是很不错的，全身都是宝，连皮都能给人治病，可见，狗本身不见得就有多恶毒，多半是因为养它的人太恶毒了。"又问，"你说那个女人为什么就那么讨厌狗呢？"苏吉祥"啊"了一声，说："我哪知道，兴许是狗伤害过她呗。"老张一脸严肃地说："嗯，你说得很有道理。"苏吉祥一脸茫然，这都哪儿跟哪儿啊，这老张，思维怎么像兔子一样，一蹦一蹦的，总让人跟不上趟儿呢？

老张说的就是那个总是守在垃圾屋旁边的女人。一开始，除了老张，他们六个人都称她为女疯子，老张却总是"那个女人""那个女人"地呼来喝去，时间长了，七个人都称之为"那个女人"了，只有极偶尔依然会呼之为"女疯子"。比如，有狗在垃圾屋周围出现时，她会从屁股底下抽出一根铁叉子，风一样地卷过去，扑上去就打；比如，有时候给她送了饭和菜，她不仅没有表现出对饭和菜应有的热情，反而置之不理，动也不动，连眼皮都不抬一下。这七个人当中，离那个女人最近的是老张，可他始终保持着君子风度，动口不动手，不仅从没给她送过一次东西，还对另外六个常常表达爱心的人进行无情的讽刺和打击。他说："你们觉得这样做很快活是不是？可你们知道不，你们这是在施舍，是不尊重人，是为了自己的虚荣心，是在一个失去自我意识的人的身上，寻找你们自己的优越感，你们首先就没有把她当作一个人在看。"

胡扯！纯粹是胡扯！怎么就没把她当作一个人看呢？难不成还把她当作了一只猫或一只狗？另外六个人虽然不能像老张教训他们一样，把老张也反过来教训一通，却一致认为，在这件事情上，老张跟那个女人其实是一路货色，只不过，老张是半边脑袋疯了，还有没疯的半边脑袋在勉强控制着行为，那个女人则是整个脑袋都疯了。总之，一个是半疯，一个是全疯，只是程度不同而已。抢菜刀的老彭甚至还不无讥讽地反击老张说："如果你也有这么一天，难道不希望我们这样好好地对待你？"此语一出，六双巴掌顿时"哗哗哗"拍得海响（老彭自己也给自己鼓了掌），没想到老张哈哈大笑，说："我要是真有那么一天，谁都休想管我。"那神态，自得得很，六个人全都气得吐口水。好在也没人听他的，他送不送，那是他的事，其他人，该怎样还是怎样。苏吉祥是最不怕打击的一个，他最勤奋，不仅给那个女人送饭菜，偶尔还送水果和饼干，甚至捡到的女装，也都送给她了。反正他都是顺便，不是去垃圾屋淘宝，就是去老张屋子里坐冷板凳。当然，他并不完全是在用行动反击老张的理论，最主要的还是发自内心同情着那个女人。

老张怎么突然想起了那个女人？苏吉祥正纳闷着，老张又说："就这几天，你帮我买一些腊香肠，要选甜的，正宗的，最好的。"苏吉祥一边撇嘴，一边笑，说："你终于发善心啦，要送那女人好吃的？"老张点点头，说："是的是的，我不像你们，我要么不送，要送，就送最好的。"说罢，掏出一百元人民币，递给苏吉祥。苏吉祥想了想，也就接了，要是别的什么事儿，他就不收了，可这钱，是人家表达爱心呢，嘿嘿，还是收下为好。

虽然闪了腰，行动变得跟百年老龟一样缓慢，可没过几天，苏吉祥就把香肠买来了。老张把它们全都蒸透了，分了七成送给那个女人，余下的，老张全都自己留下了。小黄说："张头儿，咋这么吝啬哩？这香肠，不蒸还好，蒸了就恨不得香破人的鼻子，可你究竟是啥意思？给那个女人那么多，给我们尝半块都不行，未必我们还赶不上那个女疯子？"小黄也真是馋那香肠了，把女疯子和那个女人都混着说了。老张说："我就是要给那个女人，就是舍不得给你们，咋的？!"老张不仅话说得很呛人，还命令小黄，三天之内，他们俩不准倒班，上午十点半到晚上十点半，全部由他老张一个人上。

苏吉祥认为老张这样处理也不妥，他说："近六斤的香肠，少说也给了那个女人四斤，一下子给这么多，她哪有地儿放？还不招来猫狗老鼠苍蝇一大堆？"老张也不回答，只管把他自己留下的那一部分仔仔细细地切成了薄薄的片。被切成薄片的香肠，晶莹透亮，油汪汪的，人的眼睛只要一搭上去，嘴里就要起口水。

不过，老张似乎并不特别馋嘴，他只是在中餐的时候，才带上了香肠，而且，他的中餐吃得特别晚，该上班的人都一车一车走了，他才开始吃。那天下午大约三点钟的样子，黑霸王的黄毛大狗又独自出来溜达了，当它刚刚拖着尾巴溜达至门房时，老张迎了出来，看了一眼那只狗，然后就专注地端着饭碗，向小区外走去，嘴里还吧唧吧唧响亮地咂着。他吃得很有滋味，但似乎又吃得十分马虎，因为总是间隔不了多远，就有香肠掉在地上。那只狗先是站在门房旁边摇了一会儿尾巴，然后就低下头，远远地跟着老张，捡着舔着吃地上的香肠，就这么一路吃到了垃圾屋的附近。

修鞋的老陈两口子看见了，老陈的老婆张开嘴，打算提醒老张，他的香肠都掉地上了。老陈慌忙丢了鞋，一把捂住了老婆的嘴巴，等到老张闪进了他自己的屋子，老陈这才把手从老婆的嘴上拿下来。老陈的老婆一边喘着粗气，一边骂老陈："好你个死老头子，要捂死我也得把手洗干净了啊。"

那只叫作吉祥的狗死了。先是被那个女人用铁叉叉破了肚子，激烈地挣扎了一番，后来又被叉破了喉咙，小小地挣扎了一番，最后肚子鼓了几鼓，就彻底死了。

那个女人也挨了打，不过，不算重，就两条腿被踢破了皮。老张值班时，听见黑霸王跟锦庐苑的几个业主聊天，说："算了算了，那狗，本来就不是个什么名贵狗，要不然，就不会这么放养了。再说，也犯不着招惹一个神经病。"

苏吉祥把铁皮屋收拾收拾，添了一张行军床，添了一床被褥，又捉住那个女人的手，把她牵进锦庐苑小区，牵进自己的屋子，给她洗了澡，还抹了消炎药。老张笑他，说："吉祥，吉祥，这下你可是占了大便宜啦，一分钱不花，就收了一方好山水哩。不过，这可是非法同居哟，居委会要是找上门来，又咋办咧？"

苏吉祥抬头看着正在风中抖动的樟树叶子，呵呵一笑，说："该咋办就咋办。"

盛　宴

一

青爷的鼻子巍峨，平地起山丘一样，几乎盘踞了整张脸，他的嘴巴虽是一弯上弦月，但扁而薄，眼窝深陷，眼珠外翻，耳朵奇大，张得像两把打开的扇子。我顿感失望，如此这般尖头窄脑、眼不明耳不厚、连双下巴都没有的青爷，果真能给人带来好运吗？

只有母亲言之凿凿。我怀疑江二爷也是不信的。曾经，江二爷很不相信那块像舌头一样突出的大石头具有神力，他坚持认为，不就是舌头石正对着尚王庙吗？不就是长了些燕儿石吗？（燕儿石小巧，一般附于大石块之上，状如家燕。）不就是像人的舌板上起了些疙瘩吗？"舌板上起疙瘩，那是典型的病象咧，哪来的什么神示？"作为金水村念私塾时间最长的知识分子（金水村人特别顽固，新中国成立后，私塾与新式学校并存了六年才彻底取消，江二爷三岁入学，又懒又笨又有钱，读了十二年私塾），江二爷对村里人的愚昧感到无比痛心疾首，每每放牛看见有人给舌头石上香磕头，他就要往他们面前一横，双手叉腰，先是给他们灌输一通他所谓的科学分析，然后便讥笑道："活人站你面前你不拜，偏偏要拜一块无知无觉的石头，真乃朽木也，粪土之墙也。"磕头的人也懒得搭理他，翻翻白眼就走了。

陈老伯却和他抬起了杠。陈老伯捡完柴火，经过舌头石，照例要行磕头礼，却见江二爷竟然跷着二郎腿优哉游哉地躺在舌头石上面。陈老伯大惊，再三央求江二爷下来。江二爷嘴里衔着一根好长好长的茅草，门板一样的右脚冲着陈老伯不停地抖动，道："拜吧拜吧，我正好还差个儿子。"陈老伯气得抽出一根柴火，一边捅他一边骂："你家的公牛才会生儿子咧，找你家的公牛去，不信你就好好等着，舌头石会给你报应咧。"江二爷爬起来，站在石头上，居高临下嬉笑道："托你吉言咧，要是我家公牛真能给我生个牛崽子，我就在这里立个庙咧，算是信了这块石头的邪。"第二天午后，当江二爷依然躺在舌头石上一边抖腿一边仰望天空的时候，他家的公牛真的带回了一只小牛。两只一大一小的牛，睁着同样水汪汪的大眼睛，站在舌头石的下方，迷死人地仰望着他。

江二爷大骇，一骨碌翻起身，不料却滚下舌头石摔折了左腿。江二爷顾不得疼痛，躺在床上紧锣密鼓地颁发指示，先是让两个儿子请来享誉全村的朱石匠，接着又雇了三个壮劳力，从自家山上采下四块大条石，最后还亲自为舌头石的代言神画了像。朱石匠拿着画像道："二爷，难不成这个老爷是吊死的？舌头这么直这么长，您到底是要让大家拜神还是求鬼咧？"最终，朱石匠在雕刻的时候，以惯有的见多识广，不仅将老爷的大舌头隐去了，还把他的嘴巴弄成了笑模样。为了显示丰厚的文化底蕴，江二爷要求朱石匠在小庙两侧的条石上刻了"明月几时有，把酒问青天"十个字。舌头石从此便有了代言人，金水村人一致称呼石像为"青爷"。不久就有人发现，青爷不仅正对着尚王庙，而且他那暴突的眼珠让他看起来似乎对尚王庙充满了仇恨。

出城时，母亲再三叮嘱我，如果找不见尚王庙，就先去找青爷；如果青爷也找不见，就去找江二爷或陈老伯。

我决定还是先依靠自己。晚霞正起，遍山遍野的绿镀上了隐约的金色，看起来，只有姿态万千的树才是这片土地上的主人，还有高高低低的草在庄稼地里发疯似的生长，把田与田之间弯弯曲曲的小路也淹没了。大约是我在小路上行走的样子渺小得实在令人忍无可忍，那个长着一脸络腮胡的摩托车主掉转头，大声喊："喂，要不你再给我一百块钱，我陪你找，你要晓得咧，一个晚上我最少要赢一百块咧。"我冲他挥挥手，他犹豫了一会儿，便"突突突"地走了。

他是个善良人，在一堆打牌和观战的人群里，只有他抬起脑袋，倾听了我的请求，最终也只有他将屁股底下的椅子挪给了别人，用他满身是泥的摩托车将我载到了这个地方。一路上坡，车子发出飞机般的轰鸣声，尘土一团接一团扑向茂密的树林，鸟儿们扑棱棱飞起，伴着叫声，从一丛绿滚向另一丛绿。他说："上面的人都搬下去咧，你还去干什么？你到底是谁家的女孩子？我怎么看着有些面熟咧？"我没有一丁点说话的欲望，更没有他那么大的嗓门儿，只是沉默着。他减了速，停下来，两腿叉立在地上，半侧过头说："你也看见咧，这山大林密的，连原来的泥巴公路都成泥巴小路咧，越往上越不好走。再说山上就江二爷一个人咧，你要是去找他，就在这里等着，再加点钱，我帮你把他驮下来就是咧。"我摇摇头。他盯着我看了一会儿，掉转头，重新跨上摩托车说："你这上去到底是做什么？我看你脸色好差，你可要想好咧，上去了今天就下不来咧，除非住江二爷那个破房子里，不然就只能住树林子咧。"

我在心里冷笑了。住破房子也好，天当被子地当床也罢，与我何干？这副臭皮囊早已不属于我了。

现在，顺着青爷的目光看过去，对面除了一片混沌的葱茏，什么也看不见。母亲口里的尚王庙，不知藏在哪坨绿的后面，找到了它，又果真能让我的头痛消失吗？对于儿时的那场头痛，我似乎存有那么一点点印象，但并不深刻，只记得因为头痛，好久好久没能上学。母亲说："你说头痛，白天呼呼睡，天一黑就拿手抓头，整夜整夜地抓咧。"根据母亲的记忆，是她找到了那天跟我一起放学回家的八个孩子，他们都承认那天偷吃了马桑果，但只有我一个人吃了长在坟顶上的马桑果。"事情的根源就在这里，那座坟是尚王庙的一座孤坟。在我记事的时候，尚王庙就有三进，里面供了十几个金身老爷，香火好旺盛的，庙后面是好大好大的坟场，听说都是姓尚的坟，后来坟都没了，只留了一座最小的坟咧。"母亲听说的还有，这座最小的坟是尚王第八世第六子的，第六子不爱江山美人，不爱绫罗绸缎，单单喜欢在树上造鸟窝一样的房子，然后便成天蜷在树上的鸟窝里睡觉。但很不幸，有一天夜里狂风暴雨，他和房子一起掉到了地上。

"没满二十岁就死咧，他多冤？再说，后来革掉了他那么多亲戚，他多孤单？你说你，招蜂也行，惹蝶也行，怎么偏偏要去招惹他？他不把账算你头上算谁头上咧？"母亲每每埋怨时，我只能两眼空茫地望着她，就像竭力想象一个无法复原的梦。母亲说，在我持续头痛的期间，父亲曾将方圆六十公里四个最为著名的赤脚医生逐一请进家门，他们一致承认，我的脉象强劲有力却又紊乱不堪，强劲紊乱得远胜过夏天暴发的山洪；他们同时也一致承认，他们充其量只能算是战国的扁鹊或汉朝的华佗，而绝对不是中古时期的大禹。所以他们在我家吃吃喝喝好几通之后，便又相继理直气壮地飘然而去。最后，只有章医生（外号"张仲景"）对我父亲说："我看这女孩子的病生得邪气咧，邪病还得邪术医，你是共产党员，我本不该说这话咧……"父亲没等他说完，就毫不客气地下了逐客令。母亲却听到心里去了。但她知道，村里唯一的巫娘两年前就去世了。

　　好在她还记得巫娘曾教过她一招。子时，趁父亲早已睡熟，母亲便迫不及待地在锅沿上立筷子了。第一天，母亲将她所有逝去的亲人名字念叨了三遍，同一根筷子在遇到每一个名字时，统统一眨眼便倒了下去。第二天，母亲将我家方圆五公里（我家东西南北四个方向都有零星的坟墓，东南面有一个巨大的坟场，金水村人称为"梦林"）所有她能知道的亡人念叨了一遍，同一根筷子在遇到每一个名字时，又统统一眨眼便倒了下去。经过深入思考，第三天同样的时刻，母亲把我上学路上她所知道的几个有限的亡人名字念叨了一遍，她在想象中跟随着我经过尚王庙时，那座孤零零却又高大巍峨的坟让她莫名激灵了一下，她不知道该如何称呼他，就犹豫了一下，念了一声"尚王"。奇迹发生了，那根朱红色的圆头筷子竟然稳稳地立在了薄如刀锋的锅沿上！母亲不知道下面应该再念什么，发了一小阵呆之后，便对纹丝不动的筷子说："我家小玉不该踩在你头上，不该摘你家果子，但你是王，俗话说宰相肚里能撑船，求求你一定要饶了一个无心的小女孩子咧。"母亲说完，就对着筷子深深地作了个揖，在她抬头的一刹那，筷子"哗啦"一声扑进了锅里。据说，那天天一亮，我便从床上一跃而起，快快活活地上学去了。

母亲无数次的讲述都让我嗤笑不已，面对文化水平只够认识自己名字的母亲，我的态度与父亲如出一辙，有一种无法掩饰的傲慢与偏见。我坚信，在无数次的重述中，本来互不相干的事情，早已被她的记忆涂改成了环环相扣的起因、过程和结果。但她比我更坚信，三十多年过去了，当我复现当年的头痛症状，走遍城里的大小医院仍然无法解除痛苦时，她以母亲的天然霸道，命令我回去，回去找尚王。

她说："一定是我没带着你去还愿的缘故。都怪我，只有自己去了，就只放了一挂鞭炮、烧了一沓火纸，就只在那棵马桑树上系了一根红布条，你这次一定要多带些供品去咧。"我同意了，既然只剩了来自脑袋的炸裂感还时刻提醒着我是一个活人，既然走一趟阔别二十年的老家能让母亲心安一些，那么，又何妨去会一会传说中的尚王呢。临行前，母亲在轮椅上张着双手，浑黄的眼睛先是巴巴地望着我，不一会儿，眼泪便一颗一颗滚到她的衣襟上。我的心扯了两下，仍是木着眼睛望向父亲。父亲颤颤巍巍地站在母亲的身后，嘴唇抿了抿，喉结动了两下，却是什么也没说。

　　父亲自然无力阻拦母亲和我的荒唐行为。我沿着青爷愤怒的目光，经过不断回头、不断校正的过程，总算找到了一个隆起的巨大的圆形土包，上面长着比周围任何地方都要葳蕤的植物。植物们的枝干开始是直的，但长着长着就向外挣开了，就好像它们中间藏着一个深深的旋涡，有不竭的动力让它们得以源源不断地向上爆炸般地盛开，它们的叶片一律绿得油乎乎的，有一种近乎肮脏的妖冶。土包整体前倾，仿佛一座随时会崩裂的山体，我绕着土包转了一圈，并没有看见墓碑。

　　脑袋里面有根筋突然暴跳了一下，头部要炸裂的感觉瞬间膨大，我用十个指头掐按了一阵，疼痛才慢慢缓解了些。我反向继续寻找，不经意抬起头，就看见了有一棵马桑树长在土包的西侧，粗粗的主干上分布着不少结节，它的枝条有的干枯了，有的还挂着绿叶，只是没有果实，看来它已经属于灌木中的老前辈了。难道这就是传说中的尚王墓？难道母亲所言不虚，发生在我八岁那年的头痛，果真与我吃过太岁头上的马桑果有关？

　　啼笑皆非了。反正找不见，那且将土包做王墓吧。母亲交代说："香、酒、火纸、苹果、香蕉、水蜜桃这六样东西必不可少，其他的你看着买就是咧。"我只买了酒这一样，是挤过打牌看牌的人堆买的。人堆的后面有一个狭长的小卖部，各种酒瓶站在满是灰尘的玻璃后面，粗劣的包装盒上，各式各样的字体印制着"姻女""姜娥""娴妮""七姑娘"之类的美丽名字，就在那一刻，我的麻木突然松开了一道缝隙，我完全被她们震住了！她们哪里是酒呢？分明是人，是女人，是以酒之名被贴上明显标记的女人，我没料到，在我闭塞的老家，竟然藏着这样一群女人，她们像一个个弃妇，蓬头垢面，灼灼发光。如果不是店主人催促，我会想办法带上所有的"媸嫠"。

可惜我救赎不了她们，就像救赎不了我自己。我总共买了十二瓶"媸嫠"，虽然她们是"丑陋的寡妇"，但我有这个权利，我要让尚王接纳她们，爱上她们。现在，我启开十二个瓶盖，然后让"媸嫠"们一字排开在尚王墓前。也真是奇怪，尚王墓看起来张牙舞爪，墓前却干爽平整，寸草不生，而且正前端的土包壁有烟熏过的痕迹。未必有人来祭奠过他？在这荒山野岭里？管他呢，既来之则安之，我抓起居中的那瓶"媸嫠"，对着熏过的地方举了举，倒了一半在地上，另一半就留给自己了。剩下的十一瓶"媸嫠"貌似安静地站着，赤裸裸地站着，恬不知耻地站着，像等待检阅的宫女，不，应该是嫔妃，是皇后。

二

那时，我又是他的什么呢？

他说："女王，你是我永远的女王。"尽管他死皮赖脸地追了我四年，但一直到大学毕业，我还是没有决定带他回家。在爱情方面，我奉行古典保守主义，要么不爱，要爱就爱到底。那时，他还不是那个让我足够义无反顾爱上的人生伴侣。他说的话和写下来的文字一样，都像是阳光下盛开的油菜花，灿烂得过于耀目，总让我觉得眼前的世界是一片虚幻的金黄色天堂。他说："凌晨了，我在火车站的路灯下给你写信，听着火车咔嚓咔嚓行走的声音，我想象着我俩被火车带到美丽的远方，在大海般的草原上，青青的世界波涛滚滚，我拥你入怀，你吻我如水，我们一起随波逐流。"他还说："月上山岗，风摇影动，一抬头，鸟巢就在我的头顶，我也要在树上建一座小小的房子，小到只能容下一身，小到你再也无处躲藏，当我们的影子叠合时，让月光和风儿一寸寸爬过你的脸庞我的胸膛。"他热衷于将这些让人脸红心跳的句子写在卡片上，然后一张张塞进我的书本里。他还热衷于朗诵，常常在散步或看电影的时候，把这些句子连同嘴里的温热之气一起声情并茂地送进我的耳朵里。虽然我并不相信那些貌似身临其境的描述，但当他一次又一次巧妙地将我带到山中、溪边或草地上，一次又一次温柔地复述卡片上的文字时，我变了，变得内心不再那么坚定。对这个从小失去父母的大男孩，我不再像其他同学一样疏远他，有时不但帮他说好话，而且偶尔还会一意孤行地把他带进朋友圈。我的行为收效颇为显著，不但让同学们对我越来越客气，还彻底惹恼了两个人，一个是路汉明，一个是柳燕飞。

路汉明在一系列的劝说无果之后，终于愤怒了。毕业前一晚，当同学们都还在灯红酒绿中激情演绎着离愁别绪时，他却趁着酒劲，几乎是把我挟持出了现场。他紧紧抱着我的左胳膊，一路狂奔到江边，然后将我摁坐在高高的江堤护栏上，死死攥住我的双手，仰着脸对我说："小玉，你不要这样子糊涂下去了，你的好心最后会害了你的，赵学文就是一个狡诈的骗子，靠的就是算计，靠的就是花言巧语，你答应我，别再跟他来往了好不好？好不好？"我还以为他终于要鼓足勇气说出那三个字了，可是没有。是不是十年还是太短，还不足以让他积攒下足够的勇气和力量？这个从十二岁开始就抢着为我打饭、包书皮、冲豆奶的男孩，为什么一直到今天，都没有办法大声说出"我爱你"？我真的等烦了，等累了，等厌了。什么叫此恨绵绵无绝期？这就是。我只要那一句简简单单的话，只要那一个响响亮亮的承诺，可他宁愿默默为我做一万件事，也不愿张口说出那一句让我魂飞魄散的话，这算什么？难不成我将来只能毫无名分地默默地嫁进他家？我竭力压住自己，但眼泪还是肆无忌惮地流了下来。

他慌了，烫手山芋似的撒开我的手，转而不断揉搓着他自己的双手，喃喃地说："对不起，小玉，对不起，我没有别的意思，就是怕你上当，真的没有别的意思……"失望像路灯照耀下的江水，一波推着一波，一环拥着一环，在黑暗中闪着冷凛的光芒。我跳下护栏，背对着江水奔跑起来。起初还能听见他的喊声，渐渐地，一切就都成了默片，我看见行道树一棵棵向我挤压过来，看见一个又一个人与我擦身而过，看见一辆接一辆车鱼儿一样地滑游而去，连绵不绝，永无尽头……这样也好，那个勤奋而懦弱的男人，那个让我等不到拥抱和承诺的男人，终于被车水马龙淹没了，阻隔了，我也终于可以背水一战了，再不必用我的善良去纵容他的善良，再不必用我的期待去延长他的期待。

可是柳燕飞坚持认为，我是中了赵学文的毒才会变得如此残酷。她说："你这是典型的栽赃。我告诉你莫小玉，语言就是赵学文的羊皮，是他的糖衣炮弹，他的狡诈要胜过我们班所有人，他成长的过程是我们班所有人都没有经历过的，就是这种过程让他跟我们班所有人都不一样，你看他看人的眼神，从来都是躲躲闪闪的，他跟人说话，从来都是见风使舵的。而你呢，纯洁善良浪漫的莫小玉，明明是被他语言的盛宴蛊惑了，却硬要把账算在路汉明的头上，你这不是栽赃陷害是什么？"我说："我不就是要那一句话吗？如果一个男人对一个女人连那三个字都说不出口，算什么男子汉？我都等了他十年，还要怎样？我究竟算什么？连一句话都等不来，以后要是真到了关键时刻，能指望他什么？"柳燕飞挑了挑她的扫帚眉，嘴里"哧"了一声，道："莫小玉，你就不要沽名钓誉了吧，与其说你等了十年，倒不如说你享受了十年，别人不了解，我还不了解？好，就按你说的，你只要'我爱你'三个字的承诺，那你就问问自己，为什么赵学文没出现之前你可以一直耐心地等着，赵学文一出现，你就不能再等下去了？"尽管柳燕飞说话素来横冲直撞，但我也不得不承认，这次她的炮轰还真是命中我心了。我忍不住一阵气恼："胡扯，柳燕飞你少胡扯，天地良心，赵学文是从大一就出现的，现在都已经大四了好吧。"柳燕飞冷笑道："温水煮青蛙而已，他不过就是充分利用了我们美丽的汉语，让你从最初的眼饧耳热变成今天的翘首以待，从最初的羞耻难当到今天的乐享其中。唉，真正是可怜可叹，赵学文算是成功找到了你这块试金石，全班人都看得清清楚楚，只有你，冰雪聪明的莫小玉小姐，不仅一无所知，还要自投罗网。"我彻底失去了庄重，尖声道："对于一个孤儿，你们不但不同情，还要竭尽所能挖苦讽刺嘲笑，这难道就是我们这些大学生理应承担的伟大责任？"柳燕飞道："嘿，你不要搞人身攻击好不好？首先我们从来没有挖苦、讽刺、嘲笑你的宝贝赵学文，我们只是不信任他而已。需要我一件件点出来吗？见人说人话，见鬼说鬼话，是不是他？从不就事论事，就爱就事论人，是不是他？见到院长夫人就大献殷勤，是不是他？动不动就跑到系主任那儿擦桌子抹板凳浇花儿的是不是他？孤儿，孤儿，这世上孤儿多着呢，未必都跟他一样？莫小玉，你醒醒吧，要是嫁了这种人，你驾驭得了吗？"我啐道："谁说要嫁他了？我不过是看他是个孤儿，比我们都可怜，你们又都不理他……"柳燕飞叹了口气道："你以为就你好心啊，我告诉你，善有时比恶能制造更大的恶果，算了，明天就要各奔东西了，变数大着呢，不过，看在闺密的分上，我最后郑重庄重地提醒你一次，莫小玉同志，不要贪恋他的语言和笑容，小心得荫忘身，宴安鸩毒。"

柳燕飞的话也就管了三个月。三个月里，我忙于适应新环境，忙于认识同事、家长和学生，不过，在备课和批改作业的间隙，我还得千方百计压制住自己不去拆赵学文寄来的那些厚厚的信。看来，他是顺理成章回到了县城下面一个小镇的中学，因为信封上的地址已经说明了一切。可是，三个月之后，一个月光皎洁的夜晚，当路汉明又给我送来了一堆零食、说了一堆俗气熏人却又言之无物的大白话之后，我再也没忍住，开始一封封开启赵学文的信。

赵学文的信很规律，每周一封，每封里面都是七张纸，每张纸的上半部都是日期、星期几、天气状况，然后便是一段话，不见称呼，也没有落款，纸的下半部却都粘着一枚树叶或草茎标本，形状各异，脉络清晰，散发着一股淡淡的清香。他有时写当天发生的事情，有时写一段风景，有时写苦闷的感受，无论写什么，末了，他总是会巧妙地过渡到如"你是我眼前的这盏灯，赐我柔暖的春"之类的句子，而结尾的那句话，必定都是"我爱你"。在他的信里，我总是能吃到蜂蜜喝到甘露。赵学文的语言成了发酵剂，把我的心喂养成了按捺不住的春天。我开始给他回信了，从稀疏如钟到密集如雨，从顾左右而言他到树欲静而风不止。

第二年春天，他调到了离我最近的一个学校任教。姨父说："小玉，学文这孩子确实讨人喜欢，但我还是要提醒你，他太精明，心也太大，你呢，又过于敦厚，目前倒是不要紧，我跟学校方面也说了，就让他做个普通教师，以后可就看你自己的了。"作为教育局局长的姨父，自然是阅人无数，洞若观火，他的提醒让我有些犹豫了。可父亲母亲不这么看，他们认为姨父是当官当久了，自然处处谨小慎微。父亲说："学文对我们这么好，连内衣内裤都给我们买，比你这个丫头还要体贴，这样的女婿打着灯笼都难找，再者说，人精明点儿心大点儿有什么不好？凡成大事的人有哪一个是心小不精明的呢？"

结婚头三年，除了没有孩子，我一直觉得自己很幸福，日子过得很饱满。赵学文虽然只在某些节日和我的生日才给我写写卡片，但还是经常会给我吹吹甜蜜的枕头风。他还坚持要把我父母接进城里。父亲开始并不同意，怕不习惯，更担心给我们添麻烦。赵学文说："您四十多岁才有了小玉这个唯一的女儿，比起别人更是不容易，现在我们在城里安家了，您年纪也大了，只有在我们身边小玉才能安心，她安心了，我们一家子才能生活幸福，是吧？而且您知道，我从小就是个孤儿，现在有了您二老可以孝敬，让我好好享受做儿子的感觉，该是多么幸运！"赵学文说得满眼泪花，父亲更是感动不已，为此放下了固执，也为此几次三番去找姨父，要他一定不遗余力提携赵学文。姨父开始只是不同意，后来实在被父亲纠缠不过，就说："我已经犯了错误，本来就不应该动用公权把他调来，怎么能一错再错？他要升迁就靠他自己的能力吧，何况也用不着你替他担心，你这个乘龙快婿可不是一般的人物，我在教育系统，比你更了解他。"父亲说："既然他有能力，那你再助他一臂之力，岂不更好？"姨父说："我要是助他一臂之力，那就等于是助纣为虐了。唉，好吧，有什么办法呢？我以后不再拦着他就是了。"父亲差点气歪了鼻子，但也奈何不了姨父，就只好在自家饭桌上慨叹："亲戚不假情义假啊，没想到你姨父也是个嫉贤妒能之辈，我这才知道，要不是他拦着，学文你兴许早就不是现在这样了，所以说呢，靠天靠地不如靠自己，学文你要争气啊。"当时赵学文搛菜的手停在了半空，脸色也变得铁青，如同一尊雕像定格了好一阵子。

从此，赵学文一改常态，不但破天荒没有使用避孕套，还无所顾忌地使用各种粗野的姿势，最令我不能忍受的是，他的嘴巴似乎冻住了，半个字都不肯吐露，我也曾试图引诱他像以前一样喁喁私语，哪怕是莽俗的叱骂也好，可是不行，不但不行，他甚至连喘气似乎都使劲憋着。半个月下来，我从最初的暗自欣喜坠入了痛苦万分的深渊，我开始害怕夜晚，害怕卧室，害怕地板，害怕床，看见这些，就像看见了可以预见的灾难，看见赵学文，就像看见了穷凶极恶的狼。

赵学文点了我的死穴。他不再说情话，不再写卡片，就连家常话，该省的不该省的，也都统统省了，我所有跟他说的话，他要么充耳不闻，要么干脆以行动作为应答。他真是太了解我了，我就是一个依赖语言浇灌的软弱女人，没有了语言，我就是涩的，干的，枯的，就是没有雨水没有绿色的沙漠。

可是我怀孕了，一个月之后，明白无误的检测结果让我彻底活泛过来，而且一发不可收，如同夏季的洪水。我隔着肚皮抚摸我的孩子，和他说话、唱歌、读诗，给他写文辞优美的日记并一句一句朗诵给他听，我坚信滴水穿石、铁棒成针，坚信功夫不负有心人，坚信在我的坚持下，我的孩子一出世，定然洁净如玉，一张口，定然字字珠玑。我的父母比我更高兴，他们忙于研究各种营养搭配，创新各种烹饪方法，不断花样翻新做各种正餐和零食，供我吃，也供赵学文吃。赵学文仍然不和我说话，也不正眼瞧我的父母，但当坐拥美食时，他却是一副不吃白不吃的无耻相，每见他冷冰冰且傲慢无比地端坐在饭桌前却又无比热烈地咂着嘴巴时，我就恨不得花红柳绿的汤底全都是鹤顶红。

不，不对，应该是蜂蜜。他为我说过写过那么多美丽的情话，就连他坚决不要孩子，也是因为"要集我的万千宠爱于你一身"……文如其人，言为心声，如果他说的全都是美丽的谎言，如果没有一颗爱我的心，那这么多年，任是谁，能够如此坚持不懈挖空心思地编造、组织、打磨？让我怀疑起源于爱的表白，让我憎恨起源于爱的语言，我做不到，何况我是那么爱他，就像植物爱着它的园丁一样爱着他，我对他从来就毫无保留，他决定着我的形态、枯荣和芳香，我们之间的爱一直是那么纯粹，那么干净，难道这样的爱，不应该是海枯石烂天长地久的吗？不错，他是有些急功近利了，是有点虚伪了，可哪个男人不想往高处走？何况他也是为了我们的家，何况他也没有伤害到别人。

我腆着肚子也觍着脸去找姨父。姨父说："你不必分析这么多，小玉，于公我不能帮他，于私我更不想帮他。"姨父用纸巾一点点替我揩掉泪水，满眼怜悯地看着我说："你将来必然是受他伤害最深的人，这个结果我完全能够预见，可惜我阻止不了，我们小玉是那么痴情的人，我哪里唤得醒呢？你自己不愿意睁开眼睛面对现实，什么都是枉然。"

三

姨父真是火眼金睛，其实，我已经闭眼装睡大半年了。

怀孕两个多月后，有次整理书架时，我发现在许多管理类的书籍里，夹着各种做旧的明信片式专用纸，这些书我从来不看，只有赵学文热爱翻阅。而且此后的每周，书里的空白卡片纸一直在不断更换，可我从来没有收到过。我疑窦丛生，从此张着耳朵听他接打电话，倒也没听出什么端倪。

突然有一天，在临睡前的寂静里，他的手机"叮"了一声，他面无表情地看了一下，然后面无表情地把手机丢在一边，最后仍然像往常一样面无表情地躺下。自从我怀孕后，他就陡然终止了他的疯狂，每晚，我们像两条干涸的河床，虽然并排躺着，中间却隔着粗糙隆起的沙砾之丘。虽然我也不说话了，也试图学他的样子，可我管不住自己的眼睛，它总是被他牵扯着来来去去。我看得见他的面无表情，看得见他的一举一动，但我还是没有翻看他的手机。主要是我过不了自己的关，翻看别人的手机会让我特别羞愧。

此后他的手机却越来越频繁地响起。虽然赵学文把信息提示音调成了振动，可每一声我都能听见，因为在我们的卧房、我们的床头、我们的夜晚、我们的沉默里，这样的声音是多么惊心动魄啊。虽然从来没见他回信息，但我知道，那是因为他不习惯这样的表达方式，或者说，他只喜欢用写在卡片上的语言去献出他自己。卡片在减少，同时也在增加，总是源源不断，也许他依然是一天写一张、七天寄一次？也许他依然会贴上千姿百态的花草树叶标本？

没过多久，根本没有刻意求证，仍然是在整理书架的过程中，我看见一沓写好的卡片竟被整整齐齐夹在书页里。卡片的格式和他从小镇上寄给我的一模一样，没有称呼只有落款，连句子都大同小异，只不过修改了情境描写而已。大约是城里的植物不够繁盛吧，卡片上没有标本，但有素描的人物图案，大多是一男一女，小小的，牵手或拥抱，无比温馨动人……

书架上渐渐落满了灰尘，只有夹着卡片的那几本书籍拖出常取常存的印迹。母亲很是不满："不就是个书架嘛，我哪里就不能打扫咧？你放心，我保证不弄坏你们的书。"我立刻声泪俱下，如同蓄积已久的乌云突然发生了碰撞。父母垂手站立在书架前，齐齐地看着我，像两个惊惧的小学生。

我思来想去，还是给父母另外租了房。他们却坚决不同意。母亲说："再过半个月你就要生了，小玉，你这是胡闹咧。"父亲说："我知道，你是觉得学文的态度让我们受气了，你这样想是十分错误的，本来就是我们对不起他在先，我们怎么能搬出去住？小玉，生了孩子一切就都好了，你要宽容些，要体谅他。"

我深爱着他，何尝不想宽容他体谅他。我开始给他写字条，每天一张，放在他身旁的床头柜上。我写得很简单，一般只有一到两句话，不外乎是"今天有雨，记得带伞""武兴路封闭，到康庄路等车""儿子今天运动量好大，都踢了我六次"等，都是些俗不可耐的家常话。其实我很想写一些充满了浪漫诗意的句子，但一想到他和他的谁正在追逐享受着语言的盛宴，一想到有个女人不但取代了我这个女王的位置，而且还会在我的刻意隐匿下更加肆无忌惮，就心如刀割，一心痛，落在纸上的句子就变了，变得光秃秃的，何况我也黔驴技穷了，实在想不出更进一步的退让办法让他恢复热情，让他正眼瞧瞧这个家。

我写的字条一直原封不动地趴在那里，至少当着我的面，他从来没有惊动过它们。我还是坚持写到了儿子出生。可是我的儿子，我仅仅在无比虚脱中看了一眼，就被送进了重症监护室。等我可以起床了，就只能每天在固定的时间去看看他。他是那么美，有着宽阔的额头、长长的睫毛和端正的鼻子，在十三天的时间里，极偶尔，他还会睁开眼睛，用两颗发光的眼珠看着我，既茫然又清晰，既混沌又单纯，好像上帝之眼。他是那么小，我每天都要把他粉红柔软的身子摸一遍，摸着摸着就忍不住泪流满面，我的脐带之血啊，我曾尽我所能，和你说过那么多人世间最美好的语言，可为什么你还是不肯留下来陪我度过这一生？

他死了，死于严重的心脏瓣膜狭小。他的死让我和父母的欢喜戛然而止，我们的家陷入了生铁一般的沉默。只有赵学文没有受到丝毫影响，甚至还毫不掩饰解脱后的轻松与快意，常常一边洗澡一边唱歌，或者吹着口哨推门而入。是的，他有足够的理由轻松快意，半年前，他就已经当上了教务处主任，而且他们学校教务处王副主任与我偶遇时，都已经走远了，又反身叫住我，挤眉弄眼地说："你们家学文呢……咳咳，前途无量，前途无量，常务副校长的座椅正虚位以待呢。"

但我无暇顾及，一直沉浸在失去儿子的悲痛中无力自拔。因为悲伤过度，我吃不下睡不着，身体已经虚弱到了极点，站立超过两分钟就会支撑不住而晕倒。父母愁坏了，白天他们轮流守着我，晚上他们则退出房间，请求赵学文好好照顾我。赵学文却不再按时回家，回家后，吃完饭就趴在床上，对着手机，也对着我的耳朵，给那个女人声情并茂地朗读卡片上的文字。我再假装视而不见充耳不闻，就不但是接受了他对我智商的践踏，而且默认了他对我尊严的蹂躏。熬到坐完月子的第二天，我和父母搬进了出租房。

这一次，他们没有任何坚持，赵学文的一系列表现让他们既愤怒又恐惧，特别是他在卧室里的朗读和大声调笑让父亲怒不可遏。有次他没忍住，冲进去二话没说就扇了赵学文一耳光。赵学文等的就是这一刻，他颤都没颤一下，依然两腿叉开，地痞一样地倚着床靠，皮笑肉不笑地问："你算老几？敢从乡下跳进我家撒野？"就这一句，足足让父亲在原地定了三分钟。我调集所有的力气，抓起床边的书朝赵学文摔去，厚厚的书正好砸中了他的手，手机掉在地上，响起一阵"嘭嘭"声。他总算是呆怔了一会儿，但也只是一小会儿而已，很快他就翻身下床，捡起手机，换了衣服，吹着口哨摔门而去。那一夜，他再没有回家。

可怜我的母亲，突然就脑梗了。清醒过来后，第一句口齿不清的话就是："住出租房的应该是我和你爸爸，不能是你，你是必须要住在你自己家里咧。"还担心我会跟赵学文离婚，"只要你身体好些了就还是要回去，日子还是要过下去咧，你可别小瞧了男人，男人心里清楚得很，花心一阵子就会回头咧。"父亲完全赞同母亲的意见："婚是坚决不能离的。"又补充安慰说，"你毕竟是一个弱女子，男人嘛……"

我愿意相信一切如父母所言，尽管赵学文仅仅打过一次电话，尽管什么也没说就挂掉了。在出租房里住了两个月之后，在可以走走歇歇不晕倒之后，在阳光灿烂的周末上午，我想了又想，还是拒绝了父母的护送，决定独自回家。两个小区虽然背靠背很是紧密，我却走了差不多半个小时才到。一开门，阳光从敞开的窗户迎面斜射进来，一双粉红色高跟鞋像两只巨大的蝴蝶，落在我家地板上，落在万丈光芒之中。

我怎么就去推开了卧室的门？后来这个问题一直纠缠着我，无休无止，我记得屋子里的光芒，记得高跟鞋，记得他们赤裸裸的身体，就是不记得我是如何从客厅到达卧室的。冲过去的？走过去的？呼啸的？悄悄的？这个过程好像成了一片真空，让我想得头痛欲裂。

"一定是鬼使神差。"我对着一排"媸嫠"说出声来。"媸嫠"们不应声，却纷纷绕着我快速旋转起来，一律白生生地裸着身子，腰肢以下全都模糊成了一个个圆圈，她们越转越快，越转越快，渐渐重叠成了一个人。我一眼就认出来了，那不就是该死的柳燕飞吗？"你不是说我中了赵学文语言的毒吗？不是说赵学文就是追逐名利的卑鄙小人吗？可是你，不但一头扎进他布下的盛宴，还充分利用你背后的大树，把这个龌龊小人一举推上高高的云端，你可真不愧是我的铁杆闺密啊，把我逼到绝境还不算，还要追我到这孤山野坳？那就来吧，我们当着尚王的面，好好理它一理。"可是柳燕飞不但不回答，更没有停下来的意思。我大喝道："柳燕飞！"也许是喝声将自己的身体劈开了，一股强大的炽流从脚底直往脑门上冲去，然后"轰"的一声，无边的黑便直直地埋下来。

有清清凉凉的东西落在脸上，我睁开眼睛，看见半空中悬着一颗白头，白头的下面，是一张皱纹横陈的脸，像一朵开到立刻要凋谢的菊花。我想坐起来，却浑身酸软，他摇摇头，示意我别起身。他双手托举着一片宽大的绿叶，混浊的眼睛看着我的嘴，又张张自己的嘴。我明白了，顺从地张开嘴衔住绿叶，水一滴一滴滑进来，有一种清清的香和淡淡的甜。

可惜太少了，似乎是刚刚品尝到它的甘美就再也没有了。我干渴地望着他。他掏出一个小小的发黄的塑料笔记本，用铅笔写下了"露珠"。两个字勾连自如，似行云流水，一看就是习过书法之人。他又写："我收集了一早上。孩子，我是江仲子，你是谁？"我想了想，也拿起笔写道："对不起，我也不知道我是谁，江二爷，谢谢您！"他写："我知道你是谁，孩子，你就是刚刚饮下的露珠，是日月光华。"我浑身一震，一直麻木的神经似乎突然有了知觉，刚刚饮下的露珠?！是啊，我短暂的一生与其多么相似！可我不会在乎，就算下一秒会从这人世间消失，那又怎么样呢？人生一世也好，草木一秋也好，露珠一瞬也好，长与短，终不过是个灰飞烟灭。我只在意长短里的高与下、贵与贱，活得下贱，再长的生命也只是个无；活得高贵，再短的生命也能是个有。可就是我这个自以为懂得生命之光的家伙，为了那场被名利吞噬的爱情，竟连起码的尊严都眼看着白白地搭进去了，哪里是什么日月光华呢？江二爷！我，莫小玉，除了是个货真价实的傻瓜，什么都不是啊，江二爷！

我的眼泪滂沱如雨，鼻涕肆意横流，整个人像一挂任性的瀑布。江二爷一直看着我波涛汹涌地哭，不但不劝解，还笑眯眯的。待我慢慢平息下来，他又写："孩子你说吧，我能听见。"我摇头，写道："说与写，您相信哪一种？"他写："我都相信。"我写："不，说与写，全都是谎言，是欺骗的盛宴和虚伪的狂欢。"他写："说与写，皆言也。言，心也。宴本清宴，欢为清欢，皆在心。谎言乃心不诚也，况盛宴之初必有馋，狂欢之始必有贪，心虚则言虚，心贪则浊盛，而已，而已。"如此，虽是赵学文不诚实在先，却还是因为我自己太贪婪了？究其根本，敢情一切错误的缘由竟是因自己而起？

我把这句话翻来覆去看了好几遍，越发觉得就是这么个意思。可是，我凭什么要把突然出现的江二爷奉若神明呢？就因为在尚王庙前？就因为在这绿得发疯的荒山里？就因为控制不住要为自己的痛苦寻找一切可以解脱的良方？这未免也太荒谬了吧？我忍不住冷笑了，把头扭向一边。没想到，丑陋的青爷竟赫然蹲踞在眼前！我使劲挣起身子，失声叫道："我怎么在这里？"江二爷的笑更细了，简直是无比慈祥了，也不写字回答。我竭力回忆昨天的情形，确信自己最后是去了尚王庙，就用手指着对面的山说："我明明是在那里的，在尚王庙。"他写："此地并无尚王庙。"我拼命摇头，说："江二爷您骗人，我就是金水村人，莫志远的女儿，八岁的时候我害了头痛病，就是吃了尚王坟上的马桑果，冲撞了尚王，最后是我妈给我解的，我记得清清楚楚。我这次回来，就是因为头痛病又犯了，昨天我去祭拜了，酒还摆在那里，不信您跟我去看。"

江二爷指给我看青爷的西侧，"媸嫠"们站立在那里，安静得就像旁边纹丝不动的灌木。江二爷写道："莽山炽盛，绿涛逐欢。青爷失问，尚王无存。痛为病否，言不必声。放下执着，繁花似锦。庐山自在，皆由我心。"我正在琢磨着，却听见一阵"突突突"的声音，那个络腮胡远远地大喊道："江二爷，我来咧。"车子在我们面前停下了。江二爷又推又扶，把我弄上了摩托车，络腮胡麻利地用一根皮绳把我像绑货物一样绑在座位上。我叫道："你们干什么?"江二爷更细地笑着，把本子塞进我手里。络腮胡一踩油门，摩托车便蚂蚱似的往前跟跄了好远。我在雷鸣声中一边扭曲着身子一边声嘶力竭地质问他，车子便跟着摇摇晃晃起来，络腮胡只从前面砸过来两个字："坐好!"

恐惧让我闭上了嘴巴，在剧烈的颠簸中，我的身子完全丧失了自主权，只好安静下来。一路向下，是昨天我们走过的泥巴公路。摩托车最后仍然停在我昨天上车的地方，不过，半个打牌的人也没有，商店也关着门。络腮胡一边解皮绳一边嘟囔："本来我今天也要去吃大宴咧，胡大炮得了孙子咧，你看你，耽误了我的时间不说，现在胡大炮家的早宴只怕早就扯完了咧。"他冲我眨眨眼睛，又伸出右手，大拇指在食指和中指指尖上搓着。我明白了，递给他一百元。他摆摆干燥而阔大的手说："没有这么多咧，昨天找你要一百元是跟你开玩笑咧，就是一个单程，加上昨天去找江二爷，跟他说有个不正常的人上了山。"他挠了挠头，咧开厚厚的嘴唇笑了，"单程一趟二十元，找江二爷加十元，应该不算贵咧。"

原来如此。心仿佛被蜇了一下，想江二爷那么大年纪，昨天会是怎样的一番艰苦呢？难道，他不但一夜都守着我，还把我搬运到青爷那里去了？可是，以他的年纪，如何在黑暗中搬得动我呢？我问："金水村到底有没有尚王庙？"他说："这个还真不清楚咧，老辈人有的说有，有的说没有，反正我没见过咧。"老辈人？江二爷不就是金水村最老的老辈人吗？我越发疑惑了："江二爷说过有还是没有？"他嘿嘿笑道："我没听江二爷说过咧，他好几年前就不说话咧。""为什么？是生病了吗？"他摇了摇头，刚一张口，却被返城客车粗大的喇叭声截断了，他慌忙把我往车上推，好像我就是客车失散多年的弃儿，重回它怀抱的每一秒都珍贵无比。

客车吭哧吭哧地走着，有一百二十个不耐烦。我迫不及待一页页翻看江二爷的笔记本，巴望从里面找出些什么，可是没有，除了我们的对话。江二爷的字很大，几乎都是行书，往往三四个字便占去了一面，唯独"放下执着，繁花似锦。庐山自在，皆由我心"是方方正正的楷体，而且着力颇重。看一看，停一停，再看一看，再停一停，江二爷写的话已经烂熟于心，字的形象也深深地刻在了我的脑海里，像山，更像水，连绵起伏，伸屈自如。

售票员走过来叩了叩椅背问："你到哪？都进城了呢。"我这才惊觉自己还没有买票，原来我的左手一直捏着那一百元。不禁下意识搜寻窗外，只有车轮滚滚，人流如织，曾经熟悉的事物波浪一样汹涌而来。梧桐小区南侧大街有很长一段被挖开了，似乎正在抢修什么管道，翻开的管沟里，分布着一些穿着反光马甲的人，远远看上去，仿佛是一串活泼新鲜的巨大肉串儿。熙熙攘攘的人群从管沟两旁走过，彼此摩擦着身子，看起来无比亲密，客车挤在一眼望不到头的长龙里，好久才能向前拱动一次。三楼伸出的晾衣架上，赵学文的浅蓝条纹短袖和咖色西裤依然簇新，当然，还有我从未见过的橙色太阳花短裙和蕾丝花边儿的三角裤，正旗帜一样猎猎招展。

　　突然有人喊："开门，我下车咧。"司机扭过头道："这里不能停车。"那人的大部分头发都温顺地趴着，唯独头顶上有两撮精神矍铄，直指天空。他的嗓门出奇宏阔，一开口，那两撮头发就要颤几颤："反正停着咧，你一开门我一闪身不就下去咧。"司机说："咧什么咧，我认识你，你是金水村人，又不是金凤凰，在这里下什么车？莫迷路了。"那人瞪眼道："你说什么咧？"司机朝车外努努嘴说："那么大的'梧桐小区'四个字你看不见啊？老哥子，我告诉你，那不是你我下车的地方，是凤凰待的地方。"那人捋捋头顶上的两撮头发，道："凤凰？凤什么凰？我是人咧，又不是鸟。"一车人顿时笑得四仰八叉。

　　正热闹着，车又动了起来，一路向东站驶去。更多的繁花似锦流淌过来，又流淌过去，梧桐小区迅速远去了，快得仿佛从来就没有存在过。

你从哪里来又到哪里去

一

陈医生说，婶儿，您一口把它喝了。安尚兰接过杯子，对着光线瞅，怎么就觉得这浓黑的液体有点像敌敌畏，她把量杯矮下来，凑上鼻子闻了闻，却没闻出什么味道。安尚兰的鼻子一贯不好使，特别花甲之后，她就基本闻不出味道了。胡平只要看见安尚兰闻东西，就一定会撇嘴说，你鼻子，也就是一个臭摆设，还能闻出什么香味儿来？安尚兰剜他一眼，回敬道，呸，狗嘴就是吐不出象牙来。每一次，因为两个人总是同样的表情同样的话，彼此太了解了，以至于有时各自会替对方把表情做了把话也说了。比如这一次，安尚兰把鼻子收回来后，就撇撇嘴说，你那鼻子，也就是一个臭摆设，还能闻出什么香味儿来？

安尚兰说完了，这才想起胡平不在家。她很是过意不去，赶紧把药水还给陈医生说，你看看你看看，我都忘了，老头子到山上去了，怕是晌午才能回，我又不管钱，要不你先到别人家去转转再来？陈医生笑了，说，婶儿，没关系没关系，跟您多聊聊天挺好的，再说我也不着急的，又把药重新递到安尚兰的手中说，这药，您先喝了尝尝味道。这个陈医生，不仅说话怪和气的，长得也俊朗，笑起来的时候，一口牙白灿灿的，左脸还旋出一个小酒窝，那神态，特别像自己的儿子。一想起儿子，安尚兰的胸口里就涨起了水，像秋天门前的那口池塘，有风无风都轻柔柔的。

安尚兰一仰脖子，就把药喝下去了，喝的时候是闭着眼睛的。她向来怕喝中药，见到中药就跟见到农药似的。不过，这药喝下去后，倒也没觉得多苦，只是有点辛，有点甜，还有一点隐隐约约的咸。陈医生说，婶儿，三个小时后，您就有感觉了。安尚兰问会是什么感觉，陈医生只是笑了笑，没有回答，那样子神秘着呢。安尚兰就不问了，她搬了红木椅，请陈医生坐在院场的西南角，这里避风，暖和。还要过半个月，才是惊蛰，虽然太阳当头照，可这风还是冬天的风，吹在人的身上，还是冷飕飕的，又不好意思喊人家陈医生到火屋里坐，人家可是省城来的，穿得体体面面的，火屋里灰尘多，可不能弄脏了人家。

老让人家等着终究不像话，安尚兰给陈医生泡完茶，就站在院场边上，双手半合，卷成喇叭状，朝着对山，"春儿春儿"地喊。春儿是女儿的小名，女儿是老大，自从有了女儿，他们就不"哎"来"哎"去了，而是互相喊"春儿"。村里人都笑，猫叫春还分个季节，你们倒好，一年四季月月天天都叫得欢呢。安尚兰脸上挂不住，就跟胡平商量，要改用儿子的小名互称，胡平说，柱儿的名字，别人一听，还以为是猪儿呢，那不又有的说了？别人的嘴巴爱嚼什么，那是堵不住的，索性不管了，咱爱怎么喊就怎么喊。就这么喊下来了，村里人也都听习惯了，特别是在儿子女儿都到远方工作后，隔段时间没听见"春儿"，就会有人来串门儿，看看老两口是不是生病了。

生病的多半是安尚兰。安尚兰一旦犯了颈椎病，就看天天转，看地地转，看人人转，没一样东西是静止的，这种时候，她就只能闭着眼睛躺在床上，把白天当黑夜一样地过，少则躺个三五天，多则八九天。偏偏安尚兰是个闲不住的人，再冷的冬天，六点钟左右也就起床了，然后就开始琐琐碎碎地忙。安尚兰真是恨透了这个病，她说让她生什么病都行，只要不用躺在床上。胡平说，你也没招儿了吧？病魔病魔，魔看上你了，要和你睡觉呢，可见魔比人厉害得多哟。安尚兰气不打一处来，可惜连眼睛都瞪不得，一瞪眼，就犯恶心，要呕吐。一年当中，安尚兰总要犯两三次这个病，真是痛苦不堪。以前，柱儿总会寄一些药回来，口服的外用的，全都使过，可是，结果都一样，都是用的时候有效，只要一停药，就又恢复原样儿了。近两年，柱儿家庭不顺，小两口三天两头闹离婚，今年过春节，柱儿望着老两口大哭了一场。安尚兰总怀疑柱儿的家庭矛盾与老两口有关，那媳妇管柱儿管得紧，何况呢，从谈恋爱到现在，媳妇一次也没回来过，柱儿每次寄钱回家，没有规律就不说了，还总是叮嘱说，不要外传。春儿每次回家，倒也没少买治疗颈椎病的药，还弄了些装着钙片的瓶瓶罐罐回来，说是要配合着喝。安尚兰一边埋怨春儿不要花这些冤枉钱，一边还是老老实实地服用了，可结果也一样不见效。春儿好几次都强烈要求安尚兰跟她去医院检查检查，可安尚兰坚决不同意。春儿作为一个女孩儿，工作、公婆、丈夫、孩子，哪一方她都怠慢不起，她这个做母亲的不体谅她，还有谁会体谅她呢？早在几年前，她就发现，春儿原先一脑袋油光水亮的头发，已经白了不少了，可见春儿操的不是一般的心。安尚兰自己去请村里的赤脚医生董军看，董军摸了摸她的颈椎，说她的骨头在往两边走。安尚兰不懂，骨头天生就是骨头，不比肉的，怎么还动来动去的呢？董军说，人老了，骨头也就老了嘛，好比链子的某一环，本来应该站在中间的，现在却不站中间了，站边上去了。安尚兰懂了，说，那不就是掉链子了吗？董军又说她这病只能调养，治好是很难的。安尚兰心里有数了，就跟柱儿和春儿都嘱咐了，我的病，不是个什么了不得的病，就是躺几天的事，这样也好，显得人更金贵一些，你们不要买这药那药的，白花钱，买了我也懒得吃。

安尚兰先是从董军那里搬回了一大罐药酒，喝了一段时间后，发现自己的腿有些浮肿，只好停了。董军说既然这蛇蝎酒她不适应，那就吃中药丸。中药丸吃了一段时间后，安尚兰开始胃痛。董军说，我的姨啊，您可真是个天神，人间的一切都配不上您老啊。这话说得有水平，安尚兰心里乐呵呵的，就按董军说的自我调养去了。其实她也不知道怎么调养，还是跟原来一样，病来了就躺下，病走了就忙活。

胡平就不同了。胡平原来是个石匠，村里有刻碑的、采石做房屋地基的、碎石铺院场的，等等，只要是与石头有关的活儿，都来找他。石头帮助他实现了一生最大的心愿，他依靠石头挣下的钱，让一儿一女顺利完成了漫长的学业，春儿大学毕业后，留在省城做了一名光荣的人民教师，柱儿读了研究生，留在了美丽的海滨城市大连。可是，石头也残酷地伤害了他的生命。就在柱儿参加工作的第二年，在一次采石的过程中，胡平的右腿被一块巨大的石头砸断了，高位截肢，从此他只能拄着拐杖走路。在鄂西北的大山区里，平整的路极少有，不是上坡就是下岭，在开始练习使用拐杖走路的时候，胡平常常像一头暴怒的狮子，见什么摔什么。安尚兰心疼他，也心疼被摔坏的东西。在第二副拐杖又被胡平摔折了之后，安尚兰说话了，你想想，好好的石头，你要把它们从整个儿打成碎片儿，还要在它们身上不是使锤子就是使凿子，都多少年了？都一辈子了。可石头有什么错？石头没有错，人家不就取了你一条腿吗？你可是取过人家多少命啊。这次胡平把安尚兰的话听进去了，没回一句嘴，他不闹了，安静了，好好地学习用拐杖走路了。

胡平又重新在山路上行走了，而且，也许是金属比肉体更经得起疼痛和摔打的缘故，村里人惊讶地发现，胡平比一般人走路的速度快多了，往往是右边拐杖一伸，左腿就飞出去好远。离胡平家远一些的村里人也有不相信的，一心要和胡平比试比试。2005 年，外出打工回老家过年的六七个二十多岁的小伙子，约好了一起和胡平比赛，结果全军覆没。打那以后，胡平的精神头儿更足了，山上的旮旮旯旯被他走了个遍。胡平不采石头了，而是成了打山货的高手。失去右腿的胡平，比原来两腿齐全的胡平，更加热爱大山了。如果说山就是海，那么，胡平就是成天游在海里的鱼。

安尚兰的声音就是钩，胡平被她喊回来了。安尚兰说她买了治疗颈椎病的特效药，让他拿三百块钱给陈医生。胡平说，老婆子，你又搞什么名堂？那生硬的架势，全然不顾有外人在场。安尚兰剜了他一眼，拽了一下他的胳膊，把陈医生告诉她的"仙芝牌颈椎灵"的药效，零零星星地说了给胡平听。陈医生听了一半，大约是嫌安尚兰说得不够清楚明白，就很流利地补充了一遍。胡平上上下下把陈医生打量了一番，问，省城来的医生也要走乡串户？陈医生的酒窝漾了起来，说这是医院专门开展的活动，活动的名字叫作"让福音传遍农村"，说完了又弓下身子，从一个印有大红十字的布包里取出药瓶，他一只手捏着瓶颈，一只手托着瓶底儿，很小心地递给胡平。胡平没有伸手，他瞟了一眼药瓶，又问，就你一个人？陈医生把两只手慢慢地收了回去，嘴角再一次漾起酒窝，说，农村多广阔啊，我们人手远远不够呢。胡平又问，医生不同于一般人，总得有个证件吧？陈医生马上从贴身的内衣口袋里掏出了一个证件，胡平接过来，把胳膊伸得老长，看了一会儿，又不声不响地还给了陈医生。安尚兰对那个证件感到很好奇，也凑了过去看，就只看见了一个红红的圆圈，她不识字，也不知道证件上写的都是些什么。但她知道这个圆圈肯定不是普通的圆圈，肯定是一个了不起的圆圈。

胡平把拐杖的方向一扭，转身就进屋去了。安尚兰以为他是取钱去了，赶紧跟过去，在他的屁股后面说，陈医生说了，这药本来是一百五十块钱一个疗程，他觉得我人好，就让我出两个疗程的钱，拿三个疗程的药，一共是十八瓶药呢。胡平说，这药不能买，我怀疑这个人是个骗子。安尚兰说，人家不是有工作证吗？胡平撇撇嘴，说，谁知是真是假？安尚兰不满意了，说别动不动就怀疑人，上面那么大的红圈圈你都不信，还能信什么？胡平说，反正我觉得是假的。安尚兰说，你看看那医生，长得多像咱柱儿啊，而且跟春儿一样，也是在省城工作呢。胡平没吭声，安尚兰以为他同意了，就扯着他的袖子往卧室走。胡平拗着身子，树一样地站着不动。安尚兰生气了，压着声音说，好你个死老头子，我试一试就不行？你不愿意我把病治好是吧？花你三百块钱就戳了你的心窝子是吧？你就愿意看着春儿、柱儿无止境地往我们身上撒钱是吧？你就自私吧，你！胡平张了张嘴，很快又闭上了，顺势接连咽下了两口唾沫。

陈医生收下三百元钱，取出十八瓶紫黑紫黑的"仙芝牌颈椎灵"，再一次仔细交代了服药的方法和剂量，又掏出一个笔记本，撕下一页纸，写了一串数字，说这是他的电话，有问题随时可以咨询。一一交代清楚后，他这才背上沉重的包，拿上安尚兰为他准备的打狗的竹竿，笑吟吟地道了别。安尚兰扶住院场边上的那棵杜仲树，够着脖子目送他慢慢走远，直到再也看不见了，这才把药收拾好，回身进了屋。

二

安尚兰很有耐心，一日三次，次次都要戴上老花镜，用专用量杯量出 30ml "仙芝牌颈椎灵"。她不知道"ml"是什么意思，陈医生说了，不懂也不要紧，反正就注意中间的那一根横线就成。她的眼睛也不好使，头一次倒的时候，喊胡平帮忙。胡平说，瓜是瓜豆是豆，自己的事情自己做。安尚兰知道他还在生气，还在疑神疑鬼，就憋着劲儿不再找他。

五天过去了，安尚兰没有什么感觉，她记得当时陈医生说的是三个小时后就有感觉了，安尚兰想，自己的整个儿身体是不是跟鼻子一样，完全没有感觉了呢？这个疑惑她也只能放在心里，可不敢跟胡平说，说了就等于把自己的指头放进他嘴里去了，依他的脾气，还不得当鸡爪爪给啃了？

第六天中午，胡凤英来了。胡凤英来的时候，胡平正在院场里划篾，准备把打山货用的那个小背篓修补修补。虽说胡凤英比自己小，可毕竟是长辈，见她来了，胡平赶紧起身，把自己的椅子挪出来，请英姑姑坐。胡凤英站着没动，只拿眼睛四处瞅，又问，你家尚兰呢？胡平往屋里努了努嘴，一边就大声喊"春儿"。安尚兰提着一篮子剁碎了的萝卜菜叶出来了，说喊什么喊什么，还没喂鸡呢。胡凤英劈头就问，你买了颈椎灵？平日里，安尚兰就不喜欢这个比自己小十来岁的远房姑姑，嫌她小里小气，待人又生冷又刻薄，今天见她满脸的不高兴，似乎是来兴师问罪的，也就没有好声气儿，说，我买我的，咋的了？胡凤英说，要不是听说你也买了，我哪里会下决心买？这下可好，上了大当了。胡平停下手里的活儿，盯着胡凤英问，你喝了有什么反应？胡凤英说，要是有反应就好了，就是一点儿反应都没有，根本就不是药。安尚兰舒了一口气，一下子觉得理直气壮起来，说，英姑姑，你这话就不对了，你买不买药，那是你自己的事儿，跟我有啥关系？你咋跑来问我的罪呢？胡凤英的脸一下子挂了下来，说，我说尚兰呢，你到底是真糊涂还是装糊涂？你倒是说说，咱这个村，是不是数你家见识最广？不说别的，一家有两个孩子都在大城市工作的，除了你家，还有谁？那药，你都带头买了，别人能不买？安尚兰听了这话，很是受用，虽说是被胡凤英质问了，可实际上也证实了自家在村里人心目中的地位呢。安尚兰顿时觉得，自己确实应该有所担当，至于是什么担当，她也模糊得很。她把瘦瘦的胸脯往上挺了挺，说，英姑姑，颈椎病是个慢性病，不好治的，这个你知道，慢病还得慢药医，求急不得……胡凤英打断她说，那个骗子说的，三个小时后就有效，不信的话就来问你，我现在就问你，你老实说，你喝了到底有效没效？安尚兰小声说，也不过才五六天嘛，急什么？胡凤英瞪着眼睛说，急什么？我能不急吗？整整一百五十元呢，全丢水里了，这不等于去年秋打下的三百多斤粮食全丢水里了吗？你当然是不心疼了，你现在有两个有出息的孩子供养着，过的是神仙日子啊，早就忘了靠打粮食换钱的辛苦了！这话呛人了，像辣椒卡在了喉咙里，安尚兰一下子噎着了，脸也火烧火燎起来，她扭头找胡平，胡平却不知什么时候已经走开了。胡凤英丢下一句"反正你要弄清楚"，然后起身就走了。

安尚兰想了想，就去换衣服，她要把药带上，去找董军看一看。等找好那件暗红色的灯芯绒棉袄，准备换上时，她这才发现手上还提着一篮子萝卜菜叶，突然就很生气，大声喊"春儿春儿"。胡平站在屋外，隔着木窗说，你又要折腾什么？仿佛已经认定她就是一个一辈子都在折腾的人。安尚兰懒得说了，就换了衣服，找了个塑料袋，包了一瓶药揣上，把菜叶撒在鸡圈里，也没把篮子送回屋里，径直就往村卫生所走去。

胡平眼看着她走了，就站在院场边上，追着她的背影喊，你干什么去？安尚兰没理他，也似乎是没听见，她一路上只是不停地想，不可能是假药的……陈医生长得那么干净……笑起来有那么好看的酒窝儿……一伸脚一扬手都那么像咱家柱儿……不可能是假药的……你到底从哪里来……又到哪里去了……你现个身儿好不好……三里的山路，安尚兰只歇了一次，在经过陈家湾时，陈兴发家的狗挡在了她的面前，龇牙咧嘴地叫，安尚兰举起当拐杖用的竹竿，嘴里呵斥了几句，那狗就边叫边退到院场边上去了。当她继续往前走时，那狗又从后面追上来，继续狂叫。安尚兰就走走停停，嘴里不断呵斥着，一边扭头举竹竿作威吓状。这么僵持了一会儿，安尚兰终于摆脱了那条黄毛狗，她靠住一块大石头，歇了一会儿，不禁暗自庆幸，亏得只是一条狗挡了道儿，要是陈兴发家有人在，还不得叽叽嘎嘎问到底？

董军正在给人挂药瓶，忙得很，还有满满两木条椅的人等着，陈兴发也在。互相打过招呼，陈兴发说，安婶儿可是越活越年轻了，气色好着呢。就有人接口说，可不是吗，一条腿放平，那全身的重量就都压上去了。人群立即哄笑。搁在平时，安尚兰手里的竹竿早就扫到人身上去了，今天她可没心思，她骂了句"老不死的神经病"，瞅着董军去配药的当口儿，跟了过去。

安尚兰把药瓶掏出来，还没开口，董军瞟了一眼说，安姨也是来我这里讨个准信儿的吧？你们上当了，那是百分百的假药。安尚兰脱口道，怎么可能是假药呢？董军说，怎么就不可能是假药呢？现在骗子满天飞，还有多少可信的东西？你这瓶子里，装的就是生姜红糖水加酱油，我说你们这些老人啊，怎么就这么善良呢？幸亏这些东西不毒害人，仅仅是没有药效而已。安尚兰呆住了，就是生姜红糖水加酱油？就是这些东西？三百元买来的就是这些东西？

　　董军举着配好的药水向外走，临出门，又回过头来说，安姨，我就搞不懂了，你怎么也会上这样的当？再遇到这样的事儿，还是要多思量思量。安尚兰好半天没缓过神儿来，她就那么站着，挂着竹竿，前倾着身子，整个人就像是被竹竿支撑着一样。

　　董军又进来了，见她还那么站着，就喊了一声，安姨？她侧过头，问，你们是同行，你认不得他，他到底是哪里的人？董军笑了，说，安姨，你糊涂了，那人就是个骗子，哪是我的什么同行啊？我怎么会认识他呢？安尚兰说，我非得把他揪出来不可！董军笑得咧开了嘴，说，我的个天神，安姨你简直太可爱了，那些人都是惯骗，居无定所，打一枪换一个地方的，上哪儿找他们去？找他们比大海捞针还难。安尚兰把竹竿往地上顿了几顿，白着脸看了董军一眼，直直地走了出去。

　　陈兴发张了张嘴，正要说什么，见董军在屋里冲他摆手，就赶紧捂住了嘴，一屋子的人就齐刷刷地看着安尚兰直直地走了出去。其实安尚兰走得很慢，主要是脑袋里面太热闹了，翻来覆去，都是在问她自己，不可能是假药的……陈医生长得那么干净……笑起来有那么好看的酒窝儿……一伸脚一扬手都那么像咱家柱儿……不可能是假药的……假药……假药……生姜红糖水加酱油……三百元……丢死人了……你到底从哪里来……又到哪里去了……你现个身儿好不好……该咋跟胡平说呢……

　　胡平说，你到底晃到哪儿去了？肚子都饿瘪了。安尚兰说，假药……生姜红糖水加酱油……胡平问，董军说的？安尚兰点点头。胡平说，老婆子，我说的咋样？你这人就是这样，听不进的话，上不完的当。说完，看也没看她一眼，就进屋去了。安尚兰的心就疼了，感觉也全都恢复了。她想起那一对黄金耳环和那个银手镯。那是六十岁那年，春儿给她买的，生日当天，她全都戴上了，来贺寿的女眷们，个个都把那几样亮晃晃的东西摸了一遍，虽然春儿那天没能回家，但安尚兰觉得，春儿的光彩比阳光更耀眼，可是照到人的心里去了。可是，生日过后没几天，它们就全丢了。

是被两个骗子合伙骗走的。那天，安尚兰正在锄地，打算把地再平整一遍，然后撒上白菜籽儿。忽然听见有人喊"大姐"。安尚兰抬起头来，就看见两个人，两个中年女人，一个人站在她面前，另一个站在路上。站在她面前的女人说，大姐，麻烦问一下，响水电站怎么走？安尚兰赶紧指着那条路，比比画画详详细细地说了好久。那个女人说，哎呀，大姐，我们是外地人，走到这里迷路了，您说的几座山，几道坡，几个村，我们哪里知道啊，您能不能帮个忙，把我们带过岔路口？我们可以付钱给您。安尚兰哈哈一笑，说，还要什么钱呢，我带你们走就是。

安尚兰走在前，那两个人跟着。拐过枣树湾，安尚兰的屋子已经看不见了，两个女人慢下了脚步，最后干脆停住不走了。原先站在路上的那个女人说，大姐，您回去吧，我们不能让您带路了。安尚兰说，咋啦？再走半里路就到岔路口了。那个女人说，大姐，谢谢您，可是我们真的不能让您带路了。最先问路的那个女人拿胳膊肘拐了拐她的同伴，还把左手的食指竖在嘴唇上。安尚兰越发觉得奇怪了，问，到底咋回事？问路的那个女人说，大姐，您人这么好，陈姐是不忍心告诉您，我就实话跟您说吧，陈姐精通相术，她从您的脸上，看出了大劫难。安尚兰的心陡然就收紧了，连忙问，什么劫难？那个被称为"陈姐"的人沉默了一会儿说，您真的想知道？那您可千万要挺住啊。安尚兰点头。陈姐说，您有两个孩子，对吧？安尚兰连连点头。陈姐又说，都不在您身边，在远处，对吧？安尚兰明白了，这劫不在她自己，而在春儿和柱儿身上，更是紧张得说不出话来了。陈姐的样子很难过，说，大姐，您的两个孩子，就在最近七天内，必然会有一个暴亡。安尚兰差点晕过去，她赶紧靠上一棵树，好久才喘着气说，不可能的，我的两个孩子从来都是本本分分的，不招事惹事，工作也不是体力活儿，不可能出意外的。声音虽然虚虚弱弱的，但反驳的意思还是到了。陈姐说，大姐，您太不了解城市了，城市里到处都是难以防范的事儿，入室抢劫啦，强奸杀人啦，车祸啦，建筑物倒塌啦，有的人在街上好好地走着，还会被高楼上掉下来的花盆砸死……问路的那个女人又拿胳膊肘拐了拐陈姐，说，大姐人这么好，你就给她认认真真地掐算掐算，算明确了，也许还可以想办法化解呢。陈姐掐了掐指头，沉吟良久，神情异常庄重地说，大姐，我算了算，遭车祸的应该是一个女孩子。那不就是春儿吗？安尚兰立刻心如刀绞，慢慢地就滑到了地上。问路的那个女人连忙半提半拽地把她搀扶起来，着急地问陈姐有没有什么可以化解的方法。陈姐闭上眼睛，两只手在胸前绞来绞去好一阵子，才说办法倒是有，就看大姐愿不愿意了。安尚兰瞪大眼睛，哆哆嗦嗦地说，啥办法？我愿意！陈姐说，化解的方法只能说给你一个人知道，多一个人知道就不灵验了。问路的那个女人很识趣地往前走了，陈姐这才将嘴俯在安尚兰的耳朵边，声音低低地说，大姐，您仔细想想，您女儿有没有送您贵重的东西？我要借了用一用。安尚兰想了想，说，有，有羽绒服、保健被、豆浆机、烧水的壶、煮饭的锅……陈姐说，我说的不是这些，我说的是轻巧的，比如首饰之类的，您仔细想想。安尚兰摸了摸耳环，陈姐说，是吗，这个就可以。安尚兰便取下了耳环。陈姐又说，最好和镯子一起用，这样更有效。

陈姐拿着耳环和镯子，往前走了十几步，在一棵粗脖子松树下停住了，她说，就是这个地方了，大姐，您还得继续往前面走，找到黎妹妹，监督她不要往我这里看，这个破解法，要绝对保密的，看见的人多了，就不灵验了。安尚兰既担心又感激，慌忙去找黎妹妹，其实黎妹妹就在前面不远处，只不过因树枝茂密，给遮挡了。两个人都背对着陈姐的方向，不说话，静悄悄地等着。没过多久，陈姐就走过来了，手里握着一个方方的硬纸盒，递给安尚兰说，大姐，东西还给您，您千万得记清楚了，过两小时后再开盒，否则就失灵了。安尚兰拽住她的袖子问，我家春儿可以躲过这场劫了吧？陈姐说，大姐，您放心，只要您严格按照我说的去做，您的孩子绝对平安，当然，以后还会有两三次小病小灾的，那也无碍了，吃五谷杂粮，谁还没个三痛四痒的？然后就道了别，一路往响水电站方向去了。

安尚兰走到那棵粗脖子树下，看见新刨的一小块土周围，插了一圈青青的荆条，看来陈姐确实认真施过法了的。安尚兰顿时心安了，她坐下来，满脑子都是春儿，她想起春儿打小就温顺听话，对小她三岁的弟弟柱儿，特别能忍让，长大后，又十分孝顺，只要她能想到能做到的，都尽力给老两口置办了。想了一会儿，屁股底下觉得有点凉了，安尚兰这才站起身，捧着那个方纸盒，走回家去。

安尚兰把纸盒放在堂屋的方桌上，就做饭去了。饭快做好了，胡平回来了，端着纸盒站在厨房门口问，这盒子里装的是什么？一边就动手开纸盒。安尚兰慌得大叫，别打开！锅铲也跟着掉进了锅里。她奔过去，伸手去捂，可是已经晚了，纸盒已经被打开了。胡平说，老婆子，你返老还童啦？装几颗石子儿打算跟谁玩去？安尚兰瞪大眼睛，把纸盒扒了又扒，还是只看到了几颗沾着泥土的小石头。

金耳环和银手镯就这么丢了，用胡平的话说就是，安尚兰拱手把自己的东西送给人家还不满意，还一定要帮人藏好掖好。之后好长时间，安尚兰都觉得很委屈，那两个可恶的女人，再骗也不能拿她的女儿说事啊。她真的想不通，世道怎么说变就变了呢？自己在这个地方生活了六十年，山还是那样的山，水也还是那样的水，就连田也还是那些田，人却不一样了，以前的外来人，问路的就是实实在在问路的，卖货郎就是诚诚恳恳的卖货郎，借宿的就是老老实实借宿的，现在呢？唉！

耳环和手镯丢了的事儿，老两口心思一致，无论如何也不能让孩子们知道，可这次买假药的事儿，几乎整个村的人都知道了，孩子们还能不知道吗？简直太丢脸了！你这个死老太婆，丢自己这张老脸也就算了，还丢尽了孩子们的脸！

安尚兰不能原谅自己。每天，只要有空，她就跑到泥巴公路上去转悠，她坚信，那个卖药的骗子，既然赚了这么多，肯定还会再进村的，既然要进村，那就必然要走这条唯一的公路。可是，时间证明，她的推断是完全错误的，眼见得一个多月过去了，也没见到那个骗子的影子。胡平说她已经疯了，他总是跟村里人解释说，这药不仅假得很，还害人，把老婆子都搞成神经病了。

安尚兰渐渐失去了耐心，再加上这年春天的雨水特别多，因为长时间在潮湿的公路上走来走去，安尚兰不知不觉就受了湿气，开始不断地咳嗽。胡平动了怒，再也不准她往公路上跑。安尚兰只好另打主意。她决定去找村主任。

在去村主任家的路上，凡是有人在家的屋子，安尚兰都进去了，跟他们一一描绘那个卖假药的人的相貌，一一嘱咐他们，如果见到他就要立刻通知她。那些人都爽快地答应了，而且都陪着她叹息，一起痛骂那个骗子。

见到村主任，安尚兰也没兜圈子，直接就问，政府管不管骗子？村主任说，管啊，当然管了。安尚兰就把买假药的事说了一遍，心里直后悔，怎么没尽早找村主任呢？村主任挠挠头皮说，安婶儿，你是说这个啊，那恐怕很困难，一来人家不是团伙行骗，二来骗取的金额又不大，三呢，他又没有在其他地方出现，四……安尚兰一听就急了，打断村主任说，你只说到底能不能。村主任望着她，笑笑说，我还真不能给你这种保证，你这不是让我为难吗？大海捞针你知道吧？这个比大海捞针还要难。安尚兰一下子就生气了，大声说，你们都唱一个调调儿，照你们这么说，这些骗子就无法无天了？还非得等到骗成大富翁了才能捉住他们？政府就眼睁睁让他们到处骗人？村主任还是笑笑，说，你莫激动行不行，上不上当，受不受骗，主要靠你们自己的警觉性嘛，再说了，政府也不是什么都管得过来的。

安尚兰没再吭声，她开始往回走。雨细细密密地下着，路很滑，到处都湿漉漉的，安尚兰走得特别慢，经过大堰时，她停了下来。她看见大堰的水，在这个季节显得特别清亮，水里面的一棵一棵的树，被细细密密的水点出了一圈一圈的晕，像开出了一朵一朵细细碎碎的花儿。这水是多么干净啊，安尚兰就忍不住顺着石阶一级级走了下去。

安尚兰是第二天中午才被打捞上来的，村里人都说，安尚兰小小心心一辈子，怎么就没跨过七十岁这个坎儿呢？下雨路滑，还到大堰去看什么呢？

胡平再一次重操旧业，他把大堰所有露在水面上的石阶，都凿出了一道道粗粗的石纹，还弄来一块巨大的石头，刷上鲜红的油漆，屏风一样竖在大堰堤上。

桃花盛开的地方

一

才挖了一下，牙签就断了，陶婆婆用大拇指和食指把剩下的那半截牙签搓了一圈儿，又把它倒过来，迎着即将坠下山头的夕阳仔细瞧了瞧，就忍不住叹了口气说，怪不得，光好看能顶什么用？还不如从我家扫把上顺手掐下的竹签签。那半头尖尖的牙签，经陶婆婆这么一说，似乎有点害羞了，夕阳下，越发显得薄薄瘦瘦的，还散发出细细的光晕。陶婆婆喜欢蓄指甲，特别是大拇指和小指。大拇指的指甲，可以用来剥绿绿的葱白白的蒜，还有刚出土的新鲜土豆；小指的指甲，把它挫成宝塔形，可以用来掏耳朵或者挠痒痒，两个指甲合起来，还可以撰起细如发丝的东西，多好。陶婆婆对有用的东西总是充满了怜惜，她喜欢清洗指甲，喜欢剔除那些藏在指甲里的污垢。

可两头尖尖的牙签实在太不经事儿了，在这个镇上待了不到两个月，儿子餐饮店里的牙签就被她弄折了好几根，陶婆婆老是觉得可惜，一根根都亮丽得很呢，它们应该是用来服侍客人的牙齿的，却被她这么个老婆子生生弄夭折了，叫什么话？不叫话。陶婆婆有点生自己的气了，就站起来，顺街往西走，她要去找一找，看看这个镇子的西头有没有毛竹。

陶婆婆记得，来的那天，汽车七弯八拐，像风摆杨柳，左一下右一下，把她摇得晕头涨脑的，再加上车子里的那些人一点儿也不讲究，他们要么打嗝打出了煳锅巴味，要么打哈欠打出了辣椒味，要么说话说出了葱蒜味，还有充斥着整个车厢的汽油味，这些，都让陶婆婆的胃里似乎悬了块半生不熟的羊肉，上不得，也下不去，只觉得腥，想吐。眼见窗外的高山流水一茬一茬地过去了，陶婆婆却没心情仔细瞅，一直到车子走得平稳了，她才精神了些。她先是看到了灰灰黄黄的灌木丛，然后就看到了一大片树林，还被有着许多钉子的铁丝网围着，都是光秃秃的褐色枝丫，看不出死活，好像有几里路那么长，最后才看到了好几条白花花的街和许多大砖头一样的房子，当然，白花花的街和砖头一样的房子中间，还有许多穿着体面、走来走去的人。下车时，她因为目不暇接，竟忘了看脚下，要不是儿子搀着她，她就把汽车的两步踏板当一步跨下去了。当时那种悬空倒倾的感觉，很让她心惊了一下，她就骂自己，都老眼了，还看什么看？还能把鸭子看成锦鸡子不成？跟在她儿子后面等着下车的秃顶男人响亮地打了几个哈哈，问她，敢情婆婆是上城里来打野鸭的？陶婆婆回过头，剜了他一眼，说，呸，你还真就不是那只野鸭！惹得一车灰扑扑的乡下客都笑了，笑得叽叽嘎嘎的。

现在她烦了，白花花的街上，一棵树也没有，要看树，只能隔了那条宽宽的溪沟，远远地看。尽管它们现在抽芽的抽芽，打苞的打苞，开花的开花，鹅黄浅绿蛋白粉红，把那一溜望不到头的山铺得热热闹闹的，可它们是那么远，闻不到也摸不着。她想去，想走到它们中间去，想和它们说说话儿，可她不知道路，再说，儿子也不允许。那天，刚进儿子的家门，他就交代说，妈，这里跟老家不一样，你就别操心动脑的，好好享福就是了。儿子说的操心动脑，实际上是怕她到处走动，因为儿子紧接着又说了，你一走动，搞不好就丢了人。陶婆婆十分生气，瞪着眼问，丢人？走动走动就会丢人？你老娘在白果树都走动七十二年了，你倒说说，啥时候给你丢过人?！儿子慌了，忙不迭地抚她的背，说他绝对不是那意思，他的意思是这个地方繁华得很，怕她走丢了。

　　陶婆婆知道儿子是好心，可对他的解释并不满意，她认为儿子也太小瞧她了，她还硬朗着呢，还能喂猪养鸡握锄把，而且脑筋也不糊涂，对一些鸡毛蒜皮的小事都能记得清清楚楚明明白白的。可住了两三天之后，陶婆婆就已经在心里承认了，儿子说得可一点儿都不错，别的不说，光是那些红的黄的黑的白的蓝的……哎，反正是花花绿绿却又一律屁股冒烟的车，就让她迈不开步子，它们就像响尾蛇，在这几条街上溜来溜去，比那些行走着的人更像这个镇子的主人。儿子说了，这个地方虽然叫作镇，可它距离那个省级市的开发区，还不到十五公里，这里有山有水，又有桃花园，空气好，一年四季，都是城里人休闲的好地方，据说上层官员们都好几次动议了，要将桃花镇并入市级开发区呢，只是因为考虑到县里的利益，才迟迟没有确定下来。儿子还指着停在对街的一溜汽车说，妈，你看，这个镇简直装不下它们了，扩建不过是迟早的事。陶婆婆不懂什么扩建不扩建的，她不屑地撇撇嘴，说，这也叫有山有水空气好？那我们白果树该叫什么了？该叫人间天堂神仙窝儿。

陶婆婆沿街往西走着，就想起了她的神仙窝儿，嘴里忍不住继续数落儿子简直忘了本。冷不防背后"嘀"的一声巨响，紧接着一辆黄灿灿的车"呼"地就蹿到前面去了。陶婆婆用手拍着胸口，抬起头，大喘了几口气，正要骂几句该死的汽车呢，突然就看到了大片的桃花。

远远看去，那一片一片红的粉的桃花，简直就是天上的织女扯下的布，比晚霞还要光鲜明亮哩。陶婆婆每年都会看见不少的桃花，但它们都零零星星的，散落在白果树高大的白杨树、花梨树、松树中间，委屈得像受气的小媳妇。可这些桃花多么不一样啊，它们多么烂漫，多么艳丽，多么有气势，多么不管不顾……陶婆婆呆站了半晌，才合上了张开的嘴，然后，她对自己说，我得走进去看看。

婆婆，婆婆，你怎么在这里呀？陶婆婆顺着声音往街边望过去，看见一个年轻的女娃正在向她招手。女娃穿着玫红色的低领毛衫，两只袖子松松垮垮地垂下来，腋窝处就像挂着大灯笼，下面穿着短裙，把两瓣屁股都挤成一团了，像是裹着一只黑色的大馒头，再下面是一双好长好长的靴子，上面缀着一长溜的亮片片。陶婆婆觑着眼睛瞧了瞧，觉得这个女娃似乎有点面熟。

女娃一扭一扭地走过来了，笑吟吟地站在了她的面前，陶婆婆这才认出是陈燕。陈燕拽着她的胳膊，很亲热，陶婆婆本来想要拧一下陈燕的脸蛋，手伸出去后，又放下了。她看见这张脸红粉粉的，两只眼眶大得出奇，幽蓝幽蓝的，还有两只亮晃晃的耳环，比手镯还大，小鸟都能飞过去。这确实是陈燕，但不是那个白果树的人个个都认识的陈燕了。

陈燕忽然一拍手，说，我知道了，婆婆是到我大兵叔家享福来了。陶婆婆说，就你鬼精灵，我还要问你呢，你不是打工去了吗？原来却猫在这里？陈燕咯咯笑了，说，婆婆，我就是在这里打工呀。说完指了指街边。陶婆婆糊涂了，街边都是房子，谁知道她指的是哪一间呢。

陈燕说，就是最西边这最后一间嘛。陶婆婆瞧了瞧，这一溜房子，凡开了门的，卷闸门都没升到门的最顶部，而是一律停在大约一人高的位置，似乎随时准备拉下来，玻璃推拉门也只开了半边，好像仅供一个人通过，屋子里面有些暗，也没见到什么人。这跟儿子的餐饮店可大不一样。儿子的餐饮店，一开门，卷闸门都是"哗啦"一下子升到最顶部，玻璃门也是开到最大，五六个人进进出出不用侧身子的。陶婆婆就问，燕娃，听说打工都是生产什么吧？你这里也是工厂？都生产什么呢？

陈燕又咯咯咯笑了，说，婆婆，你真逗，这里当然是工厂啦，不过，它只生产桃花运。桃花运？桃花运也能像白花花的盐那样被生产出来？陶婆婆只知道每天吃的盐是工厂生产出来的，她父亲原来就曾经在江苏一个什么盐厂做过小工，后来打仗了，盐厂被炮火炸平了，父亲死里逃生，最后不知怎么就流落到了白果树。看来工厂真是厉害，什么都能生产。可陶婆婆还是不大相信，运气是看不见摸不着的东西啊，非得撞上了，才知道的，怎么能生产呢？何况还是不怎么惹人喜欢的桃花运呢？陈燕这次笑得咳起来了，她蹲在地上，一只手捂住肚子，一只手连连摆动，说，哎哟，哎哟，婆婆，你太搞笑了。陶婆婆一点儿也没觉得好笑，她想，儿子又说对了，白果树以外的新鲜事，多着呢，可惜我这老太婆什么也不懂，把一辈子都耗在了白果树，还像只快乐的母鸡。

工厂还能生产桃花运，这是自打到了桃花镇以来，陶婆婆听说过的最不可思议的事儿。待在儿子的餐饮店里，许多看到的或听到的，陶婆婆都觉得新鲜，但只要琢磨琢磨，最后好歹都能琢磨出个理儿来，只有这个桃花运什么的，她实在有点蒙，在白果树，如果说起谁谁谁撞上了桃花运，人们就总带有讥诮和鄙薄的意思。

可陶婆婆是相信这些年轻娃娃的，甚至相信他们都超过了相信自己。他们什么都不怕，他们的热情，就像夏天的太阳，简直可以把人熔化，陶婆婆由衷羡慕他们，也喜欢他们，喜欢他们的朝气蓬勃，喜欢他们的自由自在。在儿子的餐饮店里，陶婆婆十分偏爱那些年轻娃娃，凡是年轻娃娃聚一桌，她就总要督促儿子免费送他们一盘花生米什么的。看着他们吃吃喝喝、吵吵闹闹的样子，她就高兴，她觉得人生原本就应该是这个样子，应该是过得这么快快乐乐、舒舒展展的。

陶婆婆尽管想不通桃花运的事儿，但还是相信陈燕，她很想去那个生产桃花运的屋子里看看，可陈燕没有请她进去的意思，她也就不说了。她指着那片桃园说，燕娃，走，跟婆婆一起去看桃花吧。陈燕还在喘气，她边喘气边说，婆婆你从老家来的时候没看见吗？桃园都用铁丝围着呢，是不能随便进去看的，得买票。

买票？买票是什么意思？陶婆婆又不懂了。陈燕说买票就是出钱买一张小小的纸片，有了这张纸片，才可以进去看桃花。啊！花草树木不都是长在大地上的吗，它们就是大地的头发眉毛眼睛鼻子耳朵嘴巴，大地就是通过它们来跟人说话唱歌的呢，怎么还要出钱买呢？在白果树，每家每户，即便是自己种在房前屋后的果树结出的果子，别说左邻右舍，哪怕是路人，也都是可以一块儿分享的，更不用说果树上开出的花儿了，也更不用说那开在野坡野岭的野花儿了。

陈燕说，这就是城里人不同的地方，他们精明着呢，什么都可以用来赚钱的。喏，婆婆，你看到没有？天都快黑了，门口还有那么多车，说明还有好多游客没出来呢。陶婆婆早就看到那些车了，只是没把它们当回事，光想桃花去了。

陶婆婆把蓝布对襟褂子掀开，从里面油绿色碎花小夹袄的口袋里掏出五元钱，这还是来镇上的第二天早上，儿媳妇给的零用钱，她一直没舍得花。陈燕"噗"地笑了，就像水突然从地下喷出来一样。陶婆婆想，如果这时陈燕正在吃饭，饭粒子肯定会被甩得到处都是。她就忍不住说道，你看你这女娃，我说话你也好笑，拿钱出来你也好笑，到底有啥好笑的？你就不能好好跟我说几句话吗？陈燕捂着嘴，声音直打战，说，婆婆，你这五块钱连零头都不够，人家门票都五十呢。

正说着，陈燕那生产桃花运的屋子亮灯了，陈燕连忙跟陶婆婆说她得回屋去了，要上班了，走了几步，又回过头嘱咐道，婆婆你慢走，小心车，以后再来玩，回去后别跟我大兵叔说遇见我了。

眼见天色暗下去了，街两旁的灯都亮起来了，陶婆婆只好往回走。这些灯可真怪，投下的光大多是红粉粉的，屋里的人，似乎都是一堆一堆坐着的，也似乎都是穿得跟陈燕一样怪里怪气的女娃娃，偶尔，有些光漏了出来，洒在陶婆婆的身上，她就看见自己也变得影影绰绰了。她很想看得更清楚点儿，为此揉了好几次眼睛，却还是徒劳。不知为什么，她总觉得这里有点邪里邪气的，因此就有了不安的感觉，这样的雾蒙蒙，还不如完全的天黑呢，就黑黝黝的那种黑，让人还踏实些。她心里这么想着，嘴里就嘀嘀咕咕说了出来。

远远的，一个人影冲了过来，冲到她面前的时候停住了。是儿子。儿子气喘吁吁的，也不说话，拽着她的胳膊就往前走。陶婆婆说，干什么，干什么，你就不能轻点儿？儿子也不回答，一直等到不见了那些红粉粉的灯光后，儿子才站定，喘着粗气问，你怎么到处乱跑？怎么跑那里去了？没事你跑那里去做什么？你知不知道你都跑到什么地方去了？陶婆婆很不喜欢儿子这样向她发问，跟打枪似的，好像她不是他的老娘，而是他的敌人。但陶婆婆来不及计较这个，看来，儿子对这是个什么地方了如指掌。

还能是什么地方？是……鸡窝！儿子没好气地说。鸡窝？胡说！一只鸡也没有，怎么叫鸡窝呢？陶婆婆又想，简直是睁着眼睛说瞎话！陈燕不说这里生产桃花运吗？鸡窝？桃花运？这哪儿跟哪儿啊。

儿子不吭声了，拉着她又往前走。陶婆婆挣脱了儿子的手。这次，她愤怒了，认为儿子其实一直在隐瞒她，让她不要到处走，是为了隐瞒，不明不白地说什么鸡窝，也是为了隐瞒，急慌慌地拉着她回家，还是为了隐瞒。她大声说，陶大兵，你给我说清楚再走！

儿子陶大兵又来扯她的胳膊，她一把就打掉了他的手。儿子小声说，是卖那个的。陶婆婆就呆住了。

白果树的人，将那些喜欢跟许多个男人睡觉的女人，称为"卖那个的女人"，那种女人，是白果树人公认最没有廉耻的女人，是底子都掉光了的烂草鞋。白果树也有几个那种女人，但都偷偷摸摸的，一旦被人发现，就主动降人一等，人前说话，声音是要低下几分的，人前做事，是要勤快几分的，衣帽鞋袜，是要穿得灰暗几分的，动作举止，更是要小心几分的。那种女人大多天性难改，所以，隔一段时间，安静的白果树就总会被她们扑腾出几点浪花，所以，白果树就总有那么几个低声下气的女人。

白果树"卖那个的女人"好歹还是遮遮掩掩的，怎么在这桃花镇，就成堆成堆的了呢？还有那些迷蒙蒙的灯光，简直就是"卖那个"的招牌！陶婆婆本想拉住儿子一起到最西边的那个屋子，把陈燕解救出来，想想又不妥，既然陈燕临走时交代过不要告诉她大兵叔的，那意思就应该是：儿子大兵还不知道陈燕就在"鸡窝"里。

二

陈燕要么是被拐骗了，要么是有什么不得已的原因，我们白果树的人，不会是这个样子的，不会这么不知羞耻……陶婆婆为这件事翻来覆去想了整整一天，想得脑袋里像有千根银针在搅动，最后，她还是决定了，不管是什么情况，她首先得让陈燕离开那间屋子。第三天，天刚蒙蒙亮，趁儿子儿媳上街买菜的工夫，陶婆婆又顺街往西走去，好在那个屋子不难找，反正就是最西头的那一间。

这桃花镇，清晨的空气比明晃晃的白天要好多了，灰尘们似乎都还没有醒来，隔着溪沟的山，也好像还在沉睡着，墨青墨青的，只有溪沟里的水，在哗哗地流，尽管声音不大，甚至还有点微弱，却让这个镇子变得亲切变得柔和了，街上的行人也很少，偶尔有几个骑自行车驮着大菜筐的，咣啷咣啷地过去了。镇上原来也有安静的时候嘛，它原来也可以这么安静的嘛，看来，其实人才是那个最闹心的东西，如果不是人来人往，不是人山人海，这个镇子，肯定跟白果树一样，有蓝幽幽的天，有白花花的云，还有露水拈花惹草的声音。陶婆婆乱七八糟地想着，走一阵，歇一阵，气咻咻的，她有时明显能听到自己喘着粗气的声音，很吓人的那种，像犁地的老牛，就想，这么气咻咻的，应该不光是自己走得太快了，可能还因为有那些乱七八糟的想法。离那间屋子还有丈把远的时候，她再一次站住了，打算靠在那些门面的砖墙歇上一会儿，再一鼓作气走完剩下的路，可一想到这些墙里面都是那种女人，就又挪开了，尽量挪得远一点儿。

陶婆婆弓下腰，手撑在膝盖上，喘着，忽然就听到了卷闸门被拉起的声音。她慢慢直起身子，看过去，就看见三个男人猫着腰从最西边的那个屋子里走了出来，还有好几张雪白的脸同时从里面探出来，用娇滴滴的声音招呼说，欢迎再来，然后门就又

"哗"地放下了，陶婆婆刚来得及喊了一声"哎"。

三个男人侧过脸，看了看陶婆婆，又互相对视了一眼，然后一起向对街走去了。陶婆婆嘀咕道，还欢迎再来？不是跟儿子餐饮店送客一样了吗？真是！真是不要脸！对了，说这话的，有没有陈燕呢？

陶婆婆赶紧往前走，走到了就敲门，手有点重，卷闸门跟着发出了"哐哐哐"的响声。里面却死一般寂静。明明三个那种女人刚刚才把脑袋缩进去，怎么就没人应声儿呢？陶婆婆生气了，就又捶了几下，可还是没动静，没办法，她只好大声喊，陈燕！陈燕！

卷闸门一下子就拉了个半开，一个头发烫成卷儿、瘦精精的高个子女娃弓着腰钻了出来。陶婆婆抢着说，我找陈燕，叫她出来！高个子女娃打了个长长的哈欠，皱着眉，说，大清早的，吵不吵啊你？找谁？陈燕？这里没有叫陈燕的。

陶婆婆说，你这个女娃，可不能骗我这个老太婆啊，昨儿我还见到她了，她说过的，就在你这屋里。她本来要说"就在你这屋里上班"的，想了想，还是把"上班"两个字省了。高个子女娃双手抱胸，半闭着眼，懒洋洋地靠在卷闸门上，说，你肯定认错人了，我再说一遍，这里没有叫陈燕的。陶婆婆说，那你让开，我自己进去找。高个子女娃扑哧一声笑了，那两道弯弯的假眉毛往上挑了挑，说，你这个婆婆，怎么这么不知趣呢？你以为这是你家的菜园子，想进就进想出就出啊？陶婆婆气坏了，就自己动手去扒卷闸门，她可不想弓着腰进去这样的屋子里。

高个子女娃尖叫道，哟嚯，还要抢劫呀？身子却暗暗使了劲，抵住了闸门，这让陶婆婆很费力气，她还真提不上去了。陶婆婆只好又大声叫，陈燕！陈燕！这时，一个圆脸庞的女娃钻出来，拉住陶婆婆的手说，婆婆，陈燕已经下班了，早就回屋睡觉去了，您回去吧。又转过头，对高个子女娃说，萧姐姐，你也是，跟一个老人家较什么劲儿呢？高个子女娃的眼睛往天上翻了一下说，谁让她凶神恶煞地捶门呢？惊天动地的，比搞检查的还更像那么回事儿。

陶婆婆有一肚子的道理要跟这个高个子女娃讲，甚至，也可以不计较她刚才的满口谎言和对待自己的态度，可以像劝说陈燕一样劝说她赶紧离开这里，可是，当她瞥见高个子女娃那种满不在乎的神情时，心里就又开始冒火了。

圆脸女娃把高个子推进了屋里，陶婆婆又只来得及喊了一声"哎"，卷闸门就"哗"地落下了。紧接着，响起了好多卷闸门的"哗哗"声，陶婆婆这才知道，在这儿闹腾了这么一阵子，原来吵醒了不少这样的屋子呢，虽然这些不干不净的屋子里住的都是些不三不四的女娃娃，可是，把这么多人都吵醒了，陶婆婆还是觉得十分过意不去。她对圆脸女娃说，娃，难为你们了，把你们都吵醒了，我就是急着找陈燕，没别的意思。圆脸女娃问，您这么急着找她，有什么事呢，要不我替您转告她？

这女娃倒是很不错，知书达礼的，只是也做那种事，太可惜了，我说陈燕的事儿，兴许她听了，也一并跟着悔悟了呢。陶婆婆心里这么想着，嘴上就大会发言一样地说，都是多么好的女娃啊，干什么不好？偏要做那些不光彩的事儿……圆脸女娃打断了她，说，啊！我还以为您来找陈燕是有什么特别要紧的事呢，原来您是要来教训她的？婆婆，您不必费这个心了，陈燕不会听您的，我是她最好的朋友，我了解她。

原本憋了好几天的话，没想到刚一开口，就被这个女娃全都堵了回去，陶婆婆觉得自己的喉咙里似乎涌上了没有消化的隔夜饭菜。她不由得使劲吞了一下口水，说，你这女娃，知道我是陈燕的什么人吗？我是她隔壁的，是她最喜欢的陶婆婆，我晓得她落地的时候头发是长还是短，晓得她嘴巴一撇是要哭还是要笑，晓得……圆脸女娃又一次打断了她，说，婆婆，人都是会变的，时代也是会变的，您原来了解她，并不代表现在还了解她。陈燕现在绝对不会离开这里，许多技巧她正学着呢，收入也在增加，前段时间她还是这个数，现在是这个数了。圆脸女娃先是伸出了三个手指头，紧接着又多伸了两个手指头。陶婆婆迷迷瞪瞪地望着那只挥舞着的手，那些指甲一律涂得红艳艳的，像鸡冠被剪碎了贴在上面一样，她不知道圆脸女娃说的到底是什么意思，就嘀嘀咕咕地问，什么技巧？还三个指头五个指头的，都什么意思呢？女娃在她面前脆声笑了，那笑容可真好看，两个深深的酒窝，像雨落在池塘里荡开的一圈一圈的水晕。陶婆婆想，这娃，睾起来跟陈燕一个样，笑起来也跟陈燕一个样，怎么就这么惹人怜爱呢？可惜了，可惜了。她摇了摇头。

女娃说，婆婆，您瞧不起我们是吧？我们一不偷二不抢，我们一样是付出了的，就应该一样收取报酬，这有什么不对的？您别老是皱眉摇头的，就说陈燕吧，她以前没什么技巧，侍候一个客人只能得三十块钱，现在比以前进步了些，就能得五十，以后如果做得更好，客人更多，工资就会更高。陶婆婆总算是听明白了，这几个不同的手指头，表示的是不同的"工资"，而这个"工资"，又跟技巧有关系，可这都是些什么技巧呢？不就是专门侍候男人的技巧吗！亏你还说得出口！看着眼前这张嫩粉粉的脸，如果不是因为它太像盛开的桃花，陶婆婆早就一巴掌抽上去了。

她盯着那张小巧的嘴，愣了好一会儿，才说，天哪，娃啊，这么说，你们做这事算是光明正大的？还说不偷不抢？你们这不就是偷人吗?! 圆脸女娃连连摆手，说，婆婆，您确实是老了，思想跟不上时代了，算了，不怪您。陶婆婆"呸"了一声，忍不住斥道，我是跟不上时代，可我知道，不管在什么时代，偷人都是最最可耻的事儿！女娃垂下眼睛，叹了口气，十分温和地俯视着陶婆婆，仿佛陶婆婆就是那不可挽救的最最可耻的人。陶婆婆想，自己跟她，就是牙签那尖尖的两头，横着，是一个左一个右，竖着，是一个上一下，反正横竖都是合不到一块儿的，还是不管她了，先找到陈燕再说。

圆脸女娃却说什么也不肯带路，还说她自己也要休息了。陶婆婆说，那好吧，我就在这里等。女娃本来已经撇下她，向前走了，听见陶婆婆这么嘀咕着，就又走回来，拉着陶婆婆的手，说，婆婆，陈燕白天休息，一直要到傍晚才会出来，您别在这里白费工夫了，快回去吧。陶婆婆甩开女娃的手，心想，你的模样看起来温温柔柔的，话也说得温温柔柔的，行事却一点儿都不温柔，嘴咬得紧不说，还一味帮着陈燕打掩护，算是白看你好了。

她看了看四周，连一个石头墩儿都没有，更别说树桩了，总得坐着等吧，老了，毕竟身子骨不像年轻的时候啦，就刚才闹腾了这么一阵子，陶婆婆已经觉得有点乏了。也是，看样子时候不早了呢，太阳都已经露出了整张脸，粉白的脸盘，金红的脸廓，煞是好看。街上的人开始多了起来，车也多了起来，有两个轮子的，有四个轮子的，偶尔还有六个轮子的，拖着长长的货厢，货厢上还蒙着黑色或墨绿色的闪闪发光的布，轰隆隆驶过街道，这些车卷起许多灰尘，把太阳的脸都搅浑了。

热闹是以这条街为界的，街这边，陶婆婆看得见的，都一律关着门，安安静静的，也没什么人打这边通过，可是，一进街道就不一样了，街道上跑着车，街对面是早点摊、水果铺、米店、布店、杂货店，再往前都是些什么，陶婆婆看不见了，她只看见五个早点摊前都挤满了人，还有一个包子铺前排着长长的队，一个矮个子女人把高高的屉笼放在一个大锅上，然后踮起脚，揭开盖子，顿时，乳白色的热气"砰"地就散开了。陶婆婆掀开对襟褂子，摸出那五元钱，打算过街买几个包子吃。

还没开步呢，儿子"啪哒啪哒"地跑来了，是从街这边跑来的，所以脚步声格外响。儿子又像上次一样，二话不说，拉着她就走，而且这次速度更快，简直是拖着她走的，陶婆婆觉得手腕生疼生疼的，就喊，陶大兵！儿子没有半点停顿的意思，继续紧攥着她的手，飞快地向前走，就好像他不知道陶大兵是谁一样。

到了餐饮店，两个人都一屁股坐在了凳子上，都不说话。儿子喘了一会儿，搬来那把竹藤椅，拉她坐上去，又给她倒了一杯水，就转身忙别的去了。陶婆婆没想到儿子会一言不发，这样的一言不发让她特别憋气，好比一个猎人，枪膛里明明装满了子弹，可就是找不到猎物。现在，她揣着一肚子道理，可就是没有人愿意听她讲一讲。到底怎么回事呢？难道现在都不讲道理了？

陶婆婆坐不住了，儿子不找她讲道理，她就找他讲去。想想，该是多么蹊跷啊，他提防她那么紧，还把她拖犁拽耙似的给拖了回来，拖回来也罢了，却是连一个响屁都不放。陶婆婆决定不隐瞒陈燕的事情了，她要把儿子陶大兵也拉去，再一块儿把陈燕给拉出来。

三

儿子却说，不去！你也不能去！在陶婆婆的记忆中，儿子陶大兵还从来没有这样斩钉截铁地跟她唱过反调。

陶大兵脾气好，从小就有大人的气量。陶婆婆（当然，那时还没有人叫她陶婆婆，那时白果树的人都叫她陶桂枝）记得，儿子八岁的时候，有一回，一群孩子追着搡着叫他"大逃兵"，都追到自家的院子里来了，陶婆婆先是把那群毛孩子搡散了，又训斥自己的儿子，说他不该这么窝囊。没想到儿子一点儿也不气恼，还说，都是闹着玩儿的，他们爱叫就叫去吧，反正也叫不疼的。陶婆婆却觉得疼了，儿子这个名字，确实没取好。这都是刘诚的错。当初，陶婆婆让刘诚给儿子取个名字，刘诚说，反正是你捡来的，就跟你姓算了，嗯，就叫陶大兵吧。陶婆婆当时觉得这名字既响亮又结实，十分满意，没料到，那些毛孩子的脑袋瓜转得跟轱辘一样快，把两个字一颠倒，就把儿子说成了软塌塌的大坏蛋。陶婆婆打算让儿子换个名儿，儿子却不愿意，说，这是我爹给我取的，为什么要换呢？

陶婆婆听得心里一阵阵发热。其实，刘诚早就离开了这个家，儿子却还一直记得他这个爹。她从二十岁就嫁给了刘诚，可是，到了三十二岁，还是没怀上娃娃。自从在自家柴棚里捡到陶大兵之后，陶婆婆就越发觉得不安了，原因是刘诚并不喜欢这个儿子，他一门心思惦记的，还是要有朝一日打造出自己的亲骨肉。在陶大兵三岁的时候，陶婆婆认为不能再这么耽误刘诚了，就带着儿子回到了娘家老屋，主动和刘诚解除了婚姻。

一个女人独自带着一个娃不好过，一个刚步入中年的女人独自带着一个娃更不好过，一个刚步入中年又有几分俊俏的女人独自带着一个娃特别不好过。在四十五岁以前，陶婆婆夜里睡觉，得把门闩好了再加两道粗粗的木杠子，也有不敲门而等到半夜了来敲窗的，陶婆婆就只得把早早准备好的一脸盆水隔着木窗棂泼出去。但她还是熬过来了，她没有成为"那种女人"，她因此赢得了一村子人的尊重。早些年开大会，有时，那些讲话的领导会突然不点名地批评某些人，然后就说："大家都要向陶桂枝学习。"下面的人就齐刷刷地向当时的陶桂枝望过来，弄得她怪不好意思的。

当年的陶桂枝熬成了陶婆婆之后，她同时也赢得了儿子的孝顺，特别是儿子后来知道了他自己的身世后，就越发体贴她了，几乎对她是百依百顺。

可在这件事上，儿子却犯了倔，他自己坚决不去也就罢了，居然还说，你以后就老老实实在家待着，哪里都不要去。陶婆婆简直气不打一处来，她夺下儿子手中正在剥的葱，连珠炮似的问，你不是白果树的人？你就忍心由着陈燕做那种事？陈燕打小就和红娃最要好你不知道？炮弹还没发完呢，儿子突然跺脚道，妈，你能不能闭上嘴？闭嘴？陶大兵居然叫自己闭嘴！这小子，还真出息了！

陶婆婆跌坐在藤椅上，媳妇连忙跑过来，一边给她捶背，一边给大兵使眼色，那意思是叫他赶紧闪到一边去。儿子给她的杯子重新续上水，就向厨房走去，到了门口，又回头望了她一眼，眼里满是关切。陶婆婆心疼了，儿子一定是有什么难处，要不然，他不会这么激烈地反对她，可是，到底有什么难处呢，他就不能跟自己说说？

既然他不说，那就有他不说的理由吧，陶婆婆果真就闭上了嘴，绝口不再提陈燕的事。一切又回到了刚来时的样子，每天，她都安静地待在儿子的餐饮店里，客人吃完了饭，她就帮忙端端盘子，擦擦桌子。不过，许多时候，儿子都不让她干这些活儿，她就只好坐在餐饮店大门右侧的角落里，择择菜，剔剔指甲，看车看人看热闹。

下午三四点钟的光景，陶婆婆正削着土豆，无意中一抬眼，就看见一辆红色的车子开过去了，一个女人竟然站在车子里，半个身子从车顶上露出来，嘴里哇哇地叫着，手里还举着几枝桃花，风把她的头发掀起来，也把一些花瓣吹落在地上。陶婆婆看得心惊肉跳，那女娃，真是不知深浅，那个样子站在车子的中央，多像古时候的囚犯啊！

幸亏她举着几枝桃花。对，他们是去桃园了，肯定。陶婆婆的心揪了一下，一想到桃园，她就又想到了陈燕。这几天，虽说是嘴上不言语了，在心里，陶婆婆却一直惦着陈燕。白天还好，白天反正闹嚷，人老了，一闹嚷，精神就难以集中，就容易被看见的听见的牵着鼻子走，看见什么就是什么，听见什么就是什么，不会去想它们都是些什么缘故。晚上就不一样了，晚上安静多了。可是，真到了晚上，一躺到床上，白天那些针头线脑的事儿，陶婆婆却想不起来多少，她想得最多的，还是陈燕的事儿。

想着想着，就睡不着了，眼看一个礼拜就快要过去了，这事儿还悬着，可怎么成呢？好不容易，听到楼下餐厅的座钟"当"地敲了一下。凌晨一点了，对，陈燕现在正在"工作"。陶婆婆坐起来，摸索着穿好衣服，下了床，先把拐杖握在手里。这拐杖还是刚来镇上的那会儿，儿子给她买的，他说这镇上狗太多了，那些有钱人家养的名贵狗，一般不会伤人，主人也看得紧，野狗就不一样了，它们成天在镇子上晃荡，发起疯来会咬人的，所以得提防着点儿。陶婆婆却不以为然，这镇子不是人的世界吗？在人的世界里，狗即使要逞凶，又能够逞到哪里去呢？而且，她看到儿子说的那些野狗，其实一点儿也不凶，它们虽然窜来窜去的，但大都夹着尾巴，不出声，眼神也是惊惶的，倒是那些名贵狗，有时会冲人一边摇头摆尾，一边龇牙咧嘴地叫几声。所以，那根拐杖一直被竖在门背后。陶婆婆在床上躺着时就想好了，今天无论如何得带上它，毕竟夜里不比白天。

陶婆婆先把门开了一道缝，往儿子的房间望了望，只见漆黑的一片，就把门开大了，小心地挪了出去，然后就摸到了楼梯的栏杆，一步步蹭下去。刚蹭了两级台阶，就有什么丁零当啷地滚下去了。

陶婆婆扶着栏杆，蹭了下去。儿子房间的灯立刻就亮了，接着，走廊的灯也亮了，儿子过来扶起陶婆婆说："妈，安心睡觉去吧。"声音四平八稳的，一点意外的意思也没有。陶婆婆往下一看，只见一只空铝盆倒扣在台阶楼梯的拐弯处。她想，好个兔崽子，原来早就防着呢，真是难为他了，每天晚上，都得记着提一只铝盆上台阶。

陶婆婆有些羞愧，又有些气恼，这点小主意，自己都想了好几天呢，原来却早就被儿子识破了。临进门，她还是忍不住解释说，我半夜去，又不会被人看见，怕什么？既然儿子怕丢人，那她就得强调一下这个意思。儿子还是说，你就安心睡觉吧。

陶婆婆躺在床上，怎么也睡不着了，脑袋里像是在翻江倒海。在儿子这里住了一段时间，她是真看到了儿子的不容易，每天起早贪黑不说，逢人就得笑，有时，遇到那些吃了饭还要在店里扯横皮不占便宜不罢休的人，他还得低头弯腰赔小心。自己怎么还能老是给他添麻烦呢？想着想着，陶婆婆忽然有了主意。

第二天早上，儿子刚买完菜回来，陶婆婆就要他送她去车站，她要回白果树。儿子儿媳一齐盯住她。媳妇说，妈，还在生大兵气呢？陶婆婆说，生什么气呀，都出来这么长时间了，我想回去了。想了想，又说，我看你们也不容易，在这镇上生活，也不见得就比在我们白果树好，依我说，你们还是干两年就回去吧，别看现在年轻，身体还行，再过个三五年，就会吃不消了。儿子的脸慢慢变红了，他一闪身，挡在了陶婆婆的面前。陶婆婆笑了，说，陶大兵，你看你，还想拦住我不成？怎么还跟小时候一个样？人老了，就恋老地方，你这里纵然是金山银山，我也不喜欢，我就只喜欢白果树的山，你要是真体谅我，就让我回去，你们也不用挂念，有什么事儿，我就到村主任家里挂个电话。

中午就上了车，在白果树下车时，却已经是下午五点多了，好在陶婆婆的房子离公路不算太远。儿子给她买了一背包的东西，把她累得够呛，她一边走，一边就忍不住数落儿子，骂他不听话，不知道节约。不过，陶婆婆很快就被路边那些刚冒尖儿的小白菜、萝卜菜什么的给吸引住了，这些绿油油的小东西虽然都不是自家园子里的，但她认为，它们一样是在欢迎她归来呢。说着说着，她又开始埋怨儿子，都怪陶大兵，非要把我弄到镇上去，结果到现在我的白菜萝卜都还没着落呢。她走一步停三步，遇到小石块躺在路中间，是要弯腰捡一捡的，遇到荆棘挡路了，也是要扒一扒的，嘴里还得跟它们说上七句八句的，所以，不到一里长的路，她竟然走了近半个小时，没办法，白果树就像她的老情人，看哪哪熟悉，摸哪哪舒坦，她真是想死它了！

不过，进屋放下包后，她没有去看望她的鸡啊猪啊菜园子什么的，洗完脸，拿了几样东西，就上陈燕家去了。

陈恒生两口子正在吃饭，一见陶婆婆进来了，赶紧起身端茶倒水，还说正好正好，再炒几个菜，一起吃个饭，好好聊聊。陈恒生问陶婆婆看了猪没有，是不是长大些了，说陶婆婆的那只花斑猪，调皮得很，总要把垫栏的叶啊草啊什么的往猪槽里掀，每次去喂食，得先把猪槽清理一遍，嚷它也不听。陶婆婆说，哎呀，那是我忘了交代你，得掌它的嘴，掌一次嘴，它就能记住个三五天的。陈恒生又说，那只在这个时节还下蛋的鸡，也不老实，隔两天掉一个蛋，还要下在猪圈顶上的草垛子里，捡一只蛋，得猴上猴下地爬。陶婆婆说，把它们都交给你，不就是让你好好管教管教嘛，平时，它们就知道欺负我这个老婆子。陈恒生哈哈笑了，说，婆婆，你真是说得大方，你自己都舍不得动它们一根毫毛的，还能许别人动？

一顿饭吃得昏天黑地，陈恒生两口子讲了不少自家或别家的一些鸡毛蒜皮的小事儿，陶婆婆听得舒舒坦坦，就像口渴的人喝了冰镇酸梅汤。越是舒坦，陶婆婆就越是着急，这两个好人，燕娃的事儿，他们承受得了吗？

她顺手从靠墙的一捆竹枝上掐下一小截，剔完牙，又用另一头剐指甲。她开始讲她在镇上的这两个月里见到的稀奇事，然后就讲到了那一大片桃园，再然后就讲遇到了陈燕。陈恒生两口子互相对望了一眼，又不约而同地把眼皮垂了下去，没有言语。

陶婆婆说，你们得去一趟镇上。

陈恒生说，家里活儿忙不过来。

陶婆婆说，你们务必得去一趟镇上，去看看燕娃。

陈恒生说，家里忙，没时间。

陶婆婆说，家里再忙也先搁下再说吧，你们不能撂下燕娃不管。

陈恒生说，没空。

陶婆婆愣住了，想，这两个可怜的好人，锣鼓听音，难道我说得还不够明白？于是，陶婆婆就不剐指甲了，把竹签投进火里，火塘里瞬间亮起一小团光亮，又瞬间熄灭了。

她又说，燕娃在做那事。临出口，还是把"卖那个"改成了"那事"。

陈恒生没抬头，也没吭声。

陶婆婆又说，你得去镇上把她劝回来。

陈恒生抬起头来，望了陶婆婆一眼，还是没吭声。

陶婆婆又说，你要不去，燕娃这一生可就毁了。

陈恒生死盯着面前的火，脸越来越红，呼吸也越来越急促，突然，就站了起来，说，婆婆，不劳你操心我们家燕娃，要管，你先管好你们家陶小红。然后几步跨出了门，脚步重重地走远了。

陶婆婆蒙头蒙脑的，我家红娃怎么了呢？她可是大学生，前年才毕业的大学生啊。陶婆婆站了起来，对脸色阴沉的陈恒生老婆说，恒生怎么能乱讲我家红娃?! 陈恒生老婆霍地站了起来，说，婆婆，这就是你不讲理了，你倒说说，我们家恒生忍到现在，说过大兵一个不字没有？你家红娃自己做那事不算，还把燕娃也拖下水，拖下水也罢了，她自己在桃园宾馆做高级的，拿高工资，却让我家燕娃在那种小店做低级的，还说风凉话，说我家燕娃没文化，进宾馆得另找机会，你想想，大兵的餐馆是怎么开起来的？他哪来的钱？不就是靠着女儿好乘凉吗？

陶婆婆光看见陈恒生老婆的嘴巴在不停地嚅动，却听不清她在说些什么，她的耳朵里像有许多蝉在嘶叫。她就在大片大片蝉的叫声里，摇摇晃晃地离开了陈恒生的家，摇摇晃晃地走了一小段路，摇摇晃晃地进了自家的门。

夜里，屋顶上的亮瓦都已经盛满星星了，陶婆婆还是睡不着，被子里似乎爬满了虱子，于是索性披衣起床，生了火，倚着木头椅子，坐在了靠北头的墙角里。坐着坐着，就睡着了，还做了一个梦，梦见红娃拉着她在桃园里走，到处都是开满粉红色花朵的树，到处都是铺满粉红色花瓣的路，走着走着，她就着急了，这粉红是多么浓重啊，熏得她的眼泪都流出来了，她就去找出口，可她没说出来，她只是挣脱了红娃的手，自己一味往前走。红娃追上来，摇晃着她的胳膊，喊道，婆婆，婆婆，你怎么变了呢？变得这么忧郁了呢？红娃的声音脆生生的，像一大袋豆子落在瓷盆里。陶婆婆就被这脆生生的声音给弄醒了。醒来的时候似乎还在模模糊糊地想，忧郁？忧郁是什么意思呢？慢慢地，她睁开了眼睛，就看见火塘里的火只剩了几块红红的木炭。她觉得有点冷，身子不由得往前凑了上去，这一凑，眼泪就一颗颗地掉了下来，落在了木炭上，木炭顿时"噗噗噗"直响，还腾起了一溜溜的烟灰。

世纪末的爱情

一

　　打开门，看到一切都还是我出发前的那个样子：茶几上的盒装纸巾等待被抽取，沙发上的靠枕排列有序，阳台上，我那件粉色睡裙依然挂在晾衣竿上，随风飘动着。十来天的旅行在漫长的一生中，不过是一次短暂的梦游，日常生活永远是时间的主宰，回到家中，我也就重新成了被主宰的一部分。洗澡的时候，我用了大量的沐浴液，拼命擦洗自己的身体，尽管与秦如意她爸无关，或者说早已毫不相关，但这不能成为我对自己身体放纵的理由。洗完澡，在撤换床单和被套时，我看见了两根长长的卷发，一根蜷曲在枕头的下方，另一根盘旋在被套里子的中部。在正午明亮的光线下，它们的根部浓黑，而剩余的大部分，则呈现出淡淡的栗棕色。我把它们撷到镜子前，仔细和我的头发对比了一下，确定这不是我的头发。虽说我的头发黑得不够彻底，但只是在发梢处带点微黄，与栗棕色相去甚远，而且，最显著的区别是，我的头发根根顺直，而它们曲里拐弯。秦如意曾经给双人床下过定义。她说，什么叫双人床？所谓双人床就是一男一女打仗的地方。按照这个逻辑，在秦如意她爸和我很久很久没有打仗的地方，现在却出现了战斗遗留物，是不是就意味着，秦如意她爸已经把战场从外面搬到家里来了呢？

这根本就不是个问题。我笑了一下，把它们团起来，放进了专门装袜子的收纳箱里，然后继续整理床铺。我把原来印有水墨荷花的床单和被套团起来，一股脑儿丢进洗衣机里泡着，把枕头套、枕芯全部换掉了。

我很快就睡着了，连梦也没做一个，醒来已经是下午四点半了，屋子里安静异常，拉开窗帘，阳光斜射进来，正好照在婚纱照上。照片是我们结婚十周年照的，那天，我做了一桌子菜，还开了一瓶红酒，打算小小地庆祝一下。秦如意撇撇嘴说，能不能有点儿创意啊？难道你们就不想看场电影或者补个婚纱照什么的？我和他互看了一眼，同时说，那就照婚纱照去。照片里，我穿着白色的婚纱，坐在圆桌旁，跷着小拇指，低头翻着一本线装书，他穿着黑色燕尾服，从我的左侧探出脑袋，半俯下身子，也看着书。那个留着长头发的男摄影师，不停地摆布着我们的动作和表情，一会儿甩甩脑袋说，老婆笑一笑，一会儿又把头发往右边抹一下说，老公看这边。挑选照片时，男摄影师建议我们放大这一张。他说，多么像贾宝玉和林黛玉啊。秦如意她爸端详了好一会儿，最后点头表示同意。其实，摄影师错得太离谱了，贾林二人，那是心神合一，而这张照片中的两个人，早就貌合神离了。

我一点儿也不伤心，甚至觉得十分轻松，仿佛卸下了千斤重担，在准备晚餐的时候，还哼了一曲"走在乡间的小路上"，不过，在清洗他最爱吃的河虾时，我的心还是闪了一下，这又是他的哪一个呢？他们在一起有多久了？一直等到晚上八点整，他还没有回来，我就把花红柳绿的一整盘河虾全部倒掉了。中央一台的晚间新闻主持人说"再见"时，他终于进了门，一边换鞋一边说，你回来了？然后他去洗澡，我像往常一样把浴巾吹得微微发热，递给他。上床了，我们打开各自的床头灯，各自捧着一本书，直到各自被书带入梦乡。

十二天前的那个晚上，我说，都世纪末了，再过三个月，新的世纪就要到了，我想出去走走。他没有抬头，继续耷拉着眼皮，在菜盘里扒来扒去，最后终于用筷子尖儿挑起一根细细瘦瘦的肉丝，放进嘴里，然后将它烙烧饼一样烙了好一会儿，才面无表情地吞了下去。我只好挪开眼睛，看向对面米白色的墙壁。

米白已经被一层淡淡的暗黄覆盖了，就像女人的脸上长出了斑痕。究竟是从什么时候开始，我不再清扫墙壁了呢？记不清了。更不知是从什么时候开始，我变得十分慵懒，而且总是恍恍惚惚的。不过这样也挺好，至少我能够稳稳当当坐在他的对面，安安静静地等待他对我精心烹调出来的一日三餐，表现出味同嚼蜡、漫不经心、可有可无的样子。好久好久以前并不是这样，那时我经常会在餐桌前激动不已，要么督促他大口大口吃菜，要么干脆将菜盘端起来，往他碗里分拨，我们常常为此争执不休，甚至吵架。后来我们不争了，当然，主要原因还是在我，我不再盯着餐桌、盯着他，而总是把眼睛挪向餐桌以外，比如沙发、窗台、电视机什么的。看来看去，我还是觉得看墙壁最好，沙发窗台电视机等，都有着各自十分显著的特征，不太容易让人长时间地集中注意力，看墙壁却不同，它很快就让我将蠢蠢欲动的情绪清洗成一片空白或似是而非，每一次，只要望向了墙壁，我就能够一动不动地坐着，直到他吃完饭站起来，走向沙发，这时他的身子必然会截断我的视线，遮住那面墙的某一部分。于是，我就会把目光调回到餐桌，开始收拾碗筷，捡盘抹桌。

　　说实在的，应该感谢他，当初装修房子的时候，是他一再坚持要简洁简洁再简洁。我曾吭哧吭哧地买回一些花瓶、壁画以及流苏挂饰什么的，打算好好地附庸风雅一回，把家弄成个带点小资情调的风情园，可当我踮起脚，正在卧室的门楣上装贴粉色心形粘钩时，他的胳膊就伸了过来，不由分说地摘下粘钩，并转身将它扔进了垃圾桶。我说，干什么？他说，装修时我就强调过了，简洁！还要我再重复吗？其实我非常渴望他再重复地跟我说一次，不，多少次都行，家庭不是办公室，妻子也不是秘书，啰唆与重复才是生活最日常的状态，即便有时两个人因重复而吵嘴，那也不是真生气，而是撒娇，是装痴顽，是故意耍无赖。假如没有重复，没有絮叨，没有争吵，那就意味着这个家没有了琐碎，没有了关爱，没有了温暖。所以我喜欢他的重复。但他不。比如，关于房子的装修，他从来就言简意赅，说一不二，现在看来，还是男人高瞻远瞩啊，简洁就是好，特别是简洁的墙壁，它让我的视线有了妥善的安置，让我的思绪变得简单、单纯、纯净。

　　可是，在洗洗涮涮的过程中，锅碗瓢盆的交响曲使我的头脑再一次不安分起来。真的不能怪我，我说过的，有形式有内容有自己显著特征的东西，总是让我分神，让我的思想涣散，思想一涣散，各种各样的情绪就滋生了。还有对面三楼的那对老夫妇喂养的鹦鹉，又开始向他们报告说"电话"了。那只鸟笼就挂在一株蓬蓬勃勃的葡萄架下，葡萄架恰好对着我家厨房的窗户，我只要往洗菜池前一站，就能看见那只鸟笼和那只长着黑羽毛的鹦鹉。鹦鹉是从什么时候开始说"电话"的呢？我完全不记得了，反正每天早上和晚上，它都会反反复复地向老夫妇俩报告说"电话"。它的声音脆脆的，听起来饱满多汁，像晶莹的葡萄，而且，说到"话"的时候，先是略微扬起，然后再拐个小弯儿一路往下，最后才缓缓收住，真正的娇声欲滴、余音袅袅。老头经常会站在鸟笼前，扶着葡萄架，听它说一句"电话"，马上跟着说一句"电话"，用粗粗的男中音拖腔拖调地说，嗲声嗲气地说，似乎是决心要把男声练成女声，有时说着说着还把手伸进笼子里，摸摸鹦鹉。每当这时，鹦鹉就停止了它的报告，一切顿时安静下来。

今天老头还没出现，只有鹦鹉在独自有一搭没一搭地说着"电话"。我不可避免地、再一次想到了"女人"这个词。想着想着，我甚至都忘了解下围裙，就走到了沙发前，挡住了五彩缤纷的电视画面，再一次盯住他的脸说，我想出去走走。这一次，他抬起了头，认真地看着我。他有一双大大的眼睛，双眼皮，眼睛里面总是湿漉漉的，像深不可测的湖泊。当初，他就是用这个湖泊，一次又一次，静静地，像镜子一样地照着我，照着照着，我就找不着北了，就混淆了湖泊与镜子的区别，就忘记了自己并非一只鸭，而最多只是一只类似于鸭的飞禽而已，沾上水就等于失去了飞翔。两个月之后，我像飞蛾一样，奋不顾身扑向了湖泊所折射的光亮里。果然，自从我扑进去之后，就再也没能拍打过翅膀。

一直也没想过要拍打。可不知怎么回事，现在我有了拍打的愿望，而且这个愿望还越来越强烈，可能是羽毛太湿身子太沉的缘故吧。他肯定是看出了我这种想要拍打的企图，过了好久，他才说，你知道的，郑局很快就要退休了。对他这种过于防患于未然的态度，我越来越愤怒，愤怒这里面所包含的不可言说的侮辱，愤怒以前自己的无知、愚钝和不反抗。我说，你一直都把我当作什么人在防备着？我出去走走就意味着要影响你的前程？就一定会发生你所想象的那些卑鄙龌龊的事儿？那为什么你不想一想你自己？我其实还想说一些更讨人嫌的话，借此撒撒泼，挑起战争。可惜的是，很快，他就重新用眼皮覆盖了那汪湖泊，并且适时说道，那随便吧，不过，希望你小心一些，好自为之。

我只好悻悻然闭了嘴，还能说什么呢？就像楚汉之争，当项羽企图以烹煮刘邦之父来要挟刘邦时，没想刘邦那小子却说了一句让天下人都彻底泄气的话："则幸分我一杯羹。"当铁拳遇到的不是钢牙而是早已空无一物的黑洞时，那能怎么办呢？赶紧灰溜溜地收手吧。

二

我选择了西行，选择了跟团。外面的世界虽然很精彩，可多年的全职太太生活，早已让我丧失了独自体验精彩的能力和勇气，随众虽然无奈，但至少算得上是为"小心"而采取的一个必要的措施吧。

这样的长途旅行，在婚后，还是第一次，从女儿秦如意出生的那年开始，一直到秦如意高中毕业，我走过最远的地方，就是谷穗县城，而且每次都来去匆匆，在父母家最多待一天就打道回府了。其实，县城距我所居住的城市，也不过两百多公里。去年秦如意上了大学，我算是跟着秦如意和她爸出了趟远门，这个远门，路线也相当单纯，无非就是从家里到学校，再从学校返回家里。这么多年，有没有出游的机会？有，而且有不少，但都没能成行。秦如意她爸说，别人请的，你万万不能去，我们自己呢，特别是一家人一起，也要尽量少出去，免得遭人闲话。我不得不承认，有关家庭重大事项的决策，男人确实比女人更清醒，更理智，站得更高也看得更远，他考虑的永远是影响、前途和命运，我却想不到这些，我想到的只是他和秦如意的一些生活琐事。比如，我要是出门了，就总会揪着一颗心，春天，他俩能喝上营养全面的靓汤吗？夏天，秦如意会不会中暑？秋天，他的胃病犯了怎么办？冬天，秦如意的鼻炎会不会加重呢？还有，如果秦如意的学校要开家长会呢？家里的清洁呢？洗涮晾晒呢？双方的父母如果有事情呢？等等。这么想来想去，即便排除他经常出差的客观因素，无论春夏秋冬的哪一季，不，应该说一年的三百六十五天，哪一天我也出不了门。谁说不是呢？与其揪着心满世界地跑，还不如放下心，老老实实尽一个家庭主妇的本分。我得坦白，我不出游，仅仅是从让自己放心这个自私的角度出发，而没有考虑其他因素。而且，更应该坦白的是，自从秦如意她爸当上城建局副局长之后，我就逐渐地、缓慢地、自然而然地减少了想到他的次数，以至于到后来，竟基本没有想到过了。因为他太忙，在家的时间太少，不，这么说也不对，应该说，他和我碰面的机会太少了。他出差的日子自不必说，在他没有出差的时间里，每天早上，他出门上班时，我正在送完秦如意上学的返程路上；晚上，他到家时，我已经进入了梦乡。像本文开头所叙述的餐桌前的盛况，仅仅是两三个月一遇的某一个周末而已，至于说到吃饭时的争执和吵架，那早已是搬进新家以前的事儿了。

坐在开往兰州的火车上，我还是没想到他，也没想到秦如意，天地良心，不是我不愿意想，确实是因为顾不上想他们了。在西部高原上，火车就像一匹野马遇上了广阔的草原，忍不住四蹄欢腾鬃毛飞扬了，似乎只有风才能够追得上它的脚步，这样的飞驰一下子就吻合了我内心的渴望，积攒了很久的渴望。我简直目不暇接，那些等待收割的玉米、高粱、大豆，像大海的波涛，一浪接一浪，不停地灌向我的眼睛，还有匍匐在地的红薯藤，蜿蜒曲折，枝枝蔓蔓，伸展得无比自由散漫，好像借了大地的胸膛，它们就可以肆无忌惮，就可以睡到地老天荒。多么令人感动的景象！庄稼与土地，不就是男人和女人吗？因为互相渗透互相滋养互相依附，彼此才会意气风发，才会生机勃勃。

更多的是风。风吹着火车道旁的野草和树木，吹得它们似乎快要扭断了身子，风也吹着我，因为我一直霸占着过道的那扇窗户。我的身子与火车前进的方向一致，脖子却尽可能地扭向窗户，这个姿势让我对车厢内的人和事置若罔闻。导游小唐曾经来和我打过两次招呼，一次是来查看我和我的行李是否都已经放置妥当，一次是领了一个男人过来，同时领走了那个严重发福的中年妇女。在上车前，分发火车票时，小唐曾征求过我们的意见。她说，现在我手里的票有二十张在十车厢，还有两张票在五车厢，有谁愿意跟我住五车厢？有人说，那不成，唐导你应该住在队员多的地方，有什么事好找你的人。大家纷纷附和，认为这个建议特别合情合理。小唐的嘴角倒是装满了笑意，眼睛却开始一个挨一个地扫描，扫描到我时，我说，我愿意住五车厢。小唐拿出名册，对照着问，您是？李想……阿姨？我点头。站在我右边的女人看了我一眼，说，那我也住五车厢。小唐立刻将车票递了过来。那个女人和我几乎同时伸出了右手，我看见，属于她的那只手，竟戴了四只样式各异的戒指，似乎也正是依靠这些不同的戒指，才得以隔开她那一根根肥白的手指，而我的手指不仅精瘦无肉，且根根都光秃秃的，像架不住鸟窝的枯树枝，一下子就显出了山寒水瘦的本相。

　　小唐领着那个男人走过来的时候，我正在削一个苹果，因为削削停停，眼睛也很少落在苹果上，所以凡是刀子走过的地方，就留下了一些小坑小洼，苹果皮也断了好几次，一截一截的，散落在金属托盘里。其实我是一个削苹果的高手，这一点，就连秦如意也是首肯的。秦如意曾指着电视机里家庭比赛削苹果的画面，用浓重的鼻音"哧"了三声，说，就这水平也能比赛？要是让我老妈上，保管他们个个都晕菜，最后都会拿刀削自己去。秦如意的表扬自然是夸张了些，不过，也不能否认，无论什么事情，就怕专注，算一算，自打秦如意出生后，我已经专注地待在家里洗衣、做饭、打扫卫生、削各种五颜六色的水果整整十九年了。然而，当火车飞驰起来时，当未知在远方向我招手时，十九年的专注立刻崩溃了，由于我心不在焉，自然就把苹果削得惨不忍睹了。

这不是暴殄天物吗？一个男声响起来。我这才发现小唐和那个男人，他们俩一起笑吟吟地看着我手里的苹果。小唐说，李阿姨，陈阿姨住上铺还是不太方便，她去十车厢了，今晚就钟叔叔住这边了，有什么事儿，直接找我，或者找他，都行的。我空洞地望了她一眼，笑了笑，点了点头。我都已经跨入不惑之年了，好歹也算是有点岁数的人，总不至于弄得像幼儿园的小朋友一样，事事都让人操心吧？小唐抱了一下"钟叔叔"的胳膊，又朝他挑了下眉毛，然后一扭身，走了。走了也就走了，那脑后的一束马尾，却一翘一翘的，跟牛仔裤紧紧包裹着的屁股动作惊人一致。青春是什么？青春就是神采飞扬，头发飞扬，屁股飞扬！飞扬多好啊！如果我不在场，他们也许还要贴一下脸甚至让舌头打一打架的吧？我把笑搁在心里，重新坐下来，看向窗外。

"钟叔叔"在我对面坐下了，说，我叫钟声，同时伸出了右手，可立刻又弹簧似的缩了回去，并噘起嘴唇，向我的手努了努，说，你这样子不像是准备吃苹果，倒像是要拿着苹果去冲锋。我向来讨厌自来熟的人，尤其是男人，自来熟的男人，要么是智商太低，低得茫茫然不知所以，要么就是智商太高，高得虚情假意，要时时处处用语言来掩饰叵测的居心。不过，当我看见自己左手握着苹果右手捏着刀的样子时，还是忍不住笑了一下。

钟声说，对了嘛，不要这么忧郁嘛，你看，笑一笑，明亮多了，一切都活泛起来了。他一边说，一边还装模作样地环顾了一下车厢，目光温和亲切，仿佛这车厢里，连那些床铺、桌椅、货架什么的，全是他的亲人。我感觉到了他的夸张，但没有觉得讨厌，相反，似乎还莫名其妙地受到了感染。我说，我叫李想，不过，我要声明的是，我一点儿也不忧郁，旅行让我特别愉快。他哈哈笑了，说，眼睛是心灵的窗户嘛，一切动物的眼睛都逃不脱优秀摄影人的捕捉。这话有点伤人了，而且相当自大。我说，真正优秀的摄影人，从来就不是卖瓜的王婆，何况，当局者迷，再优秀的摄影人，也不过是动物中的一分子。他又哈哈笑了，说，你真是敏感，好吧，我道歉，可以吧？我说，对不起，我午觉去了。他也站起身，说，你连午饭都不吃吗？走吧，我请客。他做了一个去餐厅的手势。我摇摇头，向洗漱间的方向走去。

我清洗了水果刀，把苹果和苹果皮一起投进了垃圾桶。苹果在垃圾桶里发出"咚"的一声响，沉闷而短促，我突然想起"暴殄天物"，心里不由得惊了一下。也许是快要到下一站了，火车一步三摇，吱吱咯咯的，摇篮一样，瞬间就将我刚才的心惊摇得烟消云散了。在车厢与车厢的连接处，透过竖向的玻璃窗，我看见一些人家的门前，有高大的绿色白杨树，有低头拱泥的黑色猪娃，有态度雍容甩着尾巴的大黄牛，还有白色和灰色的鸡鸭在互相追逐。一切都变得立体了，我喜欢这些有形有色有情有味的事物，而且，我承认，快速只能带来一时的欢愉，自己所钟情的，其实仍然是慢节奏。

也真是奇怪，没上火车前，我是渴望的，可是，上了火车之后，一直牵着自己视线的，却仍然是火车之外那些一闪而过的事物。我一时竟忘了睡午觉的事儿，也不知靠着玻璃窗站了多久，直到穿着制服的列车员经过。他大声说，又不抽烟，站在这里干什么？不知道这里很危险吗？

只好回身走人。一转身，却看见钟声就在对面的那扇玻璃窗前，夹着一支烟，一脸的坏笑，我这才发现，这个人，不笑时还行，一旦笑起来，可真叫个难看，从脸部轮廓来看，他原本属于天阔地方的类型，然而由于面部过于消瘦无肉，以至于嘴一咧开，嘴角就几乎要扯到耳朵边上去了。我握着刀子，瞪了他一眼，径直往前走。究竟是我过于专注了还是风的作用，怎么竟没有闻到烟味呢？他却分明听见了列车员对我的训斥，真是见鬼。他在我身后喊道，哎，都一个团的，不要那么不友好嘛，我还在等你去餐厅吃饭呢。切，你算哪门子好汉？哪怕是满汉全席呢，我也不会跟你去。我在心里对他直撇嘴。

三

我是被一声大哭弄醒的，紧跟着就有尖叫声和奔跑声传来。探出头去，我这才看清，哇哇大哭的是一个四五岁的小男孩，一个头发染得红红的女人，看样子是他的母亲吧，正蹲在地上，一只手捏着男孩的食指，另一只手挥动着刀子，仰着头喊，谁的？到底是谁的？啊！褐色的刀柄，刀片渐走渐窄，至刀尖处呈三十度的弧形。那不是我的刀吗？它居然伤了人？我不是将它套进了刀鞘放在托盘里吗？来不及多想，我赶紧溜下床。由于踩空了最后一步梯子，整个人差点摔倒在地，虽然我本能地抓住了中铺的铁栏杆，可还是有了要扑过去的意思。红头发女人反应奇快，她放开男孩的食指，一把环住他，往后倾过去。总算还好，我们最终都控制住了自己的身体。一时安静异常。我感觉到那个女人在死盯着我，还有周围一些陌生人的目光也像标枪一样，扎在我的身上。我没敢接住那些目光，只敢低着头，看着自己的脚尖。其实我很想走过去看看男孩食指上的伤口。这么想着，我就抬起了头，把脚往前挪了一步。女人立刻把刀往后举高了，高得都超过了男孩的头顶，看起来像是男孩的头发丛中长出了一片亮晃晃的金属。我觉得这个样子实在太危险，一时竟忘了羞愧，连忙说，快放下刀。女人喊，怎么，还没个说法就想把它抢走哇？没那么容易！我说，实在对不起，我是放在托盘里的，没想到……对不起？对不起值几个钱？看样子你也吃过不少盐了，这样的凶器能放托盘里？怎么连起码的常识都没有？我看你扛在肩膀上的那颗脑袋跟你那双大眼睛一样，全白瞎！女人声音高亢，语言铿锵，气势逼人，一下子就把我想解释的话全部歼灭掉了，我一个字也说不出来，更想不起来还应该说些什么，我肩膀上的那颗脑袋果真成了像她说的那样，全白瞎了。我只看见那个男孩，他的食指还在往外渗血，而且他看起来跟我一样茫然，似乎都忘记了疼痛和啼哭。他究竟被我那把该死的水果刀伤到了什么程度？我扭过头，看向那些瞧热闹的观众，打算向他们讨借一片创可贴或者其他什么止血的药品。

钟声突然出现在人群的外围。他一边问，怎么了？一边对人群说，请让一下，请让一下。我立刻觉得委屈得不行，眼睛竟有些模糊起来，就赶紧重新望向小男孩。他从我身边经过时，顺手把水杯递给了我说，拿着！口气里有一种令人感觉温暖的理所当然。他几步就跨到了小男孩的面前，蹲下身子说，来，勇敢的小伙子，让叔叔看一下。女人警觉地问，你是她的什么人？钟声像没听见一样。他放下小男孩的手，望着他的眼睛，十分认真地说，叔叔向你保证，马上就不会痛了，血也会止住，然后起身从货架上取下了他的包。那是一个大得出奇的背包，军绿色，包上布满了大大小小的口袋，他从一个侧边的口袋中，掏出了一把棉签、一小瓶药水和两个创可贴。药水涂上男孩的食指后，血红立刻变成了黄色，钟声又用棉签蘸去了伤口旁多余的药水。就药水涂抹和创可贴交叉使用的情况来看，男孩的伤口应该是从指肚向指背延伸的斜长形，伤得可能不算太深，我不由得暗暗舒了一口气。钟声朝男孩挤了挤眼睛，说，叔叔会变魔术，是不是？男孩使劲点了点头。

女人说，就这么完了？钟声说，请赐教。女人大约不知道这几个字是什么意思，也或许是因为太明白而听出了钟声嘲弄的意思，她恼怒地叫道，我儿子都流血了，流了那么多的血，你看不见吗？流血是小事吗？你说，流血是小事吗？钟声咧开他那张大嘴笑了，说，我认为流血绝对不是小事，所以我才赶紧处理伤口，而不是站在这里无理取闹。无理取闹？你说我无理取闹？照你说的，弄伤别人，还占了理了？女人挥舞着我那把该死的刀，怒不可遏。

我想我应该了断这件事了，就打开了随身携带的包。没想到钟声比我快，他从他那条同样多口袋的裤子里掏出两百元，递给女人，说，小妹，真心跟你提两点建议：第一，以后出行，一定要看紧自己的孩子；第二，如果孩子受了伤，先处理伤口。先用这点钱给孩子买点小零食吧，转移一下他的疼痛，如果你觉得不够数，现在就告诉我。女人愣了一下，继而头一昂，接过了钱。人群发出了唏嘘声，渐渐散去了。

钟声没有缩回手，就继续那么伸着，一副嬉皮笑脸的样子，说，小妹，现在能把刀还给我了吧？女人扭过身，把刀扔在金属托盘里。

钟声把刀子拾起来，望着我说，舍不舍得送个水果给我吃？我把苹果和两百元人民币一起递给他，他犹豫了一下，叹了口气说，你看看你这个人，太认真了不是？人一旦太认真了，就没自由了，没自由了，也就没趣了。好吧，这钱我还是收下，否则你会不得安宁。他把两百元随手塞进裤袋里，接着说，原以为帮了你一把，我就可以享受享受高级水果，原来只有苹果吃，太不划算。算了，不吃了。我正打算张口请他晚餐，小唐却来了。

小唐说，走，钟叔叔请我吃晚饭去，一边就拽钟声的胳膊。钟声的身子歪了一下，又迅速站直了，板着脸孔说，嗯？为什么要我请？说个一二三四。小唐想了想说，一，因为你是我叔叔，二，因为你是我叔叔，三，因为你是我叔叔，四，因为你是我叔叔。钟声的大嘴又咧到了耳朵根，说，你个死丫头，一天到晚搜刮你钟叔叔。他的眼睛朝我眨巴几下，说，一起去吧？我摇摇头，他俩嘻嘻哈哈地走了。

活泼的空气立刻消失了，沉寂再度卷土重来。虽然车厢里也有人在说话，但似乎都小心谨慎，模糊不清，让人感觉疏离而遥远。我想起我的女儿秦如意，她什么时候跟她的父亲，有过像小唐与"钟叔叔"一样的亲密无间呢？没有，从来没有。秦如意跟我撒娇或者说些潮流语言，也是趁她爸出差的时候，或者每天在接送她的路上，她会跟我讲一些学校、老师或同学之间的事情，也会爆发出无邪的笑声。但一回到家里，一见到她爸，她就立刻变得坐有坐相，站有站相，吃饭不喝水，喝水不出声，笑容也随之消隐不见了。虽然她的学习成绩从来不令人担心，可是，她的这种早熟却令我不安，似乎她过早拥有了对人生或命运的某种认知。究竟是因为她爸眉头喜欢常年挂着一把锁，还是因为……想这些做什么呢？天色已近黄昏，明天一早就到兰州啦。一想到兰州我就激动莫名，那里是黄河的上游，有黄河之水天上来，而不会是现在我所看见的瘪瘦干涸的黄河。

然而，抵达兰州后，我们首先看到的并不是黄河，而是一座寺庙。依照导游小唐的解释，是要把大家伙儿对黄河的感情酝酿成黄河水一样波澜壮阔。有个矮矮的中年男人立刻接话道，那不就是黄了又黄嘛。人群一阵哄笑。这是一群快活的人，那一瞬间我很恍惚，以为自己这只忘记了拍打翅膀的飞鸟，终于找到了曾经失散的队伍。

进寺庙之后，凡是有进香拜佛的地方，我都会奉上一炷香，这种行为其实跟信仰无关，仅仅是出于一种尊重。经过一个佛堂时，一个小方桌的上面放了一个抽签盒，一个小师父安静地站在它的旁边。我心里陡然一动，就走上前去随手抽了一支，是四言诗，最后一句是"雁落平沙梨花雨"。我请小师父帮我看看，小师父摆摆手，又在胸前合了一掌，那意思是不用解释，抽不抽由你，信不信也由你。大雁本是空中飞翔之物，为什么会"落平沙"？还"梨花雨"？梨花雨不是暗示着伤心之景吗？雁、沙、花、雨，这些组合在一起，究竟是什么意思呢？又意味着什么？我的直觉告诉我，不管是什么意思，它肯定不是一个好意思。我远远地落在了队伍的后面，脑袋里面总是翻腾着这句诗。

钟声说，你是信女？他不时举着炮筒一样的照相机，拍来拍去的，这时已经追上来了，有些气喘地问我。我说，知不知道"雁落平沙梨花雨"是什么意思，他哈哈一笑，说你抽签了吧？那玩意儿翻来覆去就那么几句话，不是平沙落雁就是虎落平阳，你一高级知识分子，还信这个？不至于吧？

一时发窘。且不说信与不信，似乎这样的话一出口，在见多识广的钟声面前，就暴露了自己的浅陋与无知。我紧走几步，决定去追前面的队伍，与他拉开距离。他却喊住我，让我看他刚刚拍摄的照片。他把相机挂在我的脖子上，一边指点我翻看。他呼出的气息偶尔会贴着我的左脸爬行漫延，温暖而湿润，竟无端让我想起雾气凝结的蛛网。哦，一棵有些扭曲的树。台阶。廊檐。小亭中的石凳。落在草地上的小鸟……好像还有很多。每一张我都似乎刚刚看见过，可又似乎不完全是这个样子的。钟声用相机表明，他确实拥有一双不同于常人的眼睛。他收起相机的时候，我偷偷瞟了一眼他的眼睛，单眼皮，眼线细长且分明，眼珠黑亮，有一种藏而不露引而不发的智慧感。

我发出啧啧的赞叹。钟声说，这算是很平常的了，以后有机会，我会让你看更多的照片。其实，仔细想一想，那些不言不语的东西才是最真实最可信的，而不是被人类语言说出来的部分，特别是经过修饰被当作商品出售的文字，就更不用说是彻头彻尾的欺骗了。

我承认他说的有一定的道理，同时也对他这种不露声色的关怀充满了感激，至少，他是在帮助我排遣刚刚因抽签而引起的不痛快吧。但我也不能完全赞同他的观点，照此推理，知识、文化、语言等被人类所尊崇的一切还有什么意义呢？现实却是，我们所接受的和所认为具有无上价值的，恰恰是通过文字这种普遍的媒介，得以传承或者留存下来的，难道说人类天生就生活在欺骗中，不是喜欢欺骗就是喜欢被欺骗？这未免太荒谬了吧。

我不能说出这些，也不敢说出这些，我是一个家庭主妇，即使我能够进行第一轮的辩驳，之后呢？之后我仍然会陷入口齿锈钝的尴尬之中。幸好他没有继续理论下去，他给小唐打了一个电话，说，我和李想先去看黄河了。我十分惊愕，他怎么能替我做出决定？再说了，跟队伍在一起和跟他在一起，安全感是完全不一样的。我还没来得及张口，他就抓起我的右手腕，奔跑起来，一边大声说，我们要快点，要赶在他们到达黄河岸边之前，从黄河上走一个来回。我什么都说不出来，风在耳边呼呼直响，衣服飒飒有声，我的头昂起来了，我的长发飞起来了，我的手腕有点轻微的疼痛，正好感觉到他的力量和手掌的温热潮润。他的霸道阻止了我的犹豫，当我们坐进计程车，剧烈的呼吸逐渐平静下来时，我发现自己已经在开始回味刚才突如其来的一切了。

四

我们坐上了羊皮筏。两个头缠白毛巾看不出年纪的撑筏人将我们渡过了黄河，然后又渡了回来。我真的横渡了黄河，虽然是借助羊的皮囊，但至少我被黄河之水打湿过身子了！十年修得同船渡，靠岸的时候，我都有了请两个撑筏人、钟声和我四个人一起合影的冲动，可惜这时我们的队伍来了。

有人冲我们大叫，好哇，你们俩撇下我们，原来是偷渡来了。虽然许多女人的惊叫很快就淹没掉了这个声音，但我的脸还是腾地热了。女人们的惊叫源自黄河。也许是看惯了长江的逶迤，乍见黄河的雄壮，一下子就暗合了女人们的某种潜意识吧，只见她们先是张开双臂，做出拥抱黄河的姿势，接着又争先恐后地将身体扭成 S 状，跟黄河合影。我也很激动，也想大声呼喊，如果可以，我甚至想泡进黄河里，可这些过于直接的表达我一样都做不来。我侧面向着它的来处，这才真正感受到黄河的雄浑与壮阔，根本无法用人类的语言来形容，能穷尽它的，只能是黄河它自己。而刚才的横渡，其实是浩大的风覆盖了我一切的体验，只有站在岸上，安静地站在岸上，才能真正看见黄河之水是怎样地滔滔而来，又是怎样地滚滚而去。

是不是正是它这种无拘无束的雄性气势吸引了每一个女人呢？我想起昨天一路所过的地方，那里的黄河到处都是裸露的河床，偶尔在低洼处有那么一两摊水，却早已是失去生命的死水了。然而，这里的黄河并不知道，当它继续往前奔流的时候，奔向的却是幻灭与虚无，兰州这个地方，是它自由与欢腾的天堂，可同时，也许是它作为一条河流的终极墓地。

钟声说，比水自由的是风。这话是在离月牙泉不远的一处沙丘上说的。他指着沙丘脚下的那一汪月牙形的水说，你看，无形的风搬来沉重庞大的沙群，将能够穿山凿石的水都困住了，可见，无形的东西往往具有更强大的力量，因为它比有形的东西少了羁绊，多了自由。他还端起相机，让我张开胳膊，把印有飞天图案的丝巾举过头顶，做出飞翔状。他说他要看一看风的样子。我说想不到你跟风一样有恶毒的一面，风通过沙困住了水，你通过我固定了风，这算什么事儿呢？他连连点头说，有理有理，物物相克嘛，你太强大了，把风都给困住了，我宣布，我刚才的无形论作废。

我依他说的摆了几个姿势，他一气拍了好几张，拍完了，他走过来说简直绝美了，要和我一起飞一次。我以为他是要和我一起跟刚才一样站着做飞翔状，就说，这样不好吧。他歪过脑袋，两只手半合着，一边做出倾听状，一边说，你说什么？风太大了，听不见。我又说了一遍，他依然说风太大了，听不见，依然两手半合着，头却更歪了，有几缕头发都拂上我的脸了。我觉出了他的故意，就转过身往下走。他突然从后面一把撑开我的双臂，一边用身子推着我快速奔下。我完全失去了应有的反应，一切似乎都消失了，只剩下了惯性，我们成了双人整体，向下冲去，风在呼呼地吹，鼓荡着纱巾，撕扯着我们的头发和衣襟。冲到沙丘底部时，钟声猛然放开了手，我一下子向前扑倒了。倒下的那一刻，我本能地仰起了脸，还好，总算嘴里没有吃进沙子。钟声就着沙丘的坡度，向后半仰半躺着，指着我，大笑不止，笑得手指和声音直打战，说我就像一只奋力挣扎的蝗虫。我十分恼怒，一骨碌爬起来，抓起一把沙子劈头盖脸地撒向他。他双手遮住脸，边笑边说，姑奶奶请息怒，请息怒，小生这厢有礼了。说罢突然收住笑容，肃了脸，双手合掌在胸前，由于他的两条腿一直叉开着，而且半埋在沙堆里，他没办法大幅度弯腰，只好鸡啄米似的连连点头，点一下，我撒在他头上的沙子就掉下一串，我也忍不住哈哈大笑起来，笑得眼泪都流出来了。

大约是小唐对钟声特别放心吧，在接下来的行程里，她似乎完全忘记了掉队的我们。钟声一路走一路拍，好像也忘记了要去追赶队伍，我更是乐得悠闲自在，跟着他，仔仔细细地欣赏一些被游人们忽略了的风景。没有了导游的催促和队伍的推动，时间终于慢下来了，在这种缓慢的过程中，有时我们会在一棵古树前驻足，有时会在一幅壁画前沉默，有时会面对一些介绍性文字发表各自的看法。我渐渐失去了时间的存在感，一直到游完莫高窟，到达敦煌市区时，我才恢复了对时间的知觉。

已经是傍晚了，色彩缤纷的灯光灿烂夺目，装饰着街道两旁的每一棵树，以至于它们似乎失去了身为植物原本应该具有的生动和气韵，极像是一种虚幻的布景。相比之下，街道两旁的小店倒显得特别真实，彩塑、蜡染、工艺字画、工艺骆驼、手工地毯、水晶石眼镜、木板刻画、一些难辨真假的古董……极为丰富的敦煌特色物品，生生地拽住了我的目光，我完全迈不动脚了。钟声却不以为然，他说，明天你跟着团队一起出来再买吧，那样会更安全。这是什么意思呢？明明到处人潮涌动，灯光明亮，繁荣得跟白昼一样。

我暗笑他找了个无比拙劣的借口，男人一般都不爱逛街，看来钟声也不例外。我走进了一个自由贸易市场，这是一家百褶裙专营店。老板娘是个中年妇女，高高胖胖的，五官十分突出，胸部十分丰满，看起来像电影中严重发福的俄罗斯大娘。我相中了一条湖蓝与桃红相间竖条纹的半身裙，想试一试。老板娘并不十分热情，她狐疑地打量了一下我，然后举起金属晾衣竿，取下那条裙子，直直地递过来。我犹豫了一下，可还是没抵挡住诱惑，就走到布帘后去试穿。穿上身，我才知道，这条裙子根本不适合我这样的女人穿，真叫个又宽又长，宽得足以装下三个我，长得要提到胸部以上才能勉强不遭受鞋子的蹂躏。可我是多么喜欢这条裙子啊，大胆，热烈，风情万种，假如它是合身的，穿上它，一定可以演绎出吉卜赛女人的味道吧。钟声突然在我脑海里晃荡了一下，就像一阵风卷过静止的树叶。把裙子还给老板娘时，我的脸颊微微发烫，原来自己的骨子里，确实一直潜藏着不安分的因子。

从这家店的侧门出来，就进入了一溜专营夜光杯的店铺，我不禁眼前一亮，葡萄美酒夜光杯，多么诗意盎然！这些小小的夜光杯携带方便，而且色彩丰富，匀滑细腻，令人爱不释手，作为礼品送人应该很不错。我的眼睛被它们粘住，简直不能自拔。我挑了四只，比较了一下，觉得都挺漂亮，可一看标价，都在两百元左右，出于习惯，我想还是要货比三家才好，于是将它们放下，说了声"谢谢"，侧身离开。

不行，你必须买！我这才抬头看向店主，这一眼不看还好，一看简直让我心惊肉跳，一个留着寸头的年轻男人，在斜睨着我的眼睛里，分明散发出刀锋一样的光芒！我赶紧垂下眼睛，抬脚走人。没想到他比我更快，双手一推，活动的玻璃柜台一下子就横在了我前面几步远的地方，然后他又从容地绕过柜台，屁股一撅，柜台便准确地回归了原位。他逼视着我，向我走来，走着走着，手里突然就亮出了一把刀，刀尖呈宽宽的月牙形，刀刃横着，寒光闪闪，好像随时就要切过来。我动弹不了，却本能地发出了一声令我自己也无比陌生的尖叫，同时用双手捂住了脸。

立刻有很重的脚步声急促地奔跑过来，有人挡在了我面前。多少钱？啊，是钟声。我慢慢放下手，睁开眼睛。那个凶恶的男人伸出左手食指晃了晃。钟声极快地掏出一沓人民币，数出一千元，举着钱说，请你把刀收起来。那人一边接过钱，一边按了一下刀柄，就在刀往回收缩的一刹那，刀尖剐在了钟声拇指内侧的大鱼际处。钟声弹簧似的甩开手，嘴里长长地"嘶"了一声。我捉住他的手，使劲按住那道伤口，也许是太深的缘故，血并没有马上流出来。钟声用左手在裤袋里掏了一会儿，掏出一个创可贴递给我，说，嘿，怎么还在掉眼泪？来，帮我贴在这儿，对，这不就解决了嘛，我又不是那个小男孩，你也不是小男孩他妈，哪有那么脆弱？你就当是送了个永久的纪念品给我好了。我越发控制不住，几乎要抽噎起来。他抓起那个男人摆在柜台上装有夜光杯的纸盒，顺势用左臂环着我转了个方向，推着我走出了市场。

我说，我们去医院吧。由于惊魂未定，我的声音听起来飘飘忽忽的。钟声环住我的腰，半拥着我，我的左耳听见他剧烈的心跳。他扳过我的脸，不说话，只是用左手拇指轻轻抚摸我湿漉漉的睫毛，一遍又一遍。我闭上眼睛，不敢看他，心里的期待和紧张纠缠着一起上升。良久，钟声长长地叹了一口气，放下手说，回宾馆去。我松弛下来，却又失望莫名。

五

想一想，一路行来，在敦煌的这一天算是我们待在一起时间最长的了，如果不是他正式帮我拍照，这最长的一天也许就永远不会存在。他一直都很忙，忙着为我们的队伍照大合影、小合影，忙着乐颠颠地为每一个人拍个人秀，当然还要忙着拍摄他自己的作品。有好几次，我看见他从老远的地方跑过来追赶队伍，气喘吁吁，脸上淌着汗珠，脸色也异常难看。所以，第二天，当我们抵达乌鲁木齐的晚上，当他说要带我去看照片时，我还以为是要去欣赏他这一路的摄影作品。

离我们住宿酒店不远，对面右侧的那条街上，"天街小雨网吧"六个字，不停地交替闪烁着橙红、芥末黄和果绿三种颜色，很是醒目。钟声说，照片要在电脑上看，才能看出更好的效果。可是，各式各样的车辆像一道滚滚的河流，把我们隔在了街道的这边。好不容易出现了断流，还没等我反应过来，钟声就一把抓起我的手腕，奔跑起来。风在耳边呼呼直响，衣服飒飒有声，我的头昂起来了，我的长发飞起来了，我的手腕有点轻微的疼痛，正好感觉到他的力量和手掌的温热潮润。一直跑到网吧门口，他才放开手。

果然，照片基本都是西行的这一路他所拍下的，人物多是我们同行的队员，更多的是狗、羊、马、骆驼、骆驼刺、酸枣树、沙荆、胡杨等自然界的动植物，还有蓝天白云和人文建筑。看电脑上的全屏显示，确实不一样，我在兰州曾经看过的那几张照片，现在有了更强的立体感，而且他对角度和光线的把握，在电脑上，有了更为明确的展示。更让我惊讶的是，他其实为我拍了不少照片。你看，这一张，你像是在跟一棵红柳握手……这一张，你像是在无比虔诚地瞻仰胡杨……这一张，你像是对白云充满了向往……钟声用左手一张一张地往后翻阅，明显有些笨拙，遇到我的照片时，总要拿黑亮的眼睛看着我，用揣测的语气解说一下。这些他偷拍照片中的我，不是侧影就是背影，偶尔有正面的，也是低着头，似乎在专注于地面的某种事物。我想，这个钟声，无论拍什么，也许仅仅是出于他的摄影需要，或者一种本能的对美的欣赏。不得不承认，他对每一张照片的揣测，都基本与我的心境相吻合。

我突然觉得有些怅然若失，不可阻挡的哀伤像无数细小的水流，一股一股冲击着我。走出网吧，我们站在街边等车，他说他要带我去看看他的朋友们，我说我要回团队。他说，你去这一趟，我保证你会大开眼界，而且我还有一个秘密要告诉你。不容我回答，他眨了眨细长的眼睛又说，你担心什么呢？我又不是狼，我是一只礼貌的狮子，专门保护你的。

车来了，他将我拥上车，替我关上车门，自己却坐到了前排。到了民族大酒店，刚进大厅，立刻就有两个男人迎了过来。陈人杰?! 他怎么会在这里?! 我想躲开已经来不及了，他也看到了我。他拍了一下钟声的肩膀，就径直朝我走来，还张开了双臂。

我往后退了两步。他只好放下胳膊，端着右手说，都多少年了，李想你怎么一点儿都没变？他就一直那么端着手，钟声和另外那个男人都研究似的看着我们，我只好把几个指尖放在他手里。他的手仍然粗壮有力，永远有一种秋风扫落叶的气势。钟声说，祝贺你们，没想到他乡遇故知啊。陈人杰连连点头，说，没想到没想到真没想到，你居然把李想给我带来了，走，先上楼。钟声哈哈一笑，说，什么叫无心插柳柳成荫？这就是。看着他那张鼻端嘴阔的脸，我心里忍不住长剑出鞘。

　　一定是我的表情出卖了内心，钟声贴近我的耳朵说，你知道的，一个人来来往往是很危险的，特别是一个女人，你必须由我护送回去，记住了吗？你先安心上去，秘密马上就要揭晓了。秘密？还会有什么秘密？难道陈人杰不就是他所保守的秘密？即便不是，现在我也对他的秘密失去探究的心情了，可是……我悄悄地看了看他的手，什么也说不出来。

　　电梯在十楼停下了，陈人杰带我们走进了一个棋牌室。一屋子的人，男人居多，却没有人打牌或下棋，人们三三两两一堆，有喝茶谈天的，有摆弄相机的，也有独自抽烟的。钟声咧着嘴，跟许多人拥抱，笑意吟吟。陈人杰却没有，他一直守在我身边，突然他把嘴巴凑近我的脸说，明后两天开摄影年会，大后天就分头行动，我和钟声都去喀纳斯，你也去吧？

　　原来钟声并不是我们旅游团的？他的目标其实是喀纳斯？这么说，他不跟我们一起返回了?！

　　委屈像无边的暗夜，一下子就蒙住了我，我转身就往外走。陈人杰追出来，挡在我的正前方，说，李想你要去哪里？我试图从他的左侧或右侧钻过去，无奈每一次他都准确地堵住了我的方向。他抓住我的胳膊说，李想，我们好歹也相处了一年多，你就一点儿也不念旧情？我可是一直把你放在心里的，你不愿意待在这里，那你说你想到哪里，我陪你。我的眼睛看着走廊的尽头说，请你放手！陈人杰愣了一下，松开手。我赶紧从他的右侧钻过去，快步走向电梯。

　　站在酒店门外，我不知该往哪个方向走，似乎哪个方向都隐藏着不可预知的凶险。我只好站定，等待一辆计程车的到来。看来这个酒店的生意不错，不到两分钟，就有计程车载着客人停在了我面前。陈人杰突然出现了，帮我拉开后车门，手还在车门上方挡了一下。我心里松动了一下。陈人杰在副驾驶的位置上坐下了。我说，思源酒店。司机一声不吭，像沉默的深井。陈人杰说，那不算太远嘛，其实我可以送你，我的车就停在这里，可……他把后面的话咽下去了。我得承认，陈人杰确实有所改变，搁在二十多年前，他会口无遮拦，把该说的不该说的，非得像吐胆汁一样吐个精光才会痛快。

　　陈人杰一直跟我到了房间门口，我没有邀请他进去，但还是被同房间的柳光秀看见了。柳光秀冲我喊，带你的朋友进来坐啊，不碍事的。我站住没动。陈人杰冲房间里摆了摆手，说，谢谢，我下次再来，请你们俩吃饭。又低下声音说，那我走了，一定记住不要一个人出去走动，明天再联系。我站在房间门口，半侧着身子，眼睛的余光瞥见他下了楼。

　　柳光秀说，你朋友？看样子你朋友很多啊，在这么远的地方都能遇见朋友，真羡慕你。柳光秀三十出头，刚离婚，人不错，快言快语的。在这个团队里，就我和她都是独自一人，所以我们一直"同房"。我冲她笑了笑，取了洗漱用品，进了卫生间。

关上门，我将牙刷含在嘴里，这才想起忘了把牙膏拿进来。我向来不习惯使用酒店里的备品，但现在更不想开门出去，就索性找了个毛巾垫着，坐在浴缸上。柳光秀将电视的声音开得很大，里面似乎在播报本市新闻。我坐了一会儿，觉得有些凉凉的，就站起来，将酒店备下的那种小小的黑妹牙膏打开，漱口。大约是漱的时间太长了，嘴里几乎都没什么泡沫了，牙刷也突然撞到了牙龈上，我这才惊觉。这时柳光秀在外面喊，李想李想，钟声找你。

犹豫了一小会儿，调整好表情，我打开门。钟声似乎正盯着电视屏幕，听见声音，立刻扭过头，两只手交握了一下，又放下来，说，走吧，我请你们俩喝茶去。他右手的伤口显然被他自己处理过了，三个创可贴紧挨着贴成了宽宽的"一"字。我强迫自己挪开眼睛。

柳光秀说，你俩去吧，医生说我不能喝茶。我说，医生也说我不能喝茶。柳光秀急得跺脚，说，哎呀，李想你怎么这样，我说的可都是大实话。我笑着说，我说的也是大实话啊。钟声拿他细长的眼睛盯住我，沉默不语。房间一时陷入了无言的空洞。过了一会儿，柳光秀起身向房门走去，一边说，我有事先出去下啊。我立刻从后面拽住她说，好姐姐，这么晚你去哪儿？我陪你。钟声终于垂下了他的眼睛，说，既然这样，那好吧，李想你能不能出来一下，我有话跟你说。我说，都是朋友，有什么话就在这里说好了。钟声清了清嗓子，说，明天我就不住这里了。声音有些嘶哑。我连忙点头道，我知道的，你们大后天就去喀纳斯。钟声的嘴巴张了张，终究没出声。柳光秀已经坐回到了她的床上，在专心看着电视。电视里，陈佩斯顶着一颗圆溜溜的光头，瞪着眼睛，抖搂着一件衣服说，立白洗衣粉……

钟声关上门，走了，几乎没有发出半点声息。柳光秀挡住电视画面冲我嚷，你这家伙，一贯温文尔雅，今天怎么回事？人家钟声不是说明天就不住这里了吗？你还有时间怄什么气？我像没听见一样，拿起睡衣，转身就进了卫生间。

怄什么气？不能怄气，我们之间什么都没有，既没有说出什么，也没有隐瞒什么，他最后不是让所有的秘密都自然呈现了吗？陈人杰、喀纳斯，这不都是他的秘密吗？所以我们不必纠缠不清。这个酒店的莲蓬头出水通畅，温热的水从我的头顶开始，分成无数股细小的水流，爬过我的全身，我不由得想起黄河之水，玉门关的风，敦煌的飞天，沙漠中的月牙，吐鲁番的胡杨，想起我的那些侧影或背影。可能是我洗澡耗时超长，当我走出卫生间时，柳光秀已经打起了呼噜。我躺下后，又爬起来，取了眼罩戴上，明天，我总不能让我的眼睛肿成两个水蜜桃吧。

第二天，我们的队伍走在乌鲁木齐的大街上，我仍然习惯性地落在末尾，有好几次，有脚步声从后面响起，我以为是钟声突然从哪个地方钻出来了，可是没有，脚步声总是匆匆掠过，甚至连一秒钟的停顿也没有。

晚上六点半才回酒店，进门不一会儿，前台突然打电话来说有人在大厅等我。我的心突突直跳，赶紧照了下镜子，抹了抹头发，往楼下走去。我想象着当我从楼上往下走的时候，钟声会仰着他那张鼻端嘴阔的脸，朝着我笑。可是，等我到了大厅，发现并没有人在等我。前台的服务小姐问，您是李想女士吗？我点头。她端出一束鲜花，放在柜台上，推向我说，有位先生在这里等了一会儿，把花留下了，人刚刚出去。我没有接下花，赶紧跑到门外，却连一个人影也没看见。

我只好折回来。玫瑰浓烈的香气简直让我犯晕，记忆里，我还从来没有收到过如此庞大繁密的玫瑰花。花丛中还放了一张音乐卡片，上面写着：一别多年，我只想请你小坐一会儿，如果可以，你就站在大厅外那棵冬青的旁边。我抬脚就往楼上走，上了几步台阶，想了想，又折回大厅。门右侧的那棵蓬勃的冬青树，被大厅灯光照着，半明半暗，青幽幽的肥硕叶片间隔闪着光，像藏着许多兽类的眼睛。一辆车滑了过来，陈人杰下来了，拉开门，做了一个请的手势。

他这种貌似绅士的做派与他过于壮实的身子其实并不相称，就像两种完全不搭调的旋律被生拉硬扯在一起，不过，我也没觉得多么恶心，我只是想，钟声明天早上，不，也许就在今天晚上就会知道，陈人杰单独约会了他的初恋女友李想。

当陈人杰把我抱上床的时候，我的脑袋里响起了无数个声音，一声赶着一声，一声叠着一声，像模糊不清的蝉鸣，可分明不是"知了"，是什么呢？我不知道。我只知道声音在无限膨大膨大再膨大，将我的每一个细胞都撑到麻木不仁。

最后一刻，是陈人杰的声音让我醒了过来。可我一点儿力气也没有了，只好紧闭着双眼。泪水流进了我的耳朵。如果可以，我希望它能洗净刚才的一切，或者将我整个邪恶的身体全都淹没掉。

六

我和陈人杰最初的交往，纯粹是碍于媒人的面子。媒人是我们单位的副经理，主管金融投资。有一天下班前，他突然通知我，要我准备一下，晚上跟他一起去吃饭。我参加工作不到半年，一举手一投足还是十足的学生味，经济上更是一穷二白，我不知道准备一下是什么意思，更不知道要怎么准备。我就问我们的科长。科长是个四十多岁的女人，据说切除子宫好几年了，嘴巴瘪瘪的，脸色苍白，皱纹满面，说话时，声音又尖又细。她听我说完，什么也不说，光冲我嘿嘿直笑。我不禁浑身起满了鸡皮疙瘩，感觉办公室像一个太监起居所。我冲进厕所，洗了把脸，冷水一浸，头脑就清醒了些，我想我应该抹点雪花膏，换上那件米白色的棉布长裙，我还带上了一块手帕。单位的老师傅们聊天时常常说，跟领导出去，最怕的是陪酒，喝不了的时候，就悄悄把含在嘴里的酒吐在手帕上，或者趁人不注意，直接把酒杯里的酒泼到手帕上。折回办公室的时候，科长下班往外走，我们在走廊里相遇了。她将我上上下下打量了足足三分钟，然后紧贴着我走了过去，同时细细长长地叹了一口气说，年轻就是好啊。热气喷在我的脸上，同时还有唾沫星子，这让我在酒席上老犯恶心，所以晚宴时究竟是哪几个人在场我都没记清楚。

所以陈人杰第二天来找我时，我显得十分迟疑。他说，真是贵人多忘事啊，昨天我们还一起喝过酒的嘛。我说，噢！您是不是要找吴经理？要不我带您去？陈人杰嘴巴张了张，又摇了摇头。当天下午，吴经理把我叫到他办公室，开门见山地说，我昨天就给你介绍过的，陈人杰是工行信贷科科长，人不错，很有才华，前途无量。他父亲是市物资局局长，我建议你还是认真考虑一下。

无须我考虑，陈人杰已经三天两头来找我了，时间一长，在同事们的眼里，我们已经正式确立了恋爱关系。其实，我很少跟他单独出去，要么，他就在我办公室里枯坐，要么，我就拉上我的闺中密友穆蓉做伴。刚开始，穆蓉曾半真半假地抱怨我，说，李想，你是不是看我长得很像电灯泡？后来就不说了，每一次约会，她比我更热心，描眉画唇，不亦乐乎。

有好几次，我们在去电影院的路上，和陈人杰的熟人遇见了，都会被取笑一番。熟人说，人杰，你也太有福气了吧，一拖二啊。有人更过分，拍着他的肩膀说，人渣兄，有福同享嘛。说罢，嘴还朝我和穆蓉努了努说，怎么样，舍不舍得分兄弟一个？陈人杰哈哈大笑，笑得脸上的肉直颤，真有几分人渣的模样。我扭身就走，陈人杰居然还追上来说，兄弟嘛，开开玩笑。

我最厌恶他这样的无原则性，包括他对那件事的要求，我也认为是无原则性的集中体现。每一次约会，只要有机会，他就想干那事。我不同，也许是他与我心目中伴侣的形象实在相差太远的缘故，从一开始，我就下定决心要守身如玉，要把自己守到与白马王子进入洞房的那一刻。陈人杰很无奈，他虽然五大三粗，但确实比较畏惧我，我一生气，他立刻就成了蔫头蔫脑的茄子。但他也经常在我面前小声嘀咕，说反正要结婚的，早睡和晚睡有什么不一样呢？他还把这样的话对吴经理讲了。有一次，陈人杰请客，我和吴经理先到了，吴经理让我挨着他坐下，语重心长地说，李想啊，要想在社会上混出个样子，凡事就不能太认真，一认真，就让别人受拘束，不自由，何况任何作用力都是相互的，你自己也会受钳制，有空好好琢磨琢磨是不是这个理。

我琢磨了很久，才想起来问陈人杰是不是把我俩之间的点点滴滴都告诉吴经理了，他睁着那双长着三重眼皮却大而无神的眼睛，特别无辜地说，是啊，大部分都说了，老吴嘛，兄弟嘛，又是我们的媒人，有什么不能说的？我既沮丧又庆幸，幸亏我对他始终不冷不热，如果热一点儿的话，他岂不是把我们怎样热的细节都要告诉“老吴兄弟”了？

我大大减少了和他接触的次数，他打呼机，我也懒得回；他打办公室电话，我像对待陌生人一样，很客气地跟他敷衍几句就挂了电话；他到办公室找我，我就借故到别的办公室去办事，一去很久。有天中午下班前，他把我堵在了办公室。他说，到底为什么？李想，你今天必须说个明明白白。我什么也说不出来，真的，我觉得无话可说。所以我就一直沉默着。女科长提着包从我们旁边经过，瘪瘪的嘴往两旁扯了扯，笑意像即将消失的云彩，一丝一缕，若隐若现。我长久的沉默终于激怒了陈人杰，他一拳砸在办公室的门上，木门哐啷啷一阵乱响，靠上面的那个合页裂开了，活像一个人笑脱了腮。陈人杰狂风一样地走了。我试图把门重新安上去，可是那个合页已经完全断裂，看来不得不重新更换了。

我一中午就守在办公室里，没回单身宿舍，下午科长一上班，我就跟她请假去买合页。科长这次没笑，十分严肃地说，你自己考虑考虑，要不要跟吴经理汇报一下。我不知道要汇报什么，我觉得我只要负责把门修好就可以了。

我乘二路转九路公共汽车，终于买回了合页，进了单位的大门，我打算直奔车间找个工人师傅来帮我安装一下，可经过办公楼时，吴经理从四楼伸出脑袋，咳嗽了一声，还拿手往他怀里勾了勾，那意思是让我立刻去他那里。我知道，我和陈人杰之间的事儿他又已经了如指掌了，这一次会是谁汇报的呢？科长？还是陈人杰自己？果然，一进门，吴经理就指着他办公桌侧面的沙发说，李想，你坐下，我们好好谈谈。

吴经理说，你到底怎么对待陈人杰了？他是一个好脾气的人，一般不会生这么大的气，门砸坏了不说，我刚才打他办公室电话，没人接，又给他打呼机，也没回，你就一点儿也不担心吗？你们交往了这么长时间，你还不了解他吗？他真的是一个不错的人，不就对那个性急了一点儿吗？性急也不为错，你们都是成年人了，有本能的需求嘛，要随性点自由点嘛。经理这样推心置腹的教导让我满脸通红，局促不安。我一直低着头，不敢抬眼看他，但长时间沉默之后，我最终还是鼓足勇气说，吴经理，其实我跟陈人杰很不合适的。吴经理顿时瞪起双眼，说，李想，你说什么？不合适？怎么不合适了？都交往一年多了还喊不合适？你不为自己着想，总还要为单位着想吧。也许是意识到自己说漏了嘴，吴经理突然挥了挥手，叹了一口气说，算了，这是你们两个自己的事情，我不掺和了，你自己掂量着办吧。

七

吴经理终于说破了那层意思，我其实就是一件商品，为单位争取更多银行贷款的被反复利用的商品。之前我一直懵懵懂懂地有些疑惑，现在终于明白了。我往车间走去，不是去找工人师傅，而是要去找穆蓉，我要趴在她那张堆满出入库单据的破桌子上，狠狠地哭一场。

车间永远是那么热火朝天，金属铸件在转轮上被打磨得火星四溅，发出一阵阵让心脏紧缩的声音。在这里痛哭，比哪里都安全，除了穆蓉，没有人会听见，也没有人会关心。推开穆蓉办公室的铁门，嘈杂的声音顿时小了许多，可我连她的人影也没见到。惶惶然退出来，我继续茫然地向前走去，前面就是宿舍楼了，也好，就到床上躺一躺吧。

门居然没锁，我的钥匙轻轻一碰，就自动弹开了，两具白花花绞缠在一起的躯体立刻就撞上了我的眼睛。我呆愣在那里，一时失去了反应。等我恢复意识的时候，穆蓉已经穿好了衣服，低垂着脑袋坐在床沿了，陈人杰也披上了衣服，但他自始至终都没有看我一眼，而是搂着穆蓉的肩膀，拿他厚厚的唇在她的脸上蹭来蹭去。

我转身走了出去，还刻意把门带上了，我能想象，只要门一关上，那对男女就会立刻扑向床，再度绞缠到一起。在回办公室的路上，路旁三三两两的夹竹桃开得正艳，大朵大朵的玫红色花瓣完全打开了，像女人丰艳的嘴唇，从它们身旁经过，能闻到它们散发出的浓香，一种香到糜烂的气息。正是春末夏初，多么好的时节，植物们都在怒放，动物们也都在寻找自己的自由。吴经理说要我琢磨琢磨，说凡事不能太认真，一认真，就让别人受拘束，不自由，何况任何作用力都是相互的，你自己也会受钳制。啊，哲理啊，真正的哲理啊！当陈人杰和穆蓉找到了属于他们的自由时，不是同时也解放了我吗？我脚步轻快地再度走进铸造车间，找了一位工人师傅去帮我钉上那个坏掉的合页。

办公室的门完好如初了，我却担心我和穆蓉之间不能够再亲密如初。当天晚上，穆蓉回来得很迟。我都睡意蒙眬了，听见她进来，也没洗漱，直接就上了床。我闻到浓烈的酒气，就拉开灯，问她怎么喝酒了，要不要喝水。她面朝着墙壁，一声不吭。我还是起床给她倒了一杯水端过去，拉了拉她的胳膊。穆蓉翻过身子，仰躺着，眼睛看着天花板，眼泪流得跟小河涨水一样。我说，穆蓉你这是干什么呢？她说，李想，你骂我吧，我不是人。她一张口，有一部分泪水就流进了她的嘴里。我拿来毛巾给她揩眼泪，说，骂你？我为什么要骂你？我高兴还来不及呢。我不知她是否听见了我说的话，或许是听见了，而我的话却让她理解得完全相反吧。她只管喃喃地说，我是……喜欢他，可他并不……喜欢我，我也不想……可他一……一抱我……我就……就控制不住了。她就这么重复着。我几次想打断她，可是，渐渐地，她就闭上了眼睛，呼吸粗重，似乎是睡着了。

第二天早上，我像往常一样喊她起床和我一起上班，她侧过身子，给了我一个后背。我完全没在意，在去办公室的路上，我想，她昨晚喝了酒，免不了要多睡一会儿，再者，凭着我对她的了解，那件事对她来说，是决定命运的事，她确实需要好好捋一捋的。我甚至还无比乐观地揣度，她如果从此稳稳地抓住了陈人杰，她的家庭状况肯定会因此而完全改观。穆蓉来自农村，母亲长年哮喘，父亲有轻微智障，常被同村人取笑，她还有两个弟弟，一个辍学了，一个在读小学。我是真心为她高兴，既然她那么喜欢陈人杰，何况，平心而论，陈人杰也说不上坏。

大约十一点钟的样子，办公楼前响起了吧嗒吧嗒的脚步声，许多人在往外跑。科长把头探出去，看了一会儿，大约是看见了一个比较熟悉的人，就喊着问怎么了，一个女声答道，听说穆蓉出事了。我从椅子上弹起来，没想到转椅旋转的速度比我更快，它的扶手一下子磕在我的髋骨上，我疼得龇牙咧嘴。科长双手撑在办公桌上，往前微微倾着身子，盯着我看，一言不发。我什么都顾不上了，只有心里在一刻不停地茫然地祈求。出了单位的大门，从两栋居民楼之间冲过去，再跨过一条街，就到了江边，我一眼就看见江堤上黑压压地围了一圈人。不用说，穆蓉就躺在那里。我突然双腿发软，怎么都站不住了，只好把身子靠在石头护栏上。我眼睁睁地看见他们抬着一个用被单包裹着的什么，向停在路边的车走去。我想冲过去拦住他们，可我一点儿力气也没有，车一开走，我就滑到了地上。

追悼会结束后，我一个人慢慢从火葬场往外走。路面很不平整，大坑小洼的，倒是两旁的植物特别茂盛，水灵灵的，有的枝叶由于长得过于散漫，都伸到路中间来了，被来来去去的车辆抽打得只剩下了筋骨一样的枝条，没有风，不时有灰色的鸟从这个枝头跳到那个枝头。这真是城市中难得的清静的好地方。但穆蓉即将回去的地方，会比这个更好，那里高山流水人烟稀少，更适合一个人长眠。她曾经跟我无数次讲过生养她的地方，她说她无论走到哪里，最后是一定要回去的，可没想到，这么快，她就永远地回去了……转过一道弯，陈人杰突然挡住了我的去路。他说，真没想到她就这么一根筋。我眼睛望着一棵长势蓬勃的荆条，说，那你这种筋多的人倒是说说，她应该有多少根筋？陈人杰说，李想，你不会真的认为她的死是我造成的吧？不就一起睡了一觉嘛，算什么？那就非得一辈子在一起睡觉？况且我又不喜欢她。我本来打算要好好问问他，穆蓉最后有没有去找过他，一听他这么说，跟他说话的欲望顿时消失得一干二净。我从他的侧面绕过，快步离开了他，没走多远，想想又心有不甘，就回过头，冲他大喊，陈人杰，你就是头猪，你明知道自己不喜欢她，你明知道她来自农村，为什么还要那样做？那样做就是要了她的命！陈人杰停下脚步，呆愣愣地立在那里。

也许是在冲陈人杰大喊大叫的那一刻，我也喊醒了自己，仔细想想，其实我与陈人杰并没有什么不同，同样都是让穆蓉致命的凶手，假如当初我没有让穆蓉一次又一次地当"灯泡"，一切就不会发生。可能都是因为内心的负疚吧，不久之后，我与陈人杰不约而同选择了离开，我离开了原来的工作单位，陈人杰离开了那个城市。

可是，二十多年后，两个杀人凶手却绞缠在一起，享受着肉体的欢愉。泪水不能冲洗掉什么，相反，它的冰凉让我曾经以为消失了的罪恶感再度滋长，我简直没有办法原谅自己了，可同时我又感到了茫然，我的身体，它为什么如此严重地背叛了我？与秦如意她爸在一起生活了这么多年，我以为自己一直完全了解并很好地掌控着自己的身体，我甚至以为它已经完全死掉了。陈人杰的手再一次伸向我的腰际，我跳下床，迅速穿好衣服，直至离开，再也没有看他一眼。

我同样也没有看到钟声。第二天一早，我们就返程了。在车上，我收到了他发来的手机短信，他说，嗨，我是你的对门，把这个号码储存起来吧，祝你快乐！我记起在去兰州的火车上，刚刚熄灯的那一刻，他曾侧过身子，脸对着我这边，悄声说，哎，你的对门就要进入梦乡了，晚安！

这是他发给我的唯一的手机短信。这条信息我翻来覆去地看了无数次，其中有好几次，我的手指按在了"删除"键上，却又松开了，直到火车慢慢滑进车站，当我所居住的城市像呼吸一样包裹了我时，我终于把它删除了。

八

如果不是秦如意回家，我寂然无声的生活不会被打乱，可是秦如意回来了，回来了还不算，居然还带着肚子里的孩子！自从秦如意上大学后，虽然我已经发现她在渐渐发生变化，但怎么也想不到，她会变化这么快这么大，会变化到如此堕落的地步。她回来的时候，我正在给花浇水。端着喷壶给她开门，凭着做母亲的本能，我一眼就看出了她微凸的肚子，我手里的喷壶立刻掉在了地上。秦如意居然恬不知耻地瞪着我说，老妈，不至于吧，有那么夸张吗？然后就径直挤过我，进了门。她坐在沙发上，一边剥美国红提，一边说，趁十一长假，我要把他做掉。我扶住门框，远远地望着她问，是谁的？秦如意瞟了我一眼，说你管那么多干吗？我说，不要我管那么多，偏偏还知道要回来让我伺候你？秦如意停止了咀嚼，望着我道，那好吧，老妈，我就全部告诉你，你可不要大惊小怪啊，他爸爸叫郑国，我们平时防范措施做得其实挺好的，可能是今年暑假周游全国……我完全听不下去了，冲进卫生间，把水龙头打开，把自己的整个脑袋都泡在凉水里。

冷静下来后，我给秦如意她爸打了电话，说，你现在能不能回趟家？他的办公室里似乎有人，他捂着话筒，压低声音说，有事？等会儿我给你回电话。我说不用回电话，我就是告诉你，你女儿回来了。中午他竟然真的回来了，真是破天荒。他说，好你个小子，一暑假都不回，怎么现在跑回来了？他低头换鞋的时候，我头一回发现，他已经有点微微秃顶了，心里就酸了一下。他习惯把秦如意称为小子，也许是潜意识里一直盼望自己有一个真小子吧，可不管是真小子还是假小子，他对秦如意的那份爱却是真实的，虽然他一贯严肃，不可亲近。我接过他的包，他向秦如意走去。秦如意站了起来，也许是对她的父亲，她还是有几分本能的畏惧吧。

他站住了，上上下下把秦如意打量了一会儿，猛然吼道，滚！你滚！他的两只眼睛瞪得像铜铃，要吃人的样子。秦如意环抱着两只手，眼睛看着黑着脸的电视屏幕，右腿抖动着，十足的吊儿郎当。他一个巴掌就甩了过去。我完全没反应过来，一时三个人都呆住了。秦如意就那么僵直着身子，只把眼睛慢慢转向他的脸，死盯住他看了一会儿，沉声说，你别得意，其实你根本不够资格为人父为人夫！说完这些，秦如意就向门口走去。我赶紧追过去拉她，她把我的胳膊甩开了，又侧过头说，你放心，我又不是去寻短见。我顺手提上包，紧跟着她下了楼。走完最后一步台阶，她停下了，转过身来，看着我说，老妈，我真觉得你活得挺不值。她的眼里装满了慈悲和怜悯，像是要普度众生，真让我受不了。我的脑袋里在不停地翻腾，一会儿是钟声，一会儿是陈人杰，一会儿是那两根头发，一会儿是秦如意微微凸现的肚子……如果说我们都背叛了这个家，那么，我们是不是又真的各自都忠于了自我？

容不得人多想，眼下，最要紧的是解决秦如意肚子的问题。我说，你打算什么时候去医院？秦如意想了想说，那就现在吧。其实我希望她能够回家，在家度过这个中午，要知道，这时正是下班高峰期，她得接受多少只眼睛的检阅？可现在这个秦如意，已经完全不是原来的秦如意了。我只好把我手里的包挂在她的胸前，人也尽量贴着她的前侧走，好在是中午，时间紧，人们都急着回家，遇见的几个熟人，也都只是彼此远远地点点头略微示意一下就过去了。

一切都还算顺利。我在妇科门外等候的时候，秦如意她爸也在车里面等着。我刚刚搀着秦如意出医院大门，他就过来了。毕竟是他女儿，生气归生气，心里眼里却都是疼爱，他搀住了她的另一条胳膊，秦如意没有任何反抗，她脸色苍白，嘴唇毫无血色，浑身哆嗦。回家安置好了秦如意，我偷偷翻看了她的手机，找了好久，也没看见署名郑国的电话。除了全名全姓，她的手机里，还有几个怪怪的名字，一个叫狮子王，一个叫巴儿狗，一个叫水晶猫。我把这三个号码都抄录下来。我一定要找到那个叫郑国的家伙，秦如意的痛苦，不能由她独自一个人扛着。

我用我的手机按顺序拨那些号码。狮子王说，我不是郑国，您是谁？我立刻挂了电话。又打巴儿狗，响了好久却没人接，电话自动挂掉了。我揣摩水晶猫八成是个女的，正犹豫着打还是不打，电话却响了，正是刚才巴儿狗的电话。刚按了接听键，对方立刻说，如意，是你吗？你到哪里去了？你到底到哪里去了？我快急疯了。我没作声，我想这个巴儿狗八成就是郑国了，就等着他把话说完。大约是我的沉默让他觉出了异常，他换了一种语气说，对不起，我可能弄错了，我是郑国，找我有什么事吗？我在这边深深地吸了一口气说，当然有事，你不是要找秦如意吗？他在那边叫道，啊，你知道如意她在哪里？她的手机停机了，我到处找她。我说，那好吧，你以最快的速度到这里来吧。我随口说了一个地址，是我所住小区对面的茶楼。

第二天上午十点，该死的郑国来了。他中等个子，皮肤微黑，戴眼镜，背着旅行包，头发有点乱，一看就是刚下火车。我就坐在靠窗的第二张桌子，他还在门外时，我就看得清清楚楚了。他进茶楼后东张西望，我挥了挥手，没有起身。他直冲冲地走了过来，衣角被一张铺有玻璃的小方桌刮住了，差点绊倒。有两个女服务生捂住嘴，想笑又不敢笑的样子，另有一个男服务生走过去，帮他把衣服扯平了。他急匆匆地走到我面前，问，您是如意的什么人？她到底怎么了？我指指对面的座位，说，坐下吧，坐下再说。

我已经看出来了，这个小伙子是真的很在乎秦如意。可秦如意为什么要瞒着他？究竟是太爱他了，还是太不爱他了？如果不爱他，那为什么又要跟他上床？郑国说，您是如意的妈妈？我点了点头，把一杯铁观音推到他面前。他又说，你们俩长得可真像，这么说，如意是回家了？我说，你可知道她为什么要回家？他长长地舒了一口气说，她回家了我就放心了。我盯着他的脸说，你还没有回答我的问题。

郑国叹了一口气，低下头，不吭声。我感觉火焰在舔舐着内心。然而我笑了，笑得连我自己都觉得凉飕飕的。我说，怎么，怕了？怕承担责任？放心吧，秦如意的肚子已经瘪下去了，她现在正躺在床上，找不了你的麻烦。郑国急切地抬起头，嘴巴张了张，又闭上了。我继续盯着他。可是，他又垂下了头，双手交叉握着，放在大腿上，不停地绞来绞去。一时沉默下来，我在沉默中等待他开口，他在沉默中搜索着合适的词语，也或者是在拖延时间。

终于，他开始说了。他说，我们没有……那个，那个，她一直不喜欢我的，她喜欢的是陈沛文。那次，是因为如意怀孕了，她才……主动和我一起，我们一起也没……那个，她不同意，我也不敢碰她，真的，阿姨，您一定要相信我。镜片后的两只眼睛里，汪着两汪水，晶亮晶亮的。我都不忍看下去了，这是一个无辜却又陷入绝望的孩子，这么说，他其实和我一样，都被秦如意利用了，利用了我们对她无私的爱。这个秦如意，到底怎么回事？怎么会变成这个样子？究竟是为什么？

我替郑国买了返程票，送他上了火车。我没有让他去看秦如意，这个现在令我感觉十分陌生的女孩，根本不配得到这样纯真的爱情。回到家里，秦如意已经起床了，正窝在沙发里看电视。我煮了红糖鸡蛋，看着她喝完之后，就关掉了电视，并让她回到床上去。秦如意说，不至于吧？电视也不让看？我说，要看电视，至少得等到半个月之后，卧床休息能让你以最快的速度恢复。她满脸不高兴，但还是上床去了。我跟进去，在她的床边坐下，说，我今天见了一个人。秦如意扬了扬眉毛问，谁？我说，你学校的朋友，对你很重要的朋友。她立刻挺直身子说，陈沛文来了？你为什么……话还没说完，她马上咬住了嘴唇，不吭声了。我再也忍不住了，就提高了声音说，陈沛文究竟是个什么人？你要这么勇于为他献身？既然献了身，为什么又不抓住他？还要找一个无辜的人来当替罪羊？你认为你这样就是有勇有谋吗？我告诉你，这根本就是怯懦和愚蠢！愚蠢，极端的愚蠢，你懂吗?！

　　秦如意直视着我，冷笑道，我爱找谁当替罪羊你管不着，我喜欢谁你更管不着，我愿意为谁献身你还是管不着，这是我的自由，全都与你无关。再说了，你既然那么能管，为什么不好好管管你老公？你老公那才是天底下最自由的人哪！我觉得我的心跳简直要接不上来了，就弯下背，蜷着身子坐了好一会儿，坐得身子都有点发凉了，才抬起头来。我想我不能再回避了，应该心平气和地跟秦如意谈一谈。

　　秦如意却满脸的泪水。我找来毛巾，给她擦眼泪。她握住我的手说，老妈，我不是故意要气你。我点点头说我知道。秦如意却又激动起来，说，你知道什么？他跟我初中的语文老师，跟我高中同学的妈妈，这些你知道吗？你什么都不知道！你跟三楼的那只鸟一样，就只知道成天待在笼子里，白长了一对翅膀一身羽毛！

天哪，这孩子，你怎么能知道得这么多？怎么能?！心跳又慢了起来，我不由自主地抓住了胸口。我说，我们不说你爸爸，就算他影响了你，他也还是你爸爸，你不能这样子去报复他，更不能成为糟践你自己的理由和借口。秦如意把头扭向一边，望着墙壁说，报复又怎样？心甘情愿又怎样？如果我说既报复又心甘情愿，你信吗？爱情是复杂的。唉，算了，你根本不懂爱情，因为你压根就没有享受过爱情，也不能怪你吧，你生活的时代不一样，你们的青春时代，也许根本就没有真正的爱情。

不，不是这样的。我想起许多年前的秦如意她爸，想起钟声。啊，钟声，你现在在哪里，是不是还在喀纳斯啊？

九

我多么想告诉秦如意，你老妈一样有爱情，这个世界上每一个人都有自己的爱情，真正的爱情与时间无关。可我不能说这些。我说，跟我说说吧，说说你和陈沛文，也许我可以帮你。秦如意不说话，眼泪一颗一颗地往下掉，一点儿声息也没有。我把她拥在怀里，自己的眼泪也顺着脸颊淌下来，流进了脖子里，冰凉冰凉的。

我决定为陷入爱情而无力自拔的秦如意做点什么。在她返校的第二天，我赶往她的学校。我没有找她，到了学校附近，我直接给狮子王打了电话。我说，是陈沛文吗？对方说，您哪位？我说，我是认识你的一个陌生人，想跟你聊一聊，可以吗？他极快地说，您好像是一位阿姨？我说是的。他停顿了一下，说，好的，那就中午吧。

　　十二点过一刻的样子，他到了，一边给我打电话，一边向我这边走来。坐下之前，他环顾了一下大厅，然后隔着玻璃向厅外挥了挥手，我这才看清，有五六个男生同时走开了。我说，还怕我绑架了你？陈沛文笑了笑，说以防万一嘛。他确实长得很英俊，身高应该在一米八左右，天庭饱满，眼窝微陷，鼻梁高挺，有点像混血儿。我说，那都是你哥们儿？他说，算是吧，我是学生会主席，喊几个人是小事情。他打量了我几眼，又说，您是替秦如意来的？我点点头说，看来你阅历不浅嘛。他不置可否，嘿嘿一笑说，阿姨您是什么意思，想要怎么样呢？我说，这话应该由我来问你恐怕更合适吧？他扯了扯嘴角，似笑非笑地说，好的，我坦诚回答您，我没什么意思，也不想要怎么样。我说，不愧是学生会主席，心态真不错，可是，当你的行为已经产生了严重的后果时，有些事情也就由不得你不想了。他说，什么严重后果？阿姨您就别讹人了，您别拿您青春时代的标准来考量现在了，早过时了，我和秦如意不过是睡了一觉，算得了什么呢？如果您确实要认真追究，那我还委屈呢。秋天的阳光照在他的脸上，明亮得耀眼，他是那么年轻，那么英俊，可就是这样一张充满阳光的脸，竟然厚颜无耻地说"委屈"！尽管他如此青春逼人，我还是忍不住想抽他两耳光。我说，真没想到，我面前站着的还是一个圣人呢，连放纵自己的肉体也会觉得特别委屈，真没想到！是不是比女人拿掉自己的孩子更委屈呢？

他怔住了，脸也越来越白。过了好一会儿，他才有些磕磕巴巴地说，阿姨您说……说什么？什么……孩子？您是说秦如意她怀孕了？我暗暗吃惊，这小子还真能装样，究竟是装得过于自然，还是说他真不知道？那么，秦如意到底在搞什么名堂？突然，陈沛文的手机响了，他没接，依然愣怔着。几乎没有间歇，周杰伦的《青花瓷》第二遍响起来了，陈沛文的眼睛盯着桌面，手摸在腰间，准确地掐掉了手机，可是，不到两秒钟，同样的音乐再度响起。隐藏在大厅里的许多双眼睛都看了过来，我觉得浑身不自在。我说，你要么接了，要么就把铃声关掉。陈沛文拿起电话，看也没看就粗声粗气地"喂"了一声，听了一阵又说，我现在没在学校，你想来就来吧，接着就报了我们所在的位置。放下手机，陈沛文说，阿姨，如果真是这样，那我确实对不起秦如意，我真心向您道歉。我说，你该亲自去跟秦如意道歉。他眼睛看着桌面，说，我不能去的，不能去的。今年一开学，秦如意就突然拼命追我，可我总觉得她怀有什么目的，再说，我也不爱她，何况我早有女朋友了。他抬起头，望着我说，阿姨您别生气啊，我说的全是实话。我的眼睛盯着杯子，一声不吭。他又说，暑假期间，我们十来个同学约好了一起去内蒙古，临走时，秦如意跟着郑国，临时加入了队伍。到达草原的那天晚上，我们都喝了酒，个个都醉了，我只记得秦如意把我拉进了她的帐篷，第二天醒来的时候，我们俩竟光着身子躺在一起……他的头越来越低，似乎要把整张脸放进杯子里去。隔了一会儿，他低着头继续说道，我女朋友虽然没一起去，但她第二天就知道了，是秦如意亲口告诉她的，她因此还自杀过一次，至今都不理我，我不知该怎样做才能求得她的原谅，我可是爱她如命啊，阿姨，您说我该怎么办？

我能说什么呢？不管他说的是真还是假，我什么都说不出来，只想赶紧离开。我拿上手包，站起身，陈沛文突然伸出右臂，斜斜地拦在前方。其实我完全可以绕过去，因为他是坐着的，伸出的手臂仅仅是一个意义分明的动作而已。可我不得不停下脚步。他从下往上看着我，眼神有一丝散乱，有一丝惶恐，还有无限的祈求。他说，求求您了，阿姨，请您帮帮忙劝劝秦如意，放过我吧，不要再去找我了，回学校后，我会马上托人带钱给她的，作为对她的补偿。

我向柜台走去。男人在没有和女人纠缠时，可能是学生会主席，是政府官员，是商界老板，是专家学者，可一旦遇上了女人，就什么也不是了，失魂落魄，六神无主，手足无措。这么看来，秦如意也许还真算得上是个巾帼英雄了，至少比陈沛文硬气。是该庆幸，还是该戚戚然呢？结完账，我的心里真是五味杂陈。

刚跨出门，我的胳膊就被人拽住了。是陈人杰。他十分激动，说，李想，你怎么在这里？我没有回答他，只是用力去掰他的手，他又说，我正好到这个城市谈业务，就顺便来看下我儿子。我继续掰他的手。忽然，他松开了我的胳膊。茶色玻璃门的后面走出陈沛文。陈人杰讪讪地说，来，沛文，介绍你们认识一下，这就是我常跟你说起的李阿姨，爸爸老家的朋友。陈沛文嘿嘿一笑，说，不用介绍了，这个漂亮的阿姨我早就认识啦，热烈祝贺你啦，老爸，反正我妈去世 N 年了，你终于可以旧梦重圆了。识时务者为俊杰，我就不打扰你们啦，拜拜！然后冲我挤挤眼睛，阔步走了。

陈人杰说，我们换个地方坐坐吧？我侧转身，径直顺着茶楼的左侧往前走。得尽快离开这里，秦如意那里就暂时不去了，回去后再给她打电话吧。计程车停了，陈人杰几乎和我同时坐了进去。我说去火车站。车一启动，陈人杰就开始讲述他们在喀纳斯拍摄的事情，口若悬河，滔滔不绝。我竖起了耳朵，面无表情，自始至终，我都没有听到我最想听到的那个名字。眼看火车站就要到了，怒火腾地一下蹿起来，我大声喊道，够了！司机刹了车，在镜子里看着我们，陈人杰愣在那里。我拉开车门，往火车站疾走。

火车两个小时之后才会启程，我只好在候车区选了个位置坐下来。陈人杰挨过来，坐下了。在喧闹的大厅里，我有些渴望他继续喋喋不休地说说喀纳斯之行，说说他们的摄影活动，那样我也许会捕捉到我想要的信息，这个该死的家伙现在却沉默得像块石头。有好几次，他像是欲言又止，最终却还是没有吐出半个字。如果手里有一把老虎钳，我想我一定会冲上去撬开他的嘴。直到我走过安检门了，他突然隔着熙熙攘攘的人群冲我大喊，李想，你回去后去看看钟声吧，一定要去看看他。一定要去看看？为什么？是不是钟声告诉他什么了，还是他从钟声的神情举止里看出了什么端倪？我的心咚咚直跳，原来钟声果真是在乎我的，是不是就像我在乎他那样在乎着我？可这个陈人渣，为什么不早说，非要等到我即将离开的最后一刻才冲我大喊？这个被嫉妒攻心的人，多么可恨又可笑啊。

回家的第二天上午，我调出钟声的手机号，拨了三次，三次都还没等到接通我就挂掉了。下午，我在通话记录里重新按下了那个号码，过了一小会儿，一个女声说"您拨打的用户已关机"。接下来的三天里，我都在不同的时段拨打了那个号码，可是，回答我的依然是同样的提示语。第四天，我翻出导游小唐的电话，直接拨了过去。小唐说，钟叔叔住院了啊，前几年他得了糖尿病，半年前又查出了胃癌，这次去喀纳斯拍摄都没能坚持到最后就突然发病了。

我穿上那件黑色蕾丝绲边的红连衣裙，系上印有飞天图案的纱巾，捧着玫瑰与百合，找到钟声的病房，连门也忘了敲，就直接进去了。钟声躺在惨白的被子下面，看不出呼吸的起伏，有许多根塑料管从被子里延伸出来，有的连着吊在半空的药瓶，有的接到了地面上的塑料盆里。药水在一滴一滴动着，柜子和窗台上，一篮又一篮的鲜花肥硕而茂盛，可是钟声，我的钟声啊，他还能看见这些肥硕这些茂盛吗？我直直地向钟声的床头走去。一个女人从我的后侧出现了，一下子站在了我面前。可她突然满脸惊愕，嘴张成了O形，却又迅速拿手掩住了。我向她点点头说，我是钟声的朋友，刚知道消息，来晚了。她的手已经拿下来了，怔怔地看着我，没吭声。她是谁？钟声的老婆吗？难道钟声的老婆原来是个不能说话的残疾人？可看她时髦的装扮，根本不像是即将失去丈夫的人啊。管她是谁呢，我只要看钟声。钟声已经瘦得脱了相，眼眶突出，眼窝深陷，两个鼻孔里全都插着淡绿色的塑料管。

是不是有把剑在我心里翻搅啊，不然，我的心怎么会这么生疼生疼的呢？我把花尽可能靠近他的脸，希望花香能够让他醒一醒，哪怕仅仅是一小会儿也行，可是他一动不动。我握住他的手，希望他能感知到来自深深爱着他的女人的温度，咧开嘴对她笑一下，可他仍然一动不动。护士进来了，把我拉起来，说，不能拿花这么靠近他，而且你最好少待一会儿。她在心电图机前看了一会儿就走了。我俯下身，把嘴唇贴在钟声的额头上，我似乎听到了他微弱的呼吸，可他还是一动不动，总是很平静的样子。门被推开了，却又很快合上了，我依稀看见有长头发在门缝里飘了一下，又隐去了。

有什么办法呢，我是真的唤不醒他了，那么好吧，走吧走吧。拉开门，那个曾经满脸惊愕的女人从走廊上的座椅上迅速弹了起来，噢，原来她就是长头发，大波浪的栗棕色长头发。我没有坐电梯，十六层的楼，我就那么扶着冷冰冰的铁质栏杆，顺着台阶一级一级往下走。少有人走的楼梯里竟连一丝风也没有，好像连灰尘也睡着了。风啊，你为什么要躲起来？如果可以，我愿意是一粒灰尘，一粒沙子，不，不，最好就是这条印有飞天图案的纱巾，你就展开你巨大的双臂吧，想把我搬到哪里都好的，都好的啊。我茫茫然往下走着，茫茫然想着那个躺在床上看不出呼吸的男人，竟然想出了一丝陌生，他真的就是那个一笑嘴巴就扯到耳朵根的男人吗？真的就是拉着我穿过风跟我共渡黄河的男人吗？真的就是撑开我的双臂和我一起从沙丘顶上往下飞翔的男人吗？真的就是替我挡住寒光闪闪的尖刀而被刺伤的那个男人吗？

没有人能回答我。不知走了多久，阳光突然一下子就罩住了我的全身，深秋的阳光怎么能这么灿烂呢？噢，我已经站在医院的大门外了，抬头看上去，十六楼是那么高，那么高，高得我根本分不清十六楼到底在哪一层了。阳光下，人群熙来攘往，世界热闹非凡，可这阳光是不是太刺眼了，要不然，我的眼泪怎么总是止不住呢？

十

回家经过三楼时，一只鸟停在楼道的窗格上，黑色的羽毛，火红的喙，眼睛上面缀着一弯白色的绒毛，真漂亮啊。我糊里糊涂地想，一定是对面三楼的那对老夫妇的鹦鹉飞出来了。我僵僵地立着，空茫地盯着它，它一点儿都不怕人，没有丝毫要退却的意思，脑袋还一伸一缩的，像是要跟我说话。突然，它一拍翅膀，向我飞来，是要啄我吗？我本能地向后仰去，双手也下意识地张开了。我的后背撞在了楼梯栏杆上，"叭"的一声，手里的花掉在了地上。我这才惊觉，我要送给钟声的花，原来一枝也没送出去。那只鸟爪在我的额头轻点了一下，很快又弹走了。它又飞回了窗格上，脑袋重新开始一伸一缩的，这一次，它说话了，它说"小姐真漂亮"，字正腔圆，果断干脆，像珍珠落进了玉盘，停顿了一下，它又说"小姐真漂亮"，这时，"电话"响起来了，声音脆脆的，听起来饱满多汁，像晶莹的葡萄，而且，说到"话"的时候，先是略微扬起，然后再拐个小弯儿一路往下，最后才缓缓收住，真正的娇声欲滴、余音袅袅。老人出现在他家的阳台上，对着鸟笼，喊了一句"宝宝"，又冲我这边吹了一句口哨，唤了声"贝贝"，这边这只鸟立刻缩了一下脖子，"呼"地一下子飞了过去，落在老人的肩头。老人拿起一块布，给它擦了擦爪子，又将将它的羽毛，把它放进了笼子，嘴里还不停地叽叽咕咕地跟它们说着什么，那样子自然得就像是在跟自家的孩子说话。两只鸟也都撒开双翅，互相在对方的羽毛里啄来啄去，自由欢腾，旁若无人，像一对如胶似漆的恋人。

是不是有了爱，有形的笼子对它们来说就成了无形之物呢？大约是见我还立着，老人冲我喊道，姑娘，贝贝一直在别人家，刚回来不久，你要是喜欢，就来我家看吧，在外面别人是捉不住它们的。我摇摇头，捡起花，上楼去了。

第二天下午四点钟的样子，手机响了，我正捧着一杯水，蜷在沙发里，任它响到自动断掉。短信却跟着来了，就四个字：钟声去了。我脑袋里"轰"的一声，杯子也掉在了沙发上，水顺着皮质的纹理，四处漫溢，有一小股水浸湿了我的袜子，我没有挪动。我挪动不了，心跳又开始缓慢，一次跟不上一次。短信又来了：后天上午追悼会。你去不去？我建议你还是不要去了，完了我来找你吧。

接下来的两天里，我完全不知道了晨昏，醒了睡，睡了醒，睡着的时候一个梦接一个梦，乱七八糟，醒着的时候却一片空白，什么也想不起来，就连刚做过的梦也都忘了。好在秦如意她爸这段时间也基本不回家，据说他已经正式接手郑局的位置了，想必忙得连梦也要放在办公室里做了吧。有一次我醒着的时候似乎这么想过一下，但很快就滑过去了。

手机响起的时候，我正在昏睡。陈人杰说，告诉我你住的地方，我来接你，带你去看看他。我蒙蒙的，干巴巴地问，去哪儿？陈人杰说，去他的墓地啊。好吧，那就去墓地。上了车，走了没多远，陈人杰喊司机靠边停下，他跑进超市，买了一大堆矿泉水什么的，上车就先拧开一瓶矿泉水，递给我说，赶紧喝，你看看你，都脱水了。我知道，在对着镜子绾头发的时候，我就看见了，我的两片嘴唇全都起了皮。可也没办法，就这个样子吧，钟声应该不会看见的，几天前当我穿着红裙手持玫瑰去看他的时候，他都没睁开眼睛看我一眼，更何况现在他已经成了黄土下的一把灰呢？

钟声就躺在紧邻火葬场的墓地中，松鹤园 B 区 155 号，一块不高的石碑刻着他的名字。我摸着那些横竖撇捺，冰凉一直走到心底，曾经是那么乐观的一个人啊，现在什么温度也没有了，早知道我和他的这一生，上帝只给了短短十来天的聚期，我为什么不亲口告诉他我爱他？为什么不跟着他到喀纳斯？到底是什么捆绑了我？是我自己捆绑了自己吗？纸灰蝴蝶一样到处飞舞，有几片落在钟声墓前那张放大的照片上。他咧着嘴笑着，眼睛细长，脸部饱满光洁，永远的年轻模样。离开墓园的时候，我把那几片纸灰抖搂掉，将照片放回原处。

陈人杰说，我们走小路出去吧，我要告诉你一些事情。我在前，他在后，他说话的声音比较低，不像是说给我听，更像是在说给他自己听。他说，李想，你不知道吧，钟声从看到你的第一眼就爱上你了，他说你忧郁的样子让他的心尖都是疼的，他说在敦煌，你们坐在万丈黄沙中，顺着流沙瀑布一样地滑下，两边是呼呼的风声，你们张开印有飞天图案的纱巾，像两只色彩斑斓的

小鸟,他多么想老天爷突然刮起一场龙卷风,把你们俩一起卷
走。他说那是你们在一起的那些天,他看见你最开心的样子,他
说他本来一心想要让你快乐起来,想在你们那个团队行程结束时
邀请你一起去美丽的喀纳斯,那是个无比纯美的地方。他说他只
能做到这些,他不能告诉你他爱你,他说他不能那么自私,因为
他对自己的病情了如指掌,因为……我停下脚步,慢慢蹲下去,
捂上了耳朵。陈人杰把我拉起来,将我拥在他的怀里。他并没有
停下诉说。他说,李想,你必须让我说完,不说完我心里太难受
了。你不知道,钟声跟我说了这些,我受到了什么样的震动。是
他让我弄懂了什么是爱情,爱情是两个人的事,不是一个人的
事,真正的爱情,是爱对方胜过爱自己。我是多么自私,这么多
年,我一直对你念念不忘,我一直以为占有了你的身体就能够得
到你对我的爱,你就会心甘情愿接纳我,哪里是这样啊,你和钟
声在一起才几天?可你看他是什么眼神?那样的眼神,你从来没
有看过我,哪怕一次也没有,我知道我强迫你了。

　　我没有力气挣脱他强壮有力的手臂,就把眼泪鼻涕一起蹭在
他的衣服上。他叹了一口气,又说,李想,你是不知道钟声后来
的样子啊。在喀纳斯,他胃痛很频繁了,有时白天也会突然发
作,可只要疼痛过去了,他依然有说有笑逗大家开心,就跟没事
儿人一样,他说这一生他很满足。可他满足什么啊,李想,你是
不知道,钟声还有一个不能说爱你的原因,就是……就是他老婆
一直跟你的局长老公有染。

　　就是她吗?我突然想起去医院看钟声时,看见的那一张惊愕
的脸和那一头长发,原来掉在我家床铺上栗棕色的长发,就是长

在那颗脑袋上的啊。只是，她究竟是秦如意的初中语文老师，还是高中同学的妈妈呢？更或者是属于游离在我和秦如意都无从知晓的范围之外的人群呢？我忍不住笑了。陈人杰放开我，摇晃着我的肩膀说，你还笑？你难道一点儿都不感到悲愤吗？你一直都蒙在鼓里生活，而且还为这样的人苦守着，值得吗？李想，你醒醒吧。

值得吗？这个问题十几年前我曾不停地问过自己，后来就干脆不问了。想一想这个家，想一想秦如意，想一想双方的父母，想一想我和秦如意她爸最初的、遥远的、短暂的美好时光，我要那么明白做什么？我不欺骗自己又能怎样？我是女人，不是男人，一个家庭的稳定，往往不正是要依靠女人的愚和痴吗？我根本不在乎秦如意她爸和钟声老婆的苟合，我只是替钟声难过，那么崇尚自由的他，哪里就自由了？他不是因此而放弃了表达自由之爱的权利吗？

自由是什么？人世间真的有自由吗？我挣脱掉陈人杰的双手，朝前走去。路面不算平整，修补的痕迹深浅不一。我说，一晃二十多年，我们这座城市日新月异，今天看到了的，明天不一定还在，只有通往火葬场的这条道路，一直没什么变化。二十年多前，我们在这条路上走过，是因为穆蓉；今天我们又来了，是因为钟声。陈人杰在后面闷声闷气地说，李想，你别说了好吧？

站在城市的中心广场上，风从四面八方吹来，各种各样的流行歌曲竞相从远处森林一样密集的商业门面中汹涌而来。陈人杰去赶下午五点的火车回乌鲁木齐。他大声跟我道别，走了几步，却又跑回来说，让我再拥抱你一次吧。我站着，由着他抱了一小会儿。他在我耳边说，还是刚才说的，我尊重你，不会再来打扰你了，但你也要答应我，善待自己。这一次，我冲他使劲点了点头。

刚进家门，秦如意的电话到了。她说，老妈你为什么要去找陈沛文？我不稀罕他的钱。我不知该怎么说才好，想了想，问道，那你稀罕他什么？秦如意沉默了一会儿才说，我只稀罕他的人。我绝望了，仿佛有个深渊，正把我拖着不停地往下坠去。秦如意在那头继续说，不过老妈，稀罕归稀罕，我心里清楚得很，我才不会傻到要找一个不爱我的人托付终身呢，要不然，我也不会把小东西打掉。我立刻恢复了力气，赶紧说，这样最好，妈妈支持你。秦如意嘿嘿笑了，说老妈，祝贺我吧，这段时间我太高兴了，我已经圆满完成了我的目标。没容我问她什么目标，她接着道，你知道陈沛文的女朋友是谁？是钟雅丽，我高中同学，就是她那个死不要脸的臭老妈，哼，母债女还，这下好了，男朋友背叛了，老爸也死掉了，够她钟雅丽受的。我听不下去了，立刻把电话挂掉了。

这哪里还是我的女儿？我这么多年的忍辱负重都成了什么？成了她长成歪脖树的养料？什么叫悔不当初？这就是。什么叫伤心欲绝？这就是。

我从书房的抽屉里找出那本带着小挂锁的日记本，把叠得整整齐齐的离婚协议拿了出来。纸页的四周已经有些泛黄了，碳素笔的字迹却依然清晰。

就不必重新打印了，不是说我手写我心吗？签名处一片空白，很醒目，像在等待着什么。认认真真在书桌前写下"李想"，我长吁了一口气，2001 年 1 月 1 日快要到了，在世纪末，这张纸长达十二年的等待终于结束了。

刚回到客厅，"电话"突然响了起来，声音脆脆的，听起来饱满多汁，像晶莹的葡萄，而且，说到"话"的时候，先是略微扬起，然后再拐个小弯儿一路往下，最后才缓缓收住，真正的娇声欲滴、余音袅袅。"小姐真漂亮"，另一只鸟接着也亮开了嗓子，字正腔圆，果断干脆，像珍珠落进了玉盘。推开窗，我看见两只鸟在笼子里蹦蹦跳跳的，你说一句，就跳一下，蹭一下我，我说一句，也跳一下，蹭一下你。

衣锦还乡

一

沈青松准备衣锦还乡了。

作为金水村小学"五个三工程奖"的获得者，沈青松常常会灵光乍现。昨天一觉醒来，当他看见阳光洒满了整张床，自己的那件红色印花 T 恤闪耀着迷人的光芒，里面像是暗藏了无数的金子，尽管他一贯总是心情不错的，但此刻他简直要被快乐充爆了。他将余美玲摇醒，说，赶紧起来，赶紧起来，收拾收拾回老家。余美玲瞪了他一眼说，神经啊你，八辈子都没想到要回老家，今天脑袋里是发了什么大水了？然后就将后背撂给了他。他一跃而起，一把套上金光闪闪的 T 恤，大声说，该是我衣锦还乡的时候了。

余美玲磨磨蹭蹭地起了床，磨磨蹭蹭地刷完牙洗完脸擦完粉。沈青松说，我再跟你说一遍，不要擦什么粉了，儿子会中毒的。余美玲没理他，手仍然在脸上拍打个不停，仿佛昨夜做了什么不要脸的事，这时非要把脸打醒才解恨一样。沈青松把柜子里的衣服扒拉了一遍，拣了几件干净些的，用一个塑料袋装了，又在屋子里转了几圈，好歹从嗡嗡作响的冰箱里找出了吃剩的半个面包。

余美玲总算是弄停当了，踢踢踏踏走过来，把背包拉开，扒开看了一下沈青松给她准备的两条裙子，没说什么，光是撇了撇嘴，又把面包拿出来，扔到桌上说，都过期了，你就不知道买点零食带上？沈青松说，那是给沈爱民的，又不是给你的。余美玲拿白眼珠剜了他一眼，还是把面包重新塞进了背包。

在楼下的早点铺，余美玲吐了。本来两个人各自要了一碗重庆麻辣牛肉面，但余美玲刚吃了一筷子，就跑到街边呕去了。沈青松过去捋了几下她的背，见她一时半会儿还没有停歇的意思，就回去把两碗牛肉面呼呼啦啦全吃光了。汗很快从各个毛孔钻出来，一颗一颗满身地爬，痒痒的，麻麻的，酥酥的，舒服极了。沈青松忍不住伸了个懒腰，扭头见余美玲还蹲在那里，就掏出手机，百度了一下"衣锦还乡"这个词：古时指做官后，穿了锦绣的衣服，回到故乡向亲友夸耀。

沈青松翻来覆去看了好几遍。想当年，在全校师生都解散之后，校长兼班主任蔡斜肩（蔡大成，因左肩高右肩低而得名）独独把他留下来问，沈青松，今天你有没有受到一点点启发？沈青松的眼睛顺着长满节疤的木杆攀上去，死死盯住高高飘扬的五星红旗，仿佛所有的启发都绣在五星红旗上。蔡斜肩一拳擂在木杆上说，沈青松，你给我把脑袋放下来！五星红旗噼啪作响，使劲拍打着天空。天空真蓝啊，蓝到云朵不是一坨一坨的，而是这儿一丝那儿一丝的，说断又没断，是不是织女扯的丝线呢……一阵疼痛袭来，蔡斜肩终于开始揪他的耳朵了。他只好把脑袋压下来，把眼睛盯在破球鞋上。不过，蔡斜肩这次很例外，不但没揪着他转圈儿，而且很快就撒了手，还拍了拍他的肩问，刚才那个人帅不帅？沈青松不由自主地点了点头。蔡斜肩又问，你羡不羡慕？沈青松又点了点头。蔡斜肩说，你知不知道什么叫衣锦还乡？他就是，他是我们学校的骄傲，是我们整个金水村的骄傲啊。沈青松听到了一声叹息，很长很长，似乎就要闭过气去了。他抬起头来，看见蔡斜肩的脸又红又紫，看见他慢慢顺着木头旗杆滑下，瘫在了地上。沈青松大吃一惊，这一次，蔡斜肩再没有像以往那样，凶神恶煞地教训他们要站如松坐如钟，却是一手抚着胸口，一手拍了拍地，意思是让他也坐下来。沈青松只好惊惶着把半边屁股放在地上，其他部位则一律仍然往相反的方向伸张着。蔡斜肩定定地看了他一会儿，又长长地叹完了一口气才说，你看你，都读了五个三年级了，我倒不是说你一定要像他那样衣锦还乡，反正人各有志，不可勉强，但你即使决心要布衣蔬食，总还是要把小学毕业证拿到手吧。他的语气轻飘飘的，有时似乎快要断气了，说完了他又长叹了一声，居然还拿一只手拢了拢沈青松的腰。

二十年了，被蔡斜肩拢腰的感觉至今不散，有些酸麻，但酸麻中似乎有沁甜，还有些别扭，但别扭中又似乎有渴望。不知是不是因为天生粗线条，如此复杂的感觉，沈青松从此再也没有遇到过。每每想起，沈青松总是有点惆怅。他抬头看了看，太阳已经升起老高了，但天空还是灰灰的一片，一副不清不楚的样子，据说这就是雾霾。这段时间，无论是网络还是电视，一天到晚都在吵吵这个词，不看不听都不行。沈青松觉得城里人太喜欢小题大做了，不就是空气嘛，又不是枪啊炮的一下子就会把人怎么样了，反正看不见摸不着的，更不影响吃不影响喝的，至于那么紧张兮兮的，至于要把自己弄得不是王子就是公主的嘛。可是余美玲不同。余美玲喜欢有样学样，方方面面都要把自己往城里人那边靠一靠，这段时间张口闭口也是雾霾，好像雾霾比谁都亲。瞧她现在，正拿纸揩嘴，小拇指跷着，皱眉嘟嘴的，一脸的雾霾相。

沈青松笑了，一边递钱给面馆老板。老板把腰弯了一下，说，谢谢，谢谢。把钱往兜里一揣，又继续忙活去了。沈青松说，李桑，不打算找我钱了？李桑又弯了一下腰说，兄弟，你这两天没来吧？涨价了，十元一碗。沈青松两只手同时在裤兜里摸了一阵，嬉笑着说，确实有两天没来了，不知道涨价了呢，我们楼上楼下的，今天就照旧呗。李桑这次没弯腰，望着他眨巴了两下眼睛。沈青松把嘴努了努。李桑慢慢从兜里掏出两元，犹豫着递过来。沈青松没接，双手仍插在裤兜里，满脸灿烂的笑容。李桑脸上抽搐了几下，摸出二十元。沈青松说，没人白吃你的，我说了，照旧。

沈青松从李桑满满一巴掌的纸币里拣了四元，吹了声口哨，拥着余美玲走了。余美玲说，什么时候这么有爱心了，居然连日本人都同情起来了？沈青松说，可惜不过是个点头哈腰的假日本，要是个真日本，我铁定天天白吃。余美玲撇撇嘴说，还说衣锦还乡，连回去的车费都没有了，不会又是带我在市里兜几圈吧？沈青松说，我娶了这么漂亮的媳妇儿，连儿子都快有三个月大了，怎么不是衣锦还乡？现在我们突然杀回去，老家人还不像迎接天兵天将一样迎接我们？余美玲说，喊，还天兵天将，就这么两手空空的，谁喜欢你？别说那些没用的了，给我买个面包吧。

买完面包，沈青松手里就只剩一元钱了。余美玲很快就吃完了面包，顺手将纸袋丢进了垃圾桶。沈青松眼珠一转，计上心来。他到路旁的小店要了两个干净的塑料袋套在手上，然后将手伸进了垃圾桶。余美玲惊叫了一声，声音尖锐陡峭，活像半夜叫春的猫。沈青松扭头蹙眉呵斥道，叫什么叫，一会儿包管你坐的士。

垃圾桶里真是别有一番天地啊，也就翻了五个，沈青松手里就攒了一把红红绿绿的袋子，每个袋子里都塞满了矿泉水瓶、酸奶盒、纸袋什么的。他穿过热闹非凡的公园，走了不到五十米，就从收废旧物品的老板手里顺顺利利换回了三元。他一边走，一边将硬币接二连三地抛向空中，收回手心后再抛，跟耍杂技一样。余美玲瞟了他一眼道，的士呢？沈青松把她从公共汽车站的条凳上拉起来，推着她上了三路公交车。

下了车，余美玲停住不走了。沈青松说，又犯什么倔？跟着我就是了。余美玲说，你又要去找二叔借钱，上个月借的都没还。沈青松说，借的又不多，到时一起还就是了，怕什么？余美玲说，喊，到时你拿什么还？沈青松说，放心吧，到时自然会有办法的嘛。余美玲眯着眼问，沈青松，你将来不会是打算靠捡垃圾养活我们母子吧？话说得有些拗口，但自从两人生活到一起，余美玲还是头一回说到了将来，说到了打算，无比郑重。沈青松

"哧"地笑了，也不答话，自顾雄赳赳拐过临街的楼，进了星苑小区。

余美玲远远地跟着上了楼。一进二叔的家门，沈青松就把背包丢在墙角，一屁股陷进沙发，手自然就伸到水果盘里去了。二婶的一双丹凤眼斜了又斜，反反复复掸了好几次衣服，这才进厨房去了。二叔皱着眉头说，松子，你怎么不洗手就吃东西？沈青松说，哎呀叔，我有个把星期都没沾过水果了。二叔的下巴立刻锁紧了，说，好好的工作不懂得珍惜，怪谁?! 沈青松一边咧嘴笑，一边用他的长胳膊拥了拥二叔的肩说，我的叔啊，你又不是不知道，那个铁皮车间，冬天冻得要死，夏天热得要命，成天还要被工头呼来喝去地焊这焊那，哪里是人待的地方？二叔说，那之前呢？之前送水洗车跑快递，又都怎么说？未必样样都是冬天冻得要死，夏天热得要命？松子，我都跟你说过多少遍了，吃得苦中苦，方为人上人，这点苦都吃不了，你将来到底要怎么办？沈青松道，叔你就行行好吧，别老是将来将来的，将来的事儿谁也料不准，人嘛，不就活个眼下的精彩？二叔突然将身子移开去，额头提得多高，眼睛瞪得多大，上下打量了他一番说，哟，还真没看出来你哪里精彩了! 未必是士别三日当刮目相看？真是可怜我煞费苦心，帮你讨来一个又一个工作，你连珍惜都不懂，连一点儿药引子都喝不下，拿什么活出精彩？嗯?! 松子，我跟你说，人无远虑，必有近忧，你头一个不清醒的地方，就是不能正确认识自己，你说你能靠知识吃饭吗？绝对不可能，是吧，那靠什么？只能靠力气，靠力气说白了就是卖苦力，可你又偏偏吃不了苦，那还能吃上什么饭？什么饭都吃不了! 大约也就只能喝喝西北风了……沈青松猛地站了起来，随手抓了几个圣女果在手里说，叔，你歇会儿，我看看我二婶去。

二婶正在剁肉，刀光闪闪，肉泥翻飞。沈青松拍手笑道，二婶儿最疼我了，每回都包饺子给我吃。二婶叹口气说，没妈的孩子谁都疼，问题是，你自身也要争争气才行啊，好歹要对得起别人对你的疼。沈青松从菜盆里抓起几根白菜，正往嘴里丢，二婶一巴掌拍在他的手腕上。沈青松捂住手腕"哎哟哎哟"直叫。二婶冷笑道，打不疼你！都二十好几的人了，媳妇儿也有了，还从不讲究，依我说，你也只配回金水村刨地去。沈青松脸上僵了一下，旋即伸出大拇指，笑嘻嘻地说，二婶儿真是诸葛亮，我正说要回去呢。二婶举着刀，扭过脸问，真的假的？又唬人吧？沈青松攀住二婶的肩膀说，我什么时候跟二婶儿说过假话。二婶扭开身子说，总没个正形，依我说，你们打算什么时候回去？沈青松似乎没听见，闪电般捞了几根白菜，呷巴着嘴出去了。

饭桌上，二婶问，松子，你说实话，是不是真的打算带媳妇儿回老家种地去？余美玲的嘴立刻张成了〇形。沈青松在桌子底下拿腿撞了撞余美玲，笑呵呵地说，是啊，这次我们是准备衣锦还乡的。二叔愣了一下，很快就发出了惊天动地的大笑，他的头往椅背上仰去，手里的筷子一根掉在饭桌上，一根掉到了地板上，还没来得及送进嘴巴的海带丝撒得到处都是。二婶半个身子趴在桌子上，脸扭在一边，一手捂着肚子，一手抠住桌子，笑得上气不接下气。沈青松开始也呵呵地笑，后来就不笑了，光看着他们笑。余美玲趁着这当口儿到卫生间呕去了。

笑完了，收拾干净了，大家重新落座。二叔板着脸说，我真是替你臊得慌。沈青松说，叔，你这是什么意思？有什么话就直说呗。二叔摇摇头说，我都懒得费口舌了，你懂不懂衣锦还乡是什么意思？不懂就不要乱讲。沈青松说，我百度了的，知道是什么意思。二叔说，知道什么意思还好意思说？什么"衣锦还乡"，还"准备衣锦还乡"，就你这个样子，嗯?! 沈青松说，好好好，二叔说不说就不说了呗，反正我准备回去了。二婶说，依我说，你们早该回去了，虽说你爸那样了，但好歹也该让他看看，依我说，你这吃百家饭长大的孩子，更应该把媳妇儿带回去让老家人看看。沈青松说，二婶儿就是想得周到，我早就有这个决心的，可就是没钱，想跟你们借点儿。二婶冷笑道，果真是无事不登三宝殿，依我说，任何时候，只要你来我们家，吃少不了你的，喝短不了你的，其他的，就两个字，没有。二叔说，我赞同你二婶儿的意见，救急不救贫，平心而论，松子，你自己说说，我们帮了你多少？可你就是不争气，有什么用？没用！像你这个样子，长此以往，不说做个人上人，只怕连个一般人也做不了。沈青松愣了一下，旋即又牙疼般地笑道，二叔，你这话说的，每次我挣了钱，不都是先还你们的嘛，我保证，下次一起还三笔。二叔放下筷子，长叹了一口气说，这都哪儿跟哪儿？真是秀才遇到兵了。说着说着，他就把脸扭向了二婶，你说我们沈家怎么出了这样的孩子？我看八九十年代的孩子，大多数也都是很不错的嘛，哪里都像他？二婶说，依我说，都是老家人疼他疼坏了，平时不是这家送就是那家给，虽说不是丰衣足食，但也从没冻着饿着。依我说，本该由他承受的苦和难，老家人都帮他抹平了，弄得跟在蜜罐里长大没什么两样，结果就成了现在这种缺心少肺的样子。依我说，如果有好的教育呢，应该也不至于这样，但教育靠的是潜移默化，靠的是自家，人人有责就相当于人人没责，大家都管就相当于大家都没管，何况大家管呢也都只管了个吃饱穿暖，唉！二婶一番话说得二叔连连点头说，有理有理，看来这孩子真是烂泥糊不上墙了。二婶说，依我说，我们也只能是看在小哥的分儿上，尽点儿心意就行了，想要改变松子，嗯，依我说还是算了，毕竟受教育的关键时期早就过去了。

沈青松见他们说得热闹，就溜下饭桌看电视去了。没多大一会儿，二婶拿来两百元说，你们赶紧回去吧，这其中一百元代我们给你爸买点吃的，剩下一百元算是给你们的，依我说，就不用还了，也别再伸手向我们要了，你叔和我不过是普通小学教师，也没多大能耐。沈青松忙不迭接过钱，飞着眉毛说，小鱼儿，我天天跟你说这世上最疼我的就是我二叔二婶儿，怎么样，见证了吧。二叔一手端着要洗的盘子，另一只手远远地挥了挥说，走吧走吧，以后少来烦我。沈青松高声道，那我们走了啊，还赶车呢。二婶把他们往门外推，嘴里嘱咐道，依我说，吃不了苦就不要在城里待着，你们就老老实实在金水村种几亩地，要比在这城里讨生活强百倍还不止。沈青松嗯嗯应着，拽着余美玲咚咚咚跑下楼。

两人跑过街心，喘息方定，余美玲说，依我说，今天就不走了。沈青松道，依我说，今天照原计划进行。余美玲说，依我说，车都没有了。沈青松道，依我说，今天还有到莲花桥的车，我们就坐车走吧。余美玲说，依我说，这样应该也可以。沈青松板着脸孔道，依我说，你可不能变成我二婶儿。余美玲没有再接下去，两个人突然一起爆笑起来，就像两串鞭炮同时被引燃，引得路人纷纷注目。

二

两人在莲花桥下了车。

沈青松的一只脚都跨进从莲花桥到金水村的车里了，却被余美玲喊了回来。余美玲很是兴奋，挎着沈青松的左胳膊，把莲花桥镇三条弯弯曲曲又不断分岔的小街走了四遍，而且对每一家服饰店，都以城里人的见多识广发表了无比精彩的评论，以至于有几家女店主的白眼珠瞪得都快要掉地上去了。

他们再次逛进了车站。车站只有孤零零的两辆车了。一辆车的外面站着一个抽烟的中年男人，远远地冲他们喊，白龙坪的，要不要坐？另一辆车里面跳出一个精瘦的妇女，尖声尖气地叫，金水村，今儿最后一班。沈青松说，咦，那不是彭英子嘛。彭英子也认出了沈青松，招手道，松子，怎么是你?! 沈青松大步跨过去问，这是你的车？英子好了不起。彭英子说，什么呀，是租的，又指了指车里说，开车的是我那口子，你这是……带女朋友回家认亲？沈青松说，我儿子都已经在她肚子里了。彭英子哈哈大笑道，你……们真厉害！又上下打量了一番余美玲道，松子，想不到你出去还不到两年，就娶回了这么漂亮的媳妇儿，连儿子都有了，啧啧啧！走，上车吧，赶紧回去让村里人都高兴高兴。沈青松说，好是好，可惜你的车到不了我家。彭英子说，现在才五点半，到村委会最多七点，走回你家也不会超过八点嘛。

268

　　余美玲用大拇指掐了掐沈青松的胳膊。沈青松说，还是算了。彭英子说，现在天黑得晚，怕什么？实在不行，我请别人用摩托车送你们到家。沈青松说，还是算了，我们明天再回去吧。彭英子眼睛瞪得圆圆的，说道，都这么近了，还在这里花钱住一晚？还不如拿这个钱买点东西孝敬你爸呢，松子，看来你确实发大财了，城里真的遍地都是黄金？沈青松用手指往脑后梳了梳头发道，呵呵，不好说，不过，我们这次是准备衣锦还乡的。彭英子脆笑道，噢，衣锦还乡？厉害厉害！就向他竖了双大拇指。

　　正说着，有几个人过来了，直接就钻进了彭英子的车里。彭英子跟着上了车，看了看手机问，松子，你到底回不回？到点了，我们得走了。沈青松说，不回了，你方便的话就跟沈爱民说一声，让他买个好点儿的盆，还要准备点儿好吃的。彭英子说，知道了，我一定把话带到。车子轰轰作响，都滑出去好大一截了，彭英子又探出头来，沈青松顺手给了她两个飞吻。

　　余美玲问，这人跟你什么关系？貌似对你超级好啊。沈青松挤挤眼道，小学同学呗，可惜那时太小了，还不懂得怎么泡妞。余美玲五个血一样的指甲抠在他的脖子上说，你再说一遍？沈青松缩起脖子道，玩笑呗，人家可是正儿八经的初中毕业生，我哪里配得上？再说了，不光是她，我老家人对我都这样好，没办法，我就是讨人喜欢呗。余美玲突然就阴了脸说，你的意思是嫌我没文化了？沈青松说，你看你，说生气就生气，我这个一拿起书就发慌的人，哪有资格嫌你没文化？告诉你，小鱼儿，不知为什么，我一看到书上的字，就觉得里面要么鸟飞虫叫的，要么就有刀枪晃来晃去的，有时还有人在说啊笑的。哎，反正我也说不清楚，这么说吧，好像我看到的听到的，全都跑到那些字里面去了，只要翻开书，那些字就成了活跃的泥鳅，我一个也抓不住。你说是不是全天下的字都跟我有仇？我真是搞不明白我这个脑袋到底是怎么回事，你说是不是我妈遗传给我的？要是她在多好啊，我就能弄明白了。余美玲摇摇他的胳膊说，好了好了，我不是逗你玩儿的嘛。沈青松却红了眼睛道，说真的，我什么人都不怕，就怕文化人！他们如果起了心要教育你，嘴巴一张，光那个墨水味儿就能把你给淹死，就我这样的脑袋，有时得想好长时间才想得明白，像那个蔡斜肩就说，沈青松，一截木头敲一下还能传个声儿，你呢，读了五个三年级，这次期末语文 32，数学 28，成绩一年不如一年，老师认真反省了，这个确实不怪你，得怪我们这些敲木头的老师太没用了，真是对不起啊。我们国家有个大奖叫"五个一"工程奖，你呢，首创了"五个三"工程奖，也算是前无古人，后无来者……余美玲打断他道，你就编吧，人家说这么长的话，你现在还能记得这么清楚？沈青松说，骗你是小狗，想破脑袋我也编不出这样的话来，是啊，我也觉得奇怪，怎么就一字不差记住了，开始我以为他是真心认为没把我教好，后来越想越觉得不是这样，心里有种说不出的感觉，就再没去上学了。余美玲咯咯笑道，现在彻底想明白了？沈青松说，你还笑，我一想到他说的这些话，就高兴不起来了，反正不能想。余美玲说，这就对了，不高兴就别想呗，走，找个地儿吃饭去。

　　两个人吃了腊蹄子火锅。余美玲虽然一直对自己大山中的老家很是不屑，她的胃却无比热爱着老家的味道。这顿饭她吃得很是满意，饭后就顺便买了几个青皮梨，又买了把水果刀，这才回到了宾馆。

　　第二天，两人睡到十点多才起床，到金水村都下午一点了。本来沈青松以为可以蹭彭英子的车回去，虽说莲花桥镇的物价便宜，但向二叔借的钱，也只剩下不到四十元了，能蹭点车费自然是再好不过了，可惜没碰上彭英子。下车后，余美玲坚持不走泥巴公路，沈青松就又雇了辆摩托车，一路突突突回了家。

　　沈爱民倒是早就站在了场院里引颈长望，一见摩托车来了，立刻兴奋地张开手臂，绕着场院一圈一圈地奔跑起来，边跑边喊，松子回来了，松子回来了。他的白背心大洞小眼的，长长地耷拉在灰色的短裤上，整个人又黑又瘦，看起来像一只皮包骨的乌鸡。沈青松喊，停停停，别跑了。沈爱民毫不理会，依然赤着脚飞奔。沈青松大喝道，沈爱民，你给我停下来！沈爱民就顿住了，两眼躲躲闪闪地望着沈青松。沈青松问，做没做饭？沈爱民说，做饭了，做饭了。

　　三个人就往屋里走去。一进门，无数的苍蝇"轰"的一声四散飞去，有几只还撞在了余美玲的额头上。凹凸不平的土灶台上，摆着三只黑乎乎的碗，沈青松凑过去看了一眼说，这就是你做的菜？怎么一点肉都没有？沈爱民连连点头说，没肉没肉。沈青松说，彭英子不是早就通知你我们要回来了吗？怎么不准备？沈爱民依然点着头说，没肉没肉。

　　余美玲没吃饭，甚至都没有走近桌旁。她远远看见沈青松大筷子大筷子地往嘴里送着黑乎乎的菜，就犯了恶心，赶紧冲到场院边上吐去了，这一次吐得搜肠刮肚，吐得天昏地暗，吐得泪水糊了一脸。

　　好在吃完饭就去了沈青松的姑姑家。姑姑四十多岁，满头白发，眉间刻着三道深深的沟，眼角的皱纹扇形一样铺向鬓角，脸颊远看像两个红球，近看却是成片的血丝，好像只要轻轻一碰，皮肤就要炸开，血就会汩汩淌出来。沈青松说，姑姑老是喜欢流泪，于是就成了这个样子。余美玲以为姑姑是沙眼，直到吃饭的时候，看见姑姑先要喂躺在床上半身不遂的姑父，再喂只能扶着椅子坐在地上的虎子，这才明白了。姑姑做好了饭，让他们先吃，沈青松立刻将筷子伸进了韭菜炒鸡蛋的碗里。头一回，余美玲看不惯沈青松了，说，真没见过你这样的，等下姑姑不行啊？沈青松伸出舌头舔了舔嘴唇，缩回了手。

　　虎子特别能吃，一口等不了一口，姑姑的动作稍微慢一点，他就扶着椅子倾过去，用晃晃荡荡的脑袋去撞姑姑。喂饱了虎子，给他打理干净，姑姑这才上了桌。姑姑让余美玲换个方向坐，余美玲不解，姑姑笑笑说，你这弟弟生下来就是脑瘫，我俩换个方向，免得你看着他吃不下饭。余美玲依言换了座位，眼眶里却汪上了一层泪。

　　吃完饭，天已经麻黑了，沈青松却没有要走的意思。余美玲见姑姑收拾完晒场上的东西，又赶着喂猪喂鸡，一个人跳进跳出地忙，心里有些不忍，就扯了扯沈青松的袖子说回家。沈青松正在跟排山倒海的僵尸鏖战，两只大拇指在手机上像奔跑的马蹄，头也顾不上抬。余美玲想起沈爱民的样子，还有那黑黢黢的房子，便没再坚持，也掏出手机，把几张照片传到了QQ空间里。

　　立刻就引来了不少人围观。有人问："美女进山了？会不会偶遇老虎？"有人答："这么庞大的山，肯定的。"一楼那人又说：

"美女别怕，俺武松少顷便到。"有人道："楼上的可以啊，打完虎还可以顺便吃几个仙桃，呵呵。"有人很快跟帖说："差矣差矣，此桃怎比蟠桃？要吃就吃蟠桃，哈哈哈。"一楼的人道："喂喂喂，吐象牙吐象牙，小心招惹小妹妹生气……"余美玲看了看发言的几个人，都是奇奇怪怪的网名，一时不知是从哪里冒出来的，也许是好友列表里的一些陌生人吧。网络就是这样，发个帖就像投了个诱饵，总会招来一些人咬钩，当然，咬也不是真咬，无非就是借着饵一起摇舌鼓腮地玩耍一番。余美玲从不回帖，但是喜欢看，看到自己投下的饵发生了作用，心里还是很快乐的。

虽说只是初中毕业，家境也薄，但作为独生子女，余美玲也是父母的掌上明珠，入城之前，父母就咬紧牙关给她买了手机，所以她早算得上是资深玩家了，对武松和潘金莲的故事自然是熟悉的，也知道他们在拿照片上的桃子比喻什么，又在心里笑了，反正隔着无边无际的网，再怎么说也说不疼。不过，余美玲对一楼那个叫作"阿拉姆姆姆"的人倒是产生了好奇，便循着他的足迹一路追过去，却发现那人的空间加了锁，一时索然，于是退出网络，进屋去看姑姑在做什么。

姑姑正在连拖带搬地把睡着了的虎子往里屋挪，余美玲就喊沈青松过来。沈青松跳进屋，问，什么事？余美玲说，帮姑姑搭把手啊。姑姑却说不用，松子你歇着去。沈青松笑呵呵地说，姑姑最疼我。然后就捏着手机跳出去了。余美玲说，姑姑，他一直歇着，搭个手有什么？您也太护着他了。姑姑笑了一下，没说什么，一个人吭哧吭哧地把虎子挪上了床。

说是床，也就是搭在地上，一块薄薄的木头铺板上垫了一床棉絮，然后是床单，再是凉席。姑姑说，虎子大了，我也不比以前了，再没那么大的力气抱上抱下了。余美玲忍不住脱口问，可总有一天您会弄不动他的呀，那时怎么办？姑姑说，我在一天，总要好好照看他，我死了，就看他自己的造化了。姑姑擦了擦眼睛又说，你姑父也一样，自从在石料厂绞断了腿，就过一天算一天了。余美玲问，没有索赔吗？姑姑说，人家也穷得很，说是赔，哪里赔得出来呢？再说都住一个村，总不能天天追着……姑父突然叫起来，姑姑一边"哎哎"答应着，一边匆匆赶了过去。

第二天吃了午饭，两个人才离开姑姑家。姑姑装了一袋子辣椒黄瓜茄子什么的让他们带上，余美玲赶紧几步走开了。姑姑就把袋子递给沈青松说，美玲是头一回到我家，我就这条件，也没什么东西送给她，就这些菜，松子，你提回去做了给美玲吃。沈青松一边接过袋子一边说，本来我这次是带小鱼儿衣锦还乡的，姑姑放心，你的好心我们当然是要收下的。姑姑愣了一下，又说，松子，你要好生待你爸。沈青松笑着挥手道，知道知道，姑姑你回去吧。

余美玲说，沈青松，你是不是太过分了？沈青松说，我怎么过分了？我们衣锦还乡，你又是头一回来，按说姑姑应该给钱的，她没钱，就只好算啦，菜还能不提上？余美玲说，姑姑好可怜，你居然好意思，我倒是觉得以后你要好好待她。沈青松随手折了一根伸到路中间的树枝，一边挥打一边说，等我挣了钱，莫说姑姑，整个金水村的人我都会让他们过上好生活，你摇什么头？不信是不是？余美玲"喊"了一声，咂咂嘴，又朝路旁的草丛吐了两口唾沫。

翻过一道岭就到了家。门却锁着。沈青松站在场院里，喊着问西屋的三爷，沈爱民去哪里了？三爷从嘴里拔出长长的旱烟袋，一股浓浓的烟就蛇一样爬上了他的脸，又消失在他背后的梨树中。三爷说，你越来越不成体统了，去城里也快两年了，怎么没学个好？沈爱民哪里是你叫的？沈青松嘻嘻笑道，三爷教训的是，我爸去哪里了？三爷说，去庙坪挖洋芋了，你回来了就好，以后好好种地。

去庙坪还有一里多地呢，沈青松不想掏钥匙开门了，就把袋子挂在门环上，拥着余美玲出了场院。顺着七弯八拐的小路走了没多大一会儿，就来到了对面山脚下，远远就听到了狗的狂吠声，余美玲吓得不敢走了。沈青松说，不怕，这是我大伯家的黄头，还没认出我呢。果然，沈青松打了一声口哨，只见青幽幽的玉米林一通乱摇，一条黄毛大狗摇着尾巴直向沈青松扑来。

沈青松拍拍黄头问，我大伯大婶儿在不在家？黄头也不理他，只管蹭着他的裤腿往前走。余美玲"扑哧"笑了，笑声还没收拢，就到了一个窄窄长长的场院里。沈青松绕到一个正弯腰捶打豆荚的女人前面，挡住阳光，大声喊"大婶儿"，女人抬起头来，愣了一下，瞬间脸上就漾开了笑容。

三

大婶是个做事干净爽利的哑巴。

经她的手一调弄，六菜一汤很快就摆上了桌，而且搭配得色香味俱佳。饭桌上，大伯问沈青松，你这一去就是两年，现在突然回来，有什么打算？沈青松嘴里嚼着一块腊肉，含混不清地说，这不正带小鱼儿衣锦还乡了嘛。大伯深深地看了他一眼，半晌，才摸了摸下巴上稀疏的胡子说，我问的是你今后的打算，到底是留老家还是不留？沈青松摆了摆头。大伯叹了一口气，没再说什么就下了桌子。

大伯把余美玲叫到一边，塞给她五十元钱说，小余，你是第一次到我们家，这个你先收下，别嫌少。余美玲叫了一声大伯，也没怎么推辞。大伯又说，本来我不该跟你啰唆，但不说我心里又过不去，松子家的情况你都看见了，你能嫁给他，说明你心眼儿好，有担待，你跟我说实话，你们在城里到底是什么状况？余美玲看着自己的脚，光是咬着下嘴唇。大伯道，我就知道没个好，松子从小没受管束，做事少谋划不说，连个三脚猫的功夫都是不肯学的，他在城里，除了给他二叔添麻烦，怕是什么事也成不了。从小到大，我们的话他从来就是左耳进右耳出，净拿一张嘴糊弄人了，按说他肩上的担子比别人都重些，我们这一房，我和他二叔生的都是女孩儿，都嫁得远，就只他这么一根独苗苗。现在好了，你的话他肯定是听的，既然在城里没什么出路，那以后你就要辅助他走正道，把地种好，安安分分过日子。另外，明天你就让松子下地干活去，都娶媳妇的人了，还跟以前一样空着两只手东家逛西家串的，像什么话？

大伯说着说着就咳嗽起来，余美玲忙说，大伯，我们回去了。就到场院里扯拽正低头扒拉手机的沈青松。等大伯赶出来，两个人已进了玉米林。沈青松问，我大伯跟你说什么了？余美玲虽然头皮还在发麻，但还是想了想说，要不我们就在家种地？沈青松哈哈直笑。余美玲说，你笑什么笑？你大伯说了，你是你们这一房的独苗苗，要走正道。沈青松笑得打起嗝来。余美玲踹他一脚道，沈青松，你有点样子行不行？沈青松说，好好好，我们种地，我们走正道，不过，话要说前头，你到时可不许埋怨我。

到了家里，沈爱民正在吃饭，看见他们，立刻端着碗走过来，用拿筷子的右手捻起余美玲的裙角，呵呵笑着说，真好看。余美玲看见他端着碗的五个指甲缝里全是厚厚的垢，还闪着油乌乌的光，就又犯了恶心，赶紧跑向场院。沈青松吼道，沈爱民你干什么?! 又把他的右手抓起来，啪啪打了两下说，记住了，以后不许这样! 沈爱民甩甩右手，连忙点头道，不许这样，不许这样。

第二天，两个人照例起得很晚。余美玲想起昨晚大伯的话，就催沈青松去地里干活。沈青松说，早饭都没吃，哪来的力气？余美玲看看脏兮兮的土灶台，又看看自己亮闪闪的指甲，掂量再三才说，我烧火，你做饭。偏偏火也不是那么好烧的，烟囱似乎是堵上了，余美玲几乎把整整一竹筐玉米秆烧光了，还弄了一屋子的烟，才算把火生起来了。

男耕女织的日子过了两天，沈青松就不干了。他吊在床沿，一边摆弄手机一边对懒洋洋催他起床的余美玲说，你不也没起吗，我想好了，明天就回城。余美玲正在抚弄自己的指甲，它们不仅个个花容失色，其中还有三个都裂掉了几小块红色，露出肉白的底，像斑驳的旧墙，看得她心里一阵一阵地疼。听沈青松这么说，余美玲忙扳过他的身子问，真的？沈青松不屑道，当然不是煮的了。余美玲犹豫着说，可是大伯二叔……他们不支持，我们在城里也不好过啊，特别是二叔。沈青松说，他们也就是那么一说，不信你等着瞧，下次我还能找二叔借钱，沈爱民生病了大伯还是会照管。余美玲说，又借钱，回城了你就不能正经找个工作？沈青松说，好好好，不是还没回呢吗。

　　说归说，欢喜却一点点鼓胀了余美玲的心，她挪起身子，就要下床收拾东西去。沈青松按住她说，急什么，总不能就这么回去吧。余美玲想想也是，大伯给的钱，沈青松早换成了一箱啤酒，现在是连路费都没有了，怎么能说走就走呢？但她深信沈青松一定会有办法的，就只管抓起手机查看天气，嘴里说，明天具体什么时间出发？天气好像不错。沈青松把头枕在自己的手上，"咻"了一声说，急什么，听我安排就是了。

　　怎能不急呢？不说倒还好，既然说了回城，余美玲就迫不及待了，好比小偷，没见到被偷的东西，还好一旦见着了，如何能不惦记呢？余美玲便越发要保护好自己，连小指头都不想碰一碰家里那些黑不溜秋土了巴叽的东西了，于是沈青松早送晚接，让她在大伯家吃了两天饭。

　　第三天五点多，沈青松就将余美玲摇醒了，要她赶紧起床梳洗打扮，说一会儿要迎接客人。余美玲朦胧中听到丁零当啷响成一片，很是纳闷，沈青松对她扮了个鬼脸，一脸得意。果然，只见三个女人正往厨房里搬锅碗瓢盆，另外四个男人正在场院用彩色塑料布搭棚子，棚子搭好后，又扯上了八套桌椅板凳，这一扯，就一溜扯到三爷的场院里去了，很是气派。一个八字眉的矮胖男人扯住沈青松问，松子，你这是哪个意思？搞半天你家里连一片菜叶子都没有！沈青松咧嘴笑道，喊你来就全包给你嘛，你先去给我称八十斤猪肉、八十斤牛肉，再看着买些鸡鸭鱼什么的，菜叶子什么的就不用买了，送的人多。八字眉的两道眉毛立刻挑了上去，说，这是搞的什么名堂，巧妇难为无米之炊，就算我帮你去买，钱呢？沈青松说，军娃子，这样就不够同学了，我办这么大的事，还会连菜都买不起？你先垫，酒席散了，菜钱工钱一起算给你不就结了？八字眉跨踏着问，你到底有钱没？再说，等别人送菜来，哪里来得及做？沈青松扑哧一声笑了，还说你是我们班最聪明的呢，我看你和我也差不多，书都读到哪里去了，你想想，就算我手里没现钱，一会儿客来了，不都要随份子的吗？还会少了你的？至于小菜，还用我教你？凉拌或爆炒，不蒸不煮不就行了。我说军娃子，你是不是不想做这个生意？不想做我就另找高人啦。八字眉打了个响指说，行，你说话算话就成，就一边吩咐四个男人把彩虹门吹起，一边发动三轮摩托车，轰轰烈烈开走了。

沈青松又去找三爷，让他帮忙写副对联。三爷一听说写对联，一个不成功的鲤鱼打挺就滚到了床下，亏得床矮，也就把胳膊肘硌了一下，沈青松帮他揉捏了一会儿，两个人便在阁楼的案板上铺开了笔墨纸砚。

三爷右手提毛笔，左手摸着山羊胡问，不年不节的，你要写什么？沈青松说，我这不新婚吗？沈爱民……哦，我爸不是五十岁嘛，我今天一起办酒席，三爷，你一会儿一定要去喝酒啊。三爷愣了好一会儿，才道，肚子都那么高了，还新婚？再说你爸十月份才满五十，哪能提前这么长时间就过生日？这对联我不能写，写了让人笑话。沈青松拍拍三爷的背说，哎呀，三爷，您这一年到头都写不上一副对联，白白浪费了满肚子的才学，多可惜，不写新婚也行嘛，就写衣锦还乡呗。三爷黯然叹道，世风日下啊，现在白给人写人都不要，他们要么干脆不贴对联，要么就掏钱在街上买些撒了金粉的废纸贴上，那哪里是对联？全是些生搬硬套的死文字，根本是牛头不对马嘴，悲呼哉，悲也！难得你倒还有这份心，罢了罢了，我且给你写一副吧。沈青松连忙双手按住叠了许多米字的红纸。三爷却说，不忙，我都两年没写过字了，得先练练手。就见他左手铺了张白纸放面前，又撸了撸光秃秃的右胳膊，手腕转了几转，悬在空中半晌，突然，毛笔就落下去了，在白纸上顿了顿，很快又蛇一样游动起来。

沈青松的脑袋空了，只顾张着嘴看，涎水淌了一下巴。三爷写完一个竖弯钩之后，右手重新悬停在空中，猛喝道，抻纸！沈青松醒过来，赶紧站到三爷的对面，恭恭敬敬地扯紧红纸，于是，毛笔在空中顺时针画了一道弧，果断落在米字格内，三爷右手五根手指似乎全部啄在毛笔上，看起来像煮在火锅里的鸡爪。随着三爷身子的起伏，黑色的字便往沈青松的怀里钻过来，一个个龙飞凤舞的，看得沈青松的心突突直跳。写完了一副，三爷又喊，抻纸！沈青松很有些不好意思，说家里只有堂屋门口可以贴对联，别的屋没一个有木头门框。

在三爷的指挥下，沈青松吩咐厨娘们煮了玉米糊，又找来一把刷子，把玉米糊均匀涂抹在两个门框上。三爷远远近近看了好几遍自己亲手贴上去的对联，末了抚着胡子说，蓬荜生辉也。沈青松也背着手，跟在他的屁股后头，来来回回地念：

青松如凌云乃言鸿鹄之志
美玲若赛珠方见精卫其心
衣锦还乡

　　沈青松第一遍念到"见"时，故意大了声儿，他以为三爷念
错了，明明是看见的"见"，三爷却偏偏念"现"，三爷叱道，你
哪里懂得？跟着我念就是了！

　　看着看着，念着念着，沈青松就觉得红纸和黑字生出了光，
把黄土墙黑棱瓦都照得亮堂堂的了。他由衷觉得三爷了不起，就
恭恭敬敬地说，三爷您就不用给我随份子了，我请您在我家吃一
天。三爷半张着嘴看着他，全然不顾豁牙缺齿的，眼睛瞪得跟铜
铃一样，顶得额头的皱纹一根压着一根，像是开了个木料堆场，
样子特别难看。这么难看了一阵，三爷重重地"哼"了一声，颤
巍巍走了。

　　余美玲说，你好像把三爷惹生气了。沈青松道，没吧，我
是诚心诚意请他来白吃啊。余美玲朝对联噘噘嘴说，我刚百度
了，虽然精卫鸿鹄是两只好鸟，可是你想想，赛珠就赛珠呗，干
吗还要若赛珠？还有"方见""乃言"什么的，也不知道是什么
意思。沈青松道，既然都是好鸟，你还瞎想什么？三爷多高的才
学啊，你哪里懂得？余美玲说，可是，我总觉得这对联把我们写
得好小气。

　　正说着，姑姑来了，果然扛了满满一篮子蔬菜。猪肉牛肉什
么的，军娃也都给买回来了，厨娘们开始忙活起来。姑姑把沈青
松拉到场院东角，问，松子，你这是想的哪一出？怎么突然要请

客？沈青松说，我结婚不是没请客吗，还有沈爱民过生日，就一起请了呗。姑姑说，你这两年没在老家，不了解情况，现在跟以前可是不同了，人都变啦，眼里只有钱了。再说，你平时从来不随情送礼的……沈青松挥挥手打断姑姑说，我是金水村的人，请了他们，他们还会不来？

姑姑去找大伯。大伯说，别人是越活越明白，他是越活越糊涂，成天游手好闲就不说了，都快吃了三十年的百家饭了，还好意思？现在居然还请起客来了，他素来只会做别人家的客，别人哪里做得了他家的客？真是不知羞耻的东西！我倒是要瞧瞧，今天要是有一桌客人登门，我给他五百块！还说娶了媳妇怕是要好点，我看那个什么美玲，跟他倒真是天生一对！大伯越说越生气，猛地站起来，把一只小竹凳踢出去老远，翻了好几个跟头。姑姑小声说，那怎么办呢？我们总要管一管吧，总不能看他闹笑话。大伯说，管？他什么时候受我们的管？！除了要吃要喝！真要我管，他就不会把所有人都接过了，才今天大清早通知我！我管不了，也懒得去，他爱怎么折腾就怎么折腾吧。

大伯怒气冲冲的预言不幸实现了。依照沈青松的吩咐，厨娘们洗切炒煮热火朝天忙了一上午，按两次流水席十六桌的量准备好了午饭，最后吃饭的人却不满两桌，除去军娃子手下一帮干活的人坐了一桌，剩下的，就是住前后屋的四爷四奶奶、平嫂（平哥不在家）、姑姑、沈爱民、沈青松、余美玲。而且，除姑姑送了一百元钱加一筐蔬菜，四爷四奶奶、平嫂就只各送了一筐蔬菜。吃饭的时候，大家都很安静，只有沈爱民兴奋不已，他举着啤酒，嚷嚷着要跟这个碰杯跟那个碰杯，没人理他，他就跟桌上一盘又一盘的菜碗当当地碰。

吃完饭，军娃子找沈青松结账。沈青松说，急什么？晚饭后再结。军娃子的八字眉差点掉到了耳朵上。沈青松说，有什么好奇怪的？中午热呗，都躲在家里歇阴凉，晚上人肯定多，整个金水村的人，我起码通知了三分之二，来的人绝对不会少。军娃子不听他这一套，一个劲地要结账，沈青松嬉笑道，反正我这会儿没现钱给你，如果你非得现在就走，就带上这些菜吧，算是抵账了，要么就等到晚上我收了情再给你。

一直到太阳落山，倒还真等来了一个人，竟然是蔡斜肩。蔡斜肩的肩膀斜得更厉害了，像跷跷板，人也又黑又矮，仿佛一件黑衣缩减了尺寸。他把两百元递给沈青松说，你接了一村子的人，就是不接我，你恨我也没关系，反正我已经肺癌晚期啦，过不了几天就死了，你就可以放下啦。不过，老师确实都有职业病，恨不得教过的学生个个都能有所成就，这样没什么好，一点儿也不好，条条大路通罗马，你看，你不也长这么大了？都要而立之年了。蔡斜肩说着便剧烈咳嗽起来，咳完又喘息了一阵，待平静些了，便踱到堂屋门口。

蔡斜肩问，三爷写的对联？沈青松呆呆的，没说话，余美玲说是的。蔡斜肩说，可惜了，三爷之后，我们金水村再没有知识分子啰。又上下打量一番余美玲，目光最后在沈青松身上定住，脸上挂着笑，一声不吭地立了一会儿，然后背着手走了。余美玲追着他的背影喊，哎哎，吃了饭再走啊。蔡斜肩头也不回，甩开膀子，几步隐入玉米林，瞬间便不见了踪影。余美玲想，明明是一个病得要死的人，走路怎么这么快？突然觉得毛骨悚然，就拽过沈青松的胳膊弯住自己。沈青松这才回过神来，问，蔡……老师走了？余美玲说，早走了，哎，你说，他是不是鬼？沈青松吐了一口长气，摇摇头，心里有些空。

姑姑、四爷四奶奶、平嫂吃完午饭都回了家，晚饭一桌就显得挤了些。军娃很快便扒完了饭，也不离席，就坐在沈青松的对面，紧盯着他。沈青松的吃相头一回斯文异常，他一颗一颗拣着饭粒，每一颗都要闭上嘴嚼好久。军娃渐渐失去了耐心，用筷子敲着桌子道，你能不能快点？沈青松翻了他一眼，也不说话，只管慢条斯理地咀嚼着。军娃直挺挺站起来，带着凳子倒在地上，呼啦啦将桌子掀翻在地，好像一蓬枯草被点着了。余美玲尖叫着从座位上弹起，可惜身子笨重些，躲闪不及，汤汁溅满了裙子。沈爱民猴子一样蹦得老远，一手端着碗，一手拿筷子敲打自己干瘦的大腿，哈哈大笑。其他还没下席的人都疾步走开，冷眼看着。

只有沈青松坐在那里，纹丝不动，由着七荤八素从身上一片片往下掉。夜色一点点漫上来，漫过晚霞，天光逐渐一寸寸在消失，蝉们暴雨一样地鸣叫，像是要抓住最后一点光亮。终于，沈青松影影绰绰地站起来，向屋里走去，军娃向后退了两步，停了一下，又迎上来两步，两眼灼灼。沈青松拍了拍他的肩，咧嘴笑道，你等一下呗。

沈青松走向沈爱民，问，你卖粮食的钱呢？沈爱民的笑与筷子敲击的动作很一致，很有节奏感。沈青松薅过他的筷子，掼在地下，问，你说，去年卖粮食的钱藏哪儿了？沈爱民的笑声停止了，但仍然满脸笑意，就是不说话。沈青松薅过他的碗，用力掼出去，问，沈爱民，我再问你一遍，钱藏哪儿了？沈爱民好像终于听懂了，点头道，藏哪儿了，藏哪儿了。

沈青松揪住沈爱民的汗衫领，把他往屋里推。沈爱民耸着双肩，跟跟跄跄进去了。余美玲正在卧房换衣服，忽见沈青松押着沈爱民进来了，双手挡在胸前，惊叫道，你们干什么?! 沈爱民忽然笑道，真好看，真好看。沈青松甩手给了沈爱民一耳光，沈爱民低下头，沈青松问，这个屋里有没有？沈爱民指指一个油漆斑驳的立柜。沈青松打开柜子，扒开一个又一个脏兮兮的塑料袋，看了又看，只见除了长了虫的黄豆、绿豆、红豆什么的，一分钱也没有。沈青松把袋子一股脑儿推到地下，把所有的袋子全部倒空，也没发现钱的影子，就喝道，把柜子移开。沈爱民抱住柜子往外拖，沈青松打开手机里的手电筒，把柜子的每一道缝都用水果刀划拉了一遍。

仍然什么也没有。沈青松不甘心，继续押着沈爱民，按照他的指点，又翻找了几处，可惜还是一无所获。沈青松彻底失去了耐心，把沈爱民揪到厨房，探身取了菜刀，架在沈爱民的脖子上，恶声道，沈爱民，你给我老实交代！

菜刀在灯下闪着冷森森的光，余美玲连续尖叫了三声，一帮围观的人这才感到了事情的严重性。军娃说，好好好，松子，你狠，算你狠！一边指挥众人将余下的生冷熟食一律打包，收了桌椅板凳锅碗瓢盆，将摩托也一起丢进大卡车，一溜烟走了。

余美玲冲沈青松喊，都走了，你倒是赶紧放下刀啊！沈青松冷笑道，他明明卖了粮食的，哼，还想瞒我?! 说着，左手放了沈爱民的衣领，却又抓住他的头发，右手的刀继续往沈爱民的脖子上贴了贴，喝道，沈爱民，再带我去找！沈爱民点不了头，只好梗着脖子昂着脑袋说，带我去找，带我去找。

这次却是往外走。他们走过场院，穿过竹林，就走到了板栗树下，沈爱民停下了脚步。沈青松这才看见，妈妈的坟前新立了好大一块碑，碑的顶端还伸出两个石头角，整座坟又大又胖，像头威武雄壮的牛。沈青松呆住了，又惊奇又沮丧，不知什么时候就松了手，慢慢滑坐到了地上。

妈妈的碑是那么阔大，他侧身坐在里面，居然十分舒展。碑壁凉凉的，滑滑的，贴着它，沈青松一下子就松懈了下来。很快，他便看见了一个长头发的女人。她走走停停，左顾右盼，样子十分犹豫。他几步追上问，你是谁？女人不说话，只是对他笑，笑得一丝一丝的，像天上的云，温柔极了。忽然，蔡斜肩闪到他面前，背着手，摇头晃脑道，楚子发母，天下贤良也。沈青松嫌他挡住了视线，伸手将他扒开，不料手刚碰到他，他便飞走了。沈青松顾不了那么多，只管问那女人，你是不是我妈妈？他一边向她靠近，一边说，你要是我妈妈，就再把我生一遍，我不要你难产，我不要你死。女人很慢很慢地张开两只胳膊，沈青松就一头钻了进去。她说，宝贝，睡吧……宝贝，睡吧……宝贝，睡吧……她的声音很轻很轻，跟春天的风抚过树叶一样。

沈青松立刻就睡了，像一颗星子那么小，又像天空那么大。